ZHONGGUO XIAOSHUO
100 QIANG

中国小说 100 强（1978—2022）

唢螺蛳

田 耳 著

北京联合出版公司
Beijing United Publishing Co.,Ltd.

图书在版编目（CIP）数据

嘞螺蛳 / 田耳著. -- 北京：北京联合出版公司，2023.9
（中国小说100强）
ISBN 978-7-5596-7110-3

Ⅰ.①嘞… Ⅱ.①田… Ⅲ.①长篇小说－中国－当代 Ⅳ.①I247.5

中国国家版本馆CIP数据核字(2023)第117955号

嘞螺蛳

作　　者：	田　耳
出 品 人：	赵红仕
出版监制：	张晓冬　范晓潮
责任编辑：	王　巍
特约编辑：	和庚方　郭　漫
封面设计：	武　一

北京联合出版公司出版
（北京市西城区德外大街83号楼9层　100088）
北京兴星伟业印刷有限公司印刷　新华书店经销
字数181千字　650毫米×920毫米　1/16　18.5印张
2023年9月第1版　2023年9月第1次印刷
ISBN 978-7-5596-7110-3
定价：58.00元

版权所有，侵权必究
未经书面许可，不得以任何方式转载、复制、翻印本书部分或全部内容。
本书若有质量问题，请与本公司图书销售中心联系调换。
电话：010-65868687

中国小说100强（1978—2022）丛书

编委会

丛书总策划

张　明　　著名出版人
张　英　　资深媒体人

编委主任

吴义勤　　中国作协副主席
　　　　　中国小说学会会长

编　委

吴义勤　　中国作协副主席、中国小说学会会长
宗仁发　　《作家》杂志主编
谢有顺　　中山大学教授、中国小说学会副会长
顾建平　　《小说选刊》副主编
张　英　　资深媒体人
文　欢　　作家、出版人

总　序

"中国小说100强"（1978—2022）是资深出版人张明先生和腾讯读书知名记者张英先生共同策划发起的一套大型文学丛书。他们邀请我和宗仁发、谢有顺、顾建平、文欢一起组成编委会，并特邀徐晨亮参与，经过认真研讨和多轮投票最终评定了100人的入选小说家目录。由于编委们大多都是长期在中国文学现场与中国文学一路同行的一线编辑、出版家、评论家和文学记者，可以说都是最专业的文学读者，因此，本套书对专业性的追求是理所当然的，编委们的个人趣味、审美爱好虽有不同，但对作家和文学本身的尊重、对小说艺术的尊重、对文学史和阅读史的尊重，决定了丛书编选的原则、方向和基本逻辑。

从文学史的角度来说，1978年以后开启的新时期文学是中国当代文学的黄金时代，不仅涌现了一批至今享誉世界的优秀作家，而且创造了许多脍炙人口的文学经典，并某种程度上改写了20世纪中国文学史的版图。而在中国新时期文学的经典家族中，小说和小说家无疑是艺术成就最高、影响力最大的部分。"中国小说100强"（1978—2022）就是试图将这个时期的具有经典性的小说家和中国小说的经典之作完整、系统地筛选和呈现出来，并以此构成对新时期文学史的某种回顾与重读、观察与评判。呈现在读者面前的这套丛书是对1978—2022年间中国当代小说发展历程的一次全面、系统的整体性回顾与检阅，是中国当代文学经典化的重要成果，从特定的角度集中展示了中国新时期文学在小说创作方面的巨大成就。需要说明的是，与1978—2022年新时期文学繁荣兴盛的局面相比，100位作家和100本书还远远不能涵盖中国当代小说的全貌，很多堪称经典的小说也许因为各种原因并未能进入。莫言、苏童、余华等作家本来都在编委投票评定的名单里，但因为他们已与某些出版社签下了专有出版合同，不允许其他出版社另出小说集，因而只能因不可抗原因而割爱，遗珠之憾实难避免，而且文学的审美本身也是多元的，我们的判断、评价、选择也许与有些读者的认知和判断是冲突的，但我们绝无把自己的标准强加于别人的意思。我们呈现的只是我们观察中国这个时期当代小说的一个角度、一种标准，我们坚持文学性、学术性、专业性、民间性，注重作家个体的生活体验、叙事能力和艺术功力，我们突破代际局限，老、中、青小说家都平等对待，王蒙、冯骥才、梁晓声、铁凝、阿来等名家名作蔚为大观，徐则臣、阿乙、弋舟、鲁敏、林森等新人新作也是目不暇接，我们特别关注文学的新生力量，尤其是近10年作品多次获国家大奖、市场人气爆棚的新生代小说家，我们禀持包容、开放、多元的审美立场，无论是专注用现实题材传达个人迥异驳杂人生经验、用心用情书写和表现时代精神的现实主义作家，还是执著于艺术探索和个体风格的实验性作家，在丛书里都是一视同仁。我们坚信我们是忠实于自己的艺术理想、艺术原则和艺术良心的，但我们并不认为自己的角度和标准是唯一的，我们期待并尊重各种各样的观察角度和文学判断。

当然，编选和出版"中国小说100强"（1978—2022）这套大型丛书，除了上述对文学史、小说史成就的整体呈现这一追求之外，我们还有更深远、更宏大的学术目标，那就是全力推进中国当代文学"经典化"的历程和"全民阅读·书香中国"建设。

从1949年发端的中国当代文学已经有了70多年的发展历程，但对这70多年文学的评价一直存在巨大的分歧，"极端的否定"与"极端的肯定"常常让我们看不到当代文学的真相。有人认为中国当代文学达到了前所未有的高度和水平。王蒙先生在法兰克福书展上就说：中国当代文学现在是有史以来最繁荣的时期。余秋雨、刘再复甚至认为中国当代文学的成就远远超过了现代文学。也有人极端否定中国当代文学，认为中国当代文学都是垃圾。他们认为现代文学要远远超过当代文学，中国当代文学连与现代文学比较的资格都没有。比如说，相对于鲁（迅）、郭（沫若）、茅（盾）、巴（金）、老（舍）、曹（禺）这样大师级的人物，中国当代作家都是渺小的侏儒，根本不能相提并论，两者比较就是对大师的亵渎。应该说，与对中国当代文学的肯定之声相比，对当代文学的否定和轻视显然更成气候、更为普遍也更有市场。尽管否定者各自的角度和出发点不同，但中国当代作家、作品与中外文学大师、文学经典之间不可比拟的巨大距离却是唱衰中国当代文学者的主要论据。这种判断通常沿着两个逻辑展开：一是对中外文学大师精神价值、道德价值和人格价值的夸大与拔高，对文学大师的不证自明的宗教化、神性化的崇拜。二是对文学经典的神秘化、神圣化、绝对化、空洞化的理解与阐释。在此，我们看到了一个非常有趣的悖论：当谈论经典作家和文学大师时我们总是仰视而崇拜，他们的局限我们要么视而不见要么宽容原谅，但当我们谈论身边作家和身边作品时，我们总是专注于其弱点和局限，反而对其优点视而不见。问题还不在于这种姿态本身的厚此薄彼与伦理偏见，而是这种姿态背后所蕴含的"当代虚无主义"。这种"虚无主义"的最大后果就是对当代作家作品"经典化"的阻滞，对当代文学经典化历程的阻隔与拖延。一方面，我们视当下作家作品为"无物",拒绝对其进行"经典化"的工作,另一方面又以早就完全"经典化"了的大师和经典来作为贬低当下泥沙俱下的文学现实的依据。这种不在同一个层面上的比较,不仅毫无意义,而且只能使得文学评价上的不公正以及各种偏激的怪论愈演愈烈。

其实,说中国当代文学如何不堪或如何优秀都没有说服力。关键是要进行"经典化"的工作,只有"经典化"的工作完成了才有可能比较客观地对当代的作家作品形成文学史的判断。对当代的"经典化"不是对过往经典、大师的否定,也不是对当代文学唱赞歌,而是要建立一个既立足文学史又与时俱进并与当代文学发展同步的认识评价体系和筛选体系。当然,我们也要承认,"经典化"问题是一个非常复杂的问题,并不是凭热情和冲动一下子就能完成的,但我们至少应该完成认识论上的"转变"并真正启动这样一个"过程"。

现在媒体上流行一些对于中国当代文学经典化冷嘲热讽的稀奇古怪的言论,其核心一是否定中国当代文学有经典、有大师,其二是否定批评界、学术界有关"经典化"的主张,认为在一个无经典的时代,"经典"是怎么"化"也"化"不出来的,"经典化"是一个实实在在的"伪命题"。其实,对于文学,每个人有不同的判断、不同的理解这很正常,每一种观点也都值得尊重。但是,在"经典"和"经典化"这个问题上,我却不能不说,上述观点存在对"经典"和"经典化"的双重误解,因而具有严重的误导性和危害性。

首先,就"经典"而言,否定中国当代文学早就不是什么新鲜事,对当代文学的虚无主义态度在很多人那里早已根深蒂固。我不想争论这背后的是与非,也不想分析这种观点背后的社会基础与人性基础。我只想指出,这种观点单从学理层面上看就已陷入了三个巨大误区:

第一个误区,是对经典的神圣化和神秘化的误区。很多人把经典想象为一个绝对的、神圣的、遥远的文学存在,觉得文学经典就是一个绝对的、乌托邦化的、十全十美的、所有人都喜欢的东西。这其实是为了阻隔当代文学和"经典"这个词发生关系。因为经典既然是绝对的、神圣的、乌托邦的、十全十美的，那我们今天哪一部作品会有这样的特性呢？如果回顾一下人类文学史，有这样特性的作品好像也没有。事实上，没有一部作品可以十全十美，也没有一部作品能让所有人喜欢。在这个问题上，我们应该明确的是，"经典"不是十全十美、无可挑剔的代名词，在人类文学史上似乎并不存在毫无缺点并能被任何人所认同的"经典"。因此，对每一个时代来说，"经典"并不是指那些高不可攀的神圣的、神秘的存在，只不过是那些比较优秀、能被比较多的人喜爱的作品而已。从这个意义上说，当今中国文坛谈论"经典"时那种神圣化、莫测高深的乌托邦姿态，不过是遮蔽和否定当代文学的一种不自觉的方式，他们假定了一种遥远、神秘、绝对、完美的"经典形象"，并以对此一本正经的信仰、崇拜和无限拔高，建立了一整套关于中国当代文学的伦理话语体系与道德话语体系，从而充满正义感地宣判着中国当代文学的死刑。

　　第二个误区，是经典会自动呈现的误区。很多人会说，是金子总是会发光的。但对文学来说，文学经典的产生有着特殊性，即，它不是一个"标签"，它一定是在阅读的意义上才会产生意义和价值的，也只有在阅读的意义上才能够实现价值，没有被阅读的作品没有被发现的作品就没有价值，就不会发光。而且经典的价值本身也不是固定不变的。如果一个作品的价值一开始就是固定不变的，那这个作品的价值就一定是有限的。经典一定会在不同的时代面对不同的读者呈现出完全不同的价值。这也是所谓文学永恒性的来源。也就是说，文学的永恒性不是指它的某一个意义、某一个价值的永恒，而是指它具有意义、价值的永恒再生性，它可以不断地延伸价值，可以不断地被创造、不断地被发现，这才是经典价值的根本。所以说，经典不但不会自动呈现，而且一定要在读者的阅读或者阐释、评价中才会呈现其价值。

第三个误区，是经典命名权的误区。很多人把经典的命名视为一种特殊权力。这有两个层面的问题：一，是现代人还是后代人具有命名权；二，是权威还是普通人具有命名权。说一个时代的作品是经典，是当代人说了算还是后代人说了算？从理论上来说当然是后代人说了算。我们宁愿把一切交给时间。但是，时间本身是不可信的，它不是客观的，是意识形态化的。某种意义上，时间确会消除文学的很多污染包括意识形态的污染，时间会让我们更清楚地看清模糊的、被掩盖的真相，但是时间同时也会使文学的现场感和鲜活性受到磨损与侵蚀，甚至时间本身也难逃意识形态的污染。此外，如果把一切交给时间，还有一个前提，那就是对后代的读者要有足够的信任，要相信他们能够完成对我们这个时代文学的经典化使命。但我们对后代的读者，其实是没有信心的。我们今天已经陷入了严重的阅读危机，我们怎么能寄希望后代人有更大的阅读热情呢？幻想后代的人用考古的方式对我们这个时代的文学进行经典命名，这现实吗？我不相信后人对我们身处时代"考古"式的阐释会比我们亲历的"经验"更可靠，也不相信，后人对我们身处时代文学的理解会比我们亲历者更准确。我觉得，一部被后代命名为"经典"的作品，在它所处的时代也一定会是被认可为"经典"的作品，我不相信，在当代默默无闻的作品在后代会被"考古"挖掘为"经典"。也许有人会举张爱玲、钱钟书、沈从文的例子，但我要说的是，他们的文学价值早在他们生活的时代就已被认可了，只不过很长时间由于意识形态的原因我们的文学史不谈及他们罢了。此外，在经典命名的问题上，我们还要回答的是当代作家究竟为谁写作的问题。当代作家是为同代人写作还是为后代人写作？幻想同代人不阅读、不接受的作品后代人会接受，这本身就是非常乌托邦的。更何况，当代作家所表现的经验以及对世界的认识，是当代人更能理解还是后代人更能理解？当然是当代人更能理解当代作家所表达的生活和经验，更能够产生共鸣。因此，从这个角度来说，当代人对一个时代经典的命名显然比后代人更重要。第二个层面,就是普通人、普通读者和权威的关系。理论上,我们都相信文学权威对一个时代文学经典命名的重要性,权威当然更有价值。但我们又不能够迷信文学权威。如果把一个时代文学经典的命名权仅仅交给几个权威,那也是非常危险的。这个危险表现在什么地方呢?就是几个人的错误会放大为整个时代的错误,几个人的偏见会放大为整个时代的偏见。我们有很多这样的文学史教训。在这个问题上,我们既要相信权威又不能迷信权威,我们要追求文学经典评价的民主化、民主性。对一个时代文学的判断应该是全体阅读者共同参与的民主化的过程,各种文学声音都应该能够有效地发出。这个时代的文学阅读,最理想的状态应该是一种互补性的阅读。为什么叫"互补性的阅读"?因为一个批评家再敬业,再劳动模范,一个人也读不过来所有的作品。举个例子:现在我们一年有5000部以上的长篇小说,一个批评家如果很敬业,每天在家读二十四小时,他能读多少部?一天读一部,一年也只能读三百部。但他一个人读不完,不等于我们整个时代的读者都读不完。这就需要互补性阅读。所有的读者互补性地读完所有作品。在所有作品都被阅读过的情况下,所有的声音都能发出来的情况下,各种声音的碰撞、妥协、对话,就会形成对这个时代文学比较客观、科学的判断。因此,文学的经典不是由某一个"权威"命名的,而是由一个时代所有的阅读者共同命名的,可以说,每一个阅读者都是一个命名者,他都有对经典进行命名的使命、责任和"权力"。而作为一个文学研究者或一个文学出版者,参与当代文学的进程,参与当代文学经典的筛选、淘洗和确立过程,更是一种义不容辞的责任和使命。说到底,"经典"是主观的,"经典"的确立是一个持续不断的"过程","经典"的价值是逐步呈现的,对于一部经典作品来说,它的当代认可、当代评价是不可或缺的。尽管这种认可和评价也许有偏颇,但是没有这种认可和评价,它就无法从浩如烟海的文本世界中突围而出,它就会永久地被埋没。从这个意义上说,在当代任何一部能够被阅读、谈论的文本都是幸运的,这是它变成"经典"的必要洗礼和必然路径。

总之,我们所提倡的"经典化"不是要简单地呈现一种结果,不是要简单地对一个时代的文学作品排座次,不是要武断地指出某部作品是"经典",某部作品不是"经典",不是要颁发一个"谁是经典"的荣誉证书,而是要进入一个发现文学价值、感受文学价值、呈现文学价值的过程。所谓"经典化"的"化"实际上就是文学价值影响人的精神生活的过程,就是通过文学阅读发现和呈现文学价值的过程。可以说,文学的经典化过程,既是一个历史化的过程,更是一个当代化的过程。文学的经典化时时刻刻都在进行着,它需要当代人的积极参与和实践。因此,哪怕你是一个对当代文学的虚无主义者,你可以不承认当代文学有经典,但只要你还承认有文学,你还需要和相信文学,还承认当代文学对人的精神生活具有影响力,你就不应该否定当代文学经典化的重要性。没有这个"经典化",当代文学就不会进入和影响当代人的生活,就失去了存在的意义。每一个人,哪怕你是权威,你也不能以自己的好恶剥夺他人阅读文学和享受文学的权利。

从这个意义上说,当代文学的经典化当然是一个真命题而不是一个伪命题。在一个资讯泛滥的时代,给读者以经典的指引是文学界、出版界共同的责任,而这也是我们编辑出版这套书的意义所在。

最后,感谢张明和张英先生为本套书付出的辛劳,感谢北京立丰天文化传播有限公司、北京金圣典文化有限公司的资金支持,感谢全体编委和北京联合出版公司各位编辑,感谢所有对本套丛书的出版给予大力支持的作家和他们的家人。

是为序。

吴义勤
2022 年冬于北京

目 录
Contents

蝉　翼＿＿1

嘲螺蛳＿＿50

友情客串＿＿114

附　体＿＿179

掰月亮砸人＿＿235

蝉　翼

1

那时候我住在一处建在山腰的房子里。山腰有一溜规矩的复式楼，其整齐的样子犹如朵拉的门牙。每套复式楼都有两层，但面积很小。人们叫这一排楼叫长城楼，有十三套。我住在最后一套。顺路走到尽头，有个独立的院门，用钥匙拧开了，迎面扑来浓重的鸡粪味。那时候我是个养鸡的，也就是说，饲养员。老板租下长城楼最靠里的一栋，以及后面十来亩坡地。种了一百多棵猕猴桃树苗，说是良种。这种藤本植物的茎蔓暂时还不能攀满架子，形成荫翳。

我只给小谢和朵拉打过电话，告诉我现在在什么地方，干着什么。他们有时到我这里坐一坐。小谢不喜欢这里，再说他刚找了个女朋友，所以不能像以前一样，没事就跟我泡在一起。朵拉是一个比我更寂寞的人，她经常来我这里，跟我扯一扯白，看看我喂养的斗鸡。她觉得那些鸡很丑，实在是太丑了。她说，要是你把这种鸡炖了，我肯定不吃。我说这鸡死了没什么吃头，活着却是赚钞票的机器，老板专门开私车到越南和泰国买来的,便宜的都要几千块钱一只。她吐了吐舌头,说,打架吗?我点了点头。她很快得出一个结论:这些鸡长得难看,待在一起谁看谁都不顺眼,所以会打起来。她觉得这是一种很深刻的见解,说出来以后就得意地笑了。我想,也许是这样;再者,这也是朵拉一贯的思维方式。

来了几次以后,她能够理解我为什么选择当饲养员,而不是进入乡镇卫生所。以前我们那个班上的同学,十之八九都蹲进了卫生所里,然后日夜等待着进城的机会。养鸡的工作很轻松,虽然有些枯燥,但是相当省心,不会有人找麻烦。

当朵拉在乡卫生所给一个妇女注射青霉素,惹出好大一堆麻烦后,她就觉得我的选择很明智。

皮试显示正常,她只不过有些晕针,想敲点钱。她家很穷,简直穷疯了,要是年轻漂亮一点,她说不定会去卖。朵拉被这件事打击得不轻,讲话刮毒,不符合她一贯的较淑女的形象。我能理解她的心情。为这事她赔了几千块钱,从我这里借了两千——她不想让她父母知道。这也是让我觉着迷惑的地方,她这样还可以撒撒娇装装嗲的年纪,却能打脱门牙往肚里咽,还能把事情隐瞒得密不透风。但我记得几年前一天,她跟班主任老普请假,老普没有批,她就哭了。她坐在教室靠后的一张椅子上,憋了憋,没憋住,终于哭出声来。

当时我正好掏得出两千块钱,那是一个月的薪水。她装出很羡慕的样子,说,一个月能有两千,真不错。当时我的同学下到乡镇,月工资五六百。我有自知之明,这样的工种即使钱再多一点,也不至于使人羡慕。朵拉的男朋友杨力再过两三年,研究生毕业以后,一年能挣下十来万。

我告诉她这两千块钱也不好挣,这种鸡不光是喂养,还得一只只搞体训。正因为我有医护资格证，才最终拿到这份工作。可以说，这些鸡享受的医疗保健水平相当于县团级干部，蜂王浆脑白金天天都有得吃，通常拌在精饲料里，隔三岔五还打一针人血白蛋白，增强免疫力，并蓄养体能；偶尔也打睾丸酮、丙胴胺之类的性激素，进一步激发它们的雄性和斗性。拿去打架之前，会注射士的宁或者丙酸诺龙，让它们兴奋无比，斗志昂扬。——斗鸡协会前一阵还在反复讨论，要不要在斗架之前，给鸡们搞一搞尿检。

朵拉用嘴唇吹出一串颤音，这表示她很惊讶。她问我，那这些鸡配种的时候，你会不会给它服用伟哥？

这以前倒没有想过，但可以给老板提提建议。我说。朵拉忽然又说，以后要什么药，到我那里买，让我也提一提成。我说行，送个顺水人情。你们那里有伟哥卖吗？买一点，有时候我也搭帮这些鸡用几粒试试。她说，哪有？我们是乡卫生所。

她想看看我是怎么给斗鸡搞体训的。我说少儿不宜，她更来兴趣，她说，我什么没看过？还能有什么不宜的？

是呵，我想，我们这些在医专待过六年的人，还有什么少儿不宜的东西没看过？但我给鸡搞体训的办法不是在医专学得到的，全靠自个摸索。我先是找来一只母鸡，用大竹罩罩住。再把一只斗鸡捉来，往竹罩外一扔。斗鸡眼力不太管用，待了分把钟才看清竹罩里面是它日思夜想的母鸡，于是做出扒骚的动作向母鸡靠拢。两只鸡被竹罩隔开了，斗鸡当然不死心，围着竹罩一圈一圈转了起来，不知疲倦。它估计不出来这竹罩的直径有多大，可能老以为，前面不远的地方会有一个豁口，可以钻进去。

那只斗鸡跑了好多圈，还发出痛苦的低鸣。我哈哈哈地笑了。虽然每天都看得到这样的情况，我还是会被鸡们逗笑。它们一脸焦躁和

3

无奈的样子,是赵本山他老人家都表演不出来的。我以为朵拉也会笑。但是我想错了,她没有笑。她说,太残忍了。你太龌龊了,能想出这样的鬼主意。她看着我,表情古怪。我忽然记起来,我们第一次去看解剖好的尸体标本,她脸上也浮现这样的表情。很多个女生哕了,但朵拉直直地看着尸体,摆出这样的表情。她用当年看尸体的眼神看着我。

不远处一个食槽冒出一只黑乎乎的老鼠,朵拉眼尖,看见了老鼠,发出尖叫。她的尖叫回复了作为一个淑女的样子。我读到一份时尚杂志上刊载的《淑女手册》,第一条就是:见到老鼠要尖叫,不管你怕还是不怕。

为什么?

我没有问朵拉。

我告诉朵拉,有一回我坐在窗口那个地方,用弹弓枪打下一堆老鼠,然后挑了两只个大的,每只怕有半斤左右,剥了皮,扔了一挂精致的下水,再熏成爆腌肉的成色,剁细了小炒。

吃着很嫩。我说。朵拉并不奇怪,说,我知道,应该很嫩。像什么味?是不是像鸡肉?我再次感到意外,本指望朵拉再次尖叫起来,说,多肉麻呵。依我看来,像朵拉这种长得带几分神经质的女孩,既然怕老鼠,就更不能说吃这东西了。我说,有点像黄牛肉,只是里面碎骨头多,吃起来更香。也要用芹菜炒,添些黄豆酱。下次我再打两只,到时叫上你和小谢,还有他女朋友,我们一块吃。我们先别告诉他两口子,吃完以后再公布答案。

好的。朵拉这么回答。

那天我忽然想起一件事。我又告诉她,有一天我看见一只鹦鹉飞到后山,落在一处食槽上,啄食谷粒。她说,你晓得,鹦鹉的嘴是弯的，看它们啄食的样子，我总是想笑。朵拉问，有什么好笑的？我说，因为我会想起老普。我也不晓得为什么，看见鹦鹉啄食，我就会想起老普。朵拉说，是吗？听说老普的老公被抓了，贪污。我说，肯定外面还养着女人。我第一次看见老普的男人，就知道他是个色鬼。

为什么？朵拉懵懂地问。

我说，他看你们女孩子，总是从中间看向下面，然后再慢慢地看向上面——喏，就像我现在这样。

记得那天，我想抓住落到食槽边的那只鹦鹉。我慢慢靠近它。它好像并不惧怕，肯定是被人驯养过，逃脱笼子后飞到这里。当我的手快捉住它时，它一个扑棱就飞了，在半空旋了几圈，又落到了食槽附近。

这只鸟有点呆。我说。

你抓住它没有？朵拉看着我。

于是我也看看朵拉的眼睛。朵拉不算漂亮，但她的眼睛很漂亮。纵使两只眼睛很漂亮，也改变不了这张分布着七个窟窿的脸。我想我有点遗憾，同时又对自个说，幸好她并不漂亮！

我告诉她，那天，我整整在食槽边待了四个小时，一次次地接近鹦鹉，一次次都只差一点点，甚至指头经常触摸到它绿色的羽毛，但不能捉稳整只鸟。天快黑了，有一次，我又把手伸了过去，本以为顶多只能摸到一些羽毛，和此前成百次的遭遇一样。结果这次我抓住了那只鸟，握了个满盈。我说，当时我的手有些哆嗦……

结果它又逃脱了，呵呵。朵拉自以为是地说，我就知道，你会这么说。

不，它没飞掉啊。我很高兴，终于把朵拉算计了一把。但她照样不吃惊，这种迟钝仿佛是天生的，要怪她父母。我带她上到二楼，看那只关在笼中的鹦鹉。

前些天我拽着这只鹦鹉去到花鸟店买笼子,店主告诉我,这种鹦鹉不会学人话。我感到可惜,要不然,我想教这只傻鸟说,朵拉你好。或者说,朵拉,I love you。我甚至想,要力图让这只傻鸟的英语发音夹杂着佴城方言的腔调。

我想,如果朵拉想要,就把这只鹦鹉送给她。

2

我知道朵拉不是我女朋友,不需要别人提醒。我先认识杨力,然后才见到朵拉。那年八月,学校开学之前,小谢带着杨力来找我。我和小谢以前同学,而杨力和小谢一直是邻居。我们就是这么认识的。杨力找我的原因,就是因为朵拉。他不放心,初中毕业以后他要去长沙读一所重点中学,但朵拉和我在当地医专的同一个班级。

你们谈两年多了?我哧地笑了出来。那年我15岁,并由此推算他俩恋爱时才多少岁。我立即感到一种滑稽,喷着鼻息笑了。当时我还没有学会摆出一种较为正式的表情去面对这样的问题。

是这样,我们早就确定了恋爱关系,感情一直很好。杨力居然一点没笑,严肃得像学生会主席在指导新的学生干部开展工作。小谢坐在我旁边。他踢了踢我的脚。杨力的表情有些悲伤,整个人显得有20来岁,甚至更大一点。他说出了担心的事情:外面的人都喜欢跑到医专来泡妹子……可能他觉得我不是很专心听他说话,所以沉默了一会儿,注视着我,问,知道这是为什么吗?

我不知道。我刚来，只知道哪所学校的妹子都有人泡，不光是医专。

杨力循循善诱地告诉我说，但医专有不同。外面那些流氓都喜欢勾引医专的妹子，因为用起来比其他学校的妹子放心。医专的女孩，顺理成章地应该精通避孕。如果一个医专女孩不小心被搞大肚子了，不光坏了名声，还说明她智商有问题……

搭帮杨力的指点，我又明白了一个道理，对将要就读的医专产生了向往之情。当初中毕业要考中专时，我没什么想法。爷爷摇头晃脑地建议我去读医卫或者师范。凭他的经验，不管朝代怎么更迭，医生和老师这两样人都需要的。其他那些职业，我爷爷觉着政策性强，靠不稳。

我不想读师范。在我们那个乡镇，老师都活得很窝囊，还要分片去收学费。在农村，收一块钱学费都要花去几两唾沫。想想这些，我就头皮发麻，于是决定去读医卫专业。报考的这个专业要读四年，校方还承诺，中专毕业后再花两年，就给你发大专文凭，好歹算是一个大学生。

朵拉并不漂亮。因为杨力那天说话时悲哀的神情，在看到朵拉之前我隐隐充满着期待。头一天去到那个班，她主动来找我认识。杨力肯定跟她说到过我。她跟我扯起杨力，问我怎么认识杨力的。这个杨力老早就编好了，让我和他统一口径。我一边和她说话，一边想，杨力这个人是多虑了，他可能觉得每个男人都会在朵拉身上找到和他一样强烈的感觉。其实并不是这样，医专里漂亮的女孩很多，一抓一大把。这么多的漂亮女孩囤积在一起，她们肯定也滋生不了奇货可居的心思。

那六年里，我没有感到和异性相处的愉悦，而是老要担心，自己是不是女性化了？班上有五个男的，四十六个女的。由于性比例的严重失调，班上女孩对我们的同化作用是显而易见的。自个时不时都能很清晰地感觉到，正说着话，不知从哪个字音开始，语调忽然就变软了，变黏糊了。然后女孩们会很得意地提醒说，你真变态。

于是，我们五个都商量好了，要相互提醒，相互监督，防微杜渐，不能让自己蜕变成人妖。

我记得，有好多个夜晚，我梦见身上长出了乳房；甚至有个晚上，我梦见自己生下一条孩子，血淋淋的，孩子哭的声音活像我外公没死之前每个晚上打的鼾。我惊醒过来，摸了摸胸脯，是很平的，于是松了一口气；再往裆里捞一捞，那东西仍然躺在原来的地方，多捞它几下，渐渐就挺直了起来。这样，我才完全放心下来。

我们几个男的对这样的环境有一种逆反，其结果是我们嘴巴子都变得很恶毒，一到寝室就淋漓尽致地用解剖知识去评点班上的女孩子，说得她们毫无隐秘可言。仿佛只有这样，才证明我们一脑袋都盘旋着男性思维；而那些女孩，如果有幸听到我们在寝室里的说道，搞不定有几个会昏厥过去。

有一天我们不晓得从哪本破杂志上看到这样一则文章，上面介绍女孩子性欲发作时候会有的一些举动。我记得其中一条，是说在公共的场合，女孩会佯装翘起个二郎腿，其实是紧紧夹着腿根，然后拿屁股在椅子上来回摩擦。那篇文章很快被我们五个男的都读了一遍，之后的那一个星期，大家根本就没有心思上课，全趴在桌子上，观察班上女孩下半身的情况。我们要找出谁是班上性欲最强的女孩。

我记得那个下午，第二节课，我趴在桌子上差点要打起瞌睡了，忽然被身后的小李拍了一巴掌。他指了一个方向，叫我往那边看。我一看，小李指着朵拉。朵拉跷起了二郎腿，正把身下坐着的那张骨牌椅摇得吱嘎吱嘎响。外面有一只蝉在鸣叫，掩去了这声音，如果不用心，就不会听到。

蝉的叫声是鸡——鸭——屎，稍一暂停，又是鸡——鸭——屎，如此循环不已，把整个秋后下午都弄得昏昏欲睡。在我们俐城，把蝉就叫作"鸡鸭屎"。

我也是看着朵拉臀部的运动，才能听见她折磨椅子弄出的响声。讲台上长相很神经质的老普正在教拉丁文，用拉丁文拼写出的药品名都十分冗长。我不晓得为什么要学这个，每一种药都有对应的中文译名。

朵拉还在摇椅子，时疾时徐，但中间没有间歇的时候。班上五个男的互相传达了以后，注意力都集中在朵拉的臀部，一直窃笑不已，因为这些天的蹲守终于有了结果。朵拉却茫然无知。她还在一个劲地摇啊摇，摇啊摇。

我忽然想，她是不是想起了杨力？除了杨力，她是不是想起了别的谁？

在我咸湿的梦中，班上好多个女孩都出现过，闹得我第二天见到她们本人时，有些愧怍，感到无颜以对。据此我想，朵拉在摇椅子的时候，肯定也不光想着杨力。杨力离得太远了，而近在身边、经常面对的人才容易成为性幻想的对象。

那天晚上他们忽然神神道道地看着我，还祝贺我，说看不出来，你一眼就盯上了王朵拉，原来是因为这个呀。我连呼冤枉，我说朵拉又不是我的女朋友。他们说，看啊看啊，朵拉朵拉地，从来就没见你叫她王朵拉，这么腻。

我无奈地看着他们，忽然憋出那么一句，清者自清，浊者自浊。他们抽疯似的笑起来，说你这个蠢驴，管她是谁的女朋友？个把男人肯定满足不了她的。说着,他们轮流拍了拍我的肩头,抛给我暧昧的眼神。

朵拉不是乐于交际的人,她在女孩子中间都显得形单影只,没有特别谈得来的。但她乐得找我说话,课间的时候,还有周末。她叫我陪着她去买东西。别人有什么误会,也是正常的。其实我们在一起的时候,她说得最多的还是杨力,杨力杨力杨力,完了还是杨力。我并不了解杨力,几年下来总共没见几次面。他在我头脑中的印象很模糊,只记得他这个人一年更比一年神经质。朵拉理解地说,那是在那所省重点中学,杨力压力很大。他成绩很好,定下的目标是北大或者清华。要上那两所大学,不玩命可不行。

朵拉经常要请几天假,班主任老普有些烦她。本来老普挺喜欢她,让她当这个班的班长。但朵拉请假次数太多了,又被别的女孩检举说,朵拉请假是去长沙看男朋友。老普就更不高兴了。她没有旗帜鲜明地在班上反对找男朋友(老普这么说的时候,仿佛这个班上五个男学生根本就不存在),但不能影响学业。这是救死扶伤的事业,学业不扎实,以后弄死了人可不是开玩笑。

我一直想,为什么朵拉会这么频繁地去长沙?仅仅是见面吗?那次,目睹了朵拉摇椅子的激烈过程以后,我恍然大悟。想明白这个问题,不知怎么地,我有些难过。

幸好只有一点点,难以觉察到的一点点。

三年以后,杨力没考上北大清华,只超出湖南大学的录取分数一点点。杨力是一个挺要强的人,他咬咬牙,没去读湖南大学,而是另外造了一套档案,变成另外一个人,再复读一年。那一年朵拉去长沙去得更勤快了。听小谢说,杨力本打算回郴城复读,但杨力的妈不同意,因为在长沙,能知道的高考信息要多一点,比在郴城有优势。

朵拉每回去长沙，都会问我借一两百块钱。从长沙回来，很快地把钱还给我。她告诉我说，是杨力给她的。过了那一年，杨力就考上了清华。但朵拉的心情变得很烦躁。杨力将他们两个恋爱的事告诉了他妈，杨力他妈要见见朵拉。见了面以后，朵拉很明显地感受到，杨力家里的人对她很冷淡。

她跟我倾诉这件事时，我说，你想多了。也许杨力的妈是这种性格，听说一直在当什么领导……

宗教局的局长。她说。

我说，那就对了，天天跟和尚道士打交道，肯定得不苟言笑板着脸。再说你们的事还得放几年，她也不能一下子就把你认作儿媳了啊。

她说，你不知道，现在他考上大学了，他的妈就会更挑剔。

我说，那有什么，我们以后也可以有大专文凭。

朵拉就苦笑起来，她说，那差得太远了，就你还把大专文凭挺当一回事，敢把自个当大学生。他家里人肯定不会这样想，他家一家知识分子，文凭也能分个三六九等，清清楚楚。

我搞不清这些事，这些事比拉丁文还麻烦。那一年，我连大专和大本的区别都还很模糊，只知道少读一年书，就会少花一笔钱。在我老家苋头村，熬到中专毕业的都没几个。拿到大专文凭，对我而言，是能让颜面生辉的。

往后那两年朵拉变得很安心了，因为她不能随时请假去北京。北京比长沙远得多，要跨长江过黄河，途中要在襄樊和郑州转两道车。她越来越频繁地找我说话，她的话越来越啰唆，一件事刚说完就忘了，原模原样地再说一遍。她抱怨恋爱太早是很辛苦的事，七八年谈下来，就好像鸡屁股一样，食之无味，弃之可惜。

我没有帮腔，我嗯嗯啊啊，更多的是讲杨力的好话。

小谢到侢城办事的时候，找过我几次。当时他已经接他父亲的班，在一家信用社坐柜台。每一次他找到我，总要问我，是不是对朵拉越来越有想法了？我指天发誓说没有。我说，你听谁说了什么？小谢就笑了，说，小丁，看你就不是那样的人。我谦虚地说，我是蛮有自知之明的，你放心好了。

朵拉倒是老想给我介绍一个女孩子。她说，很快要毕业了，出了学校，可没有那么多女孩去选择。当时我们都二十了，很奇怪地，我竟然一直说不要。现在想想，在社会上才感觉得到僧多粥少的难处。

朵拉见我这么坚决地摇脑袋，也是奇怪。有一次她还不经意地问我，是不是，你喜欢上我了？

我想了想，说，也许吧。还君明珠双泪垂，恨不相逢未嫁时。

她瞪了我一眼，说，谁嫁了？我不是还没嫁给杨力嘛。

哦？我说，那你帮我算算，我还有机会吗？

朵拉煞有介事地帮我看了看手相，然后说，机会可能不大啊。

我们在那所学校读了六年，很漫长。毕业以后她进到乡卫生所，而我成了一个饲养员，每天摆弄一堆丑陋的斗鸡。

3

朵拉喜欢阴天，还喜欢一连下好几天的雨。下雨天她会变得兴奋。

这是悖于常情的。从书上得来的知识是，阳光灿烂的天气有利于人体内 5-羟色胺的合成，而这种物质可以让人变得愉悦。长时间的阴雨，5-羟色胺合成量急剧下降，人就容易变得忧郁。

俫城多阴，多雨，很少有接连几天的晴朗日子。长城楼的位置很高，大半个俫城铺在眼底。朵拉爱跑到二楼，坐在窗前看外面的云和雨。她星期六从乡卫生所回家，星期天会到我这里，待上半天，下午再到城郊搭农用车去工作的那个乡镇。从四月到八月，雨一直就不怎么断过。这段时间，朵拉来我这里最勤快。她跟我说，她家住在很低洼的地方，看着天空就像是从井底看上去的，让人感到很窒息。在我这里看就不同了，推开窗，云总是很近，雨下到俫城里面，在街面上汇聚并毫无方向地流淌，在河里一点点地涨起来，都可以看得一清二楚。

　　下雨的星期天，我就知道朵拉一定会来。有一天雨下得很大，下得很暴戾，我忽然就得来一种感觉：所在的小山头，成了一个孤独的岛屿。水在窗玻璃上肆意流淌，隔着这层漫漶的水看出去，外面一切影影绰绰。作为俫城标志的大钟楼，大体看得见一些轮廓，仿佛是天边的一种幻影。于是我怀疑，明天早上它还能不能在七点整准时奏响一曲《东方红》。

　　这天，朵拉还是来了。透过窗子，我看见一团紫红颜色正在向这半山腰蠕动。我认出那是她的伞。估计她要走到了，我就拧开外面的门。她有点惊喜，她说你今天肯定没上街吧？呶，我都帮你买了菜。这时我看见她梳了一个不可理喻的发型，像头顶顶了一截甘蔗，有三四个节把子，尺把长。她那天心情特别好，差不多好疯了。她当天的表情使我怀疑，那些电影里为什么老以阴雨作为语言去描述黯淡的心情？难道导演们看不出来，大雨里潜伏着一种狂喜的气质？

　　前一天的早上她接到电话，杨力通过了面试，九月份就要读研究生了。我这才意识到，杨力已经读完了大学，而我们毕业也已经两年。

　　她说她昨天一高兴，晚上肾就痉挛起来。她给自己打了一针阿托品。今天,她担心肾会再一次痉挛,所以还随身带了一支针剂和一支注射器。这几乎是班上所有同学的通病,身体稍有点不适,就会自个找药吃。

朵拉爬上二楼,守着窗子看外面的雨,像那天那样大的雨,我好像从未见过,晚上的地方台新闻,肯定有几条是关于泥石流和山体滑坡的。我在楼下洗了几串葡萄,还切了一个黄瓤的,吃着像脆黄瓜的西瓜,一齐端上楼去。她目不转睛地看着雨,而我坐在一张破旧的沙发上看着她的侧影。她的侧影比正面漂亮,而这种螳螂捕蝉式的欣赏,又让我仿佛想起了某一首小诗。

但那首小诗怎么写来着?我能记住几百首歌词,却记不住一首非常短小精美的诗。

她忽然回过头来,对我说,雨像是把我们困在这里。说完她笑了。室外的光很暗,照进这间屋子就更暗,像是傍晚的情景。漫天盖地的雨声,突然让这间房笼罩了一重暧昧的色彩。

我看看朵拉,突然有了一种别样不同的心情。认识她八年了,还是头一次有过。但我什么也没有干。我以为我会干些什么,甚至一度以为自己有些失控,但醒过神来,我和朵拉还保持着四五尺远的距离。

我赶紧跑到楼下去弄饭,把她买来的几样菜弄好,还煎了一盘母斗鸡下的蛋。斗鸡肉很难吃,但鸡蛋特别地鲜嫩。我们喝了一点酒。她脸上有了酡色,话也多了起来。她说她想辞了工作,去北京陪读,作全职太太。她说,如果能找一个工作,那当然更好。我没有说什么,只顾吃菜。她说,小丁,你也一块去吧,说不定到北京也有老板请你驯养斗鸡。

我告诉她我不想离开这里,对那些特大的城市一点也不向往,并对削尖了脑袋也要挤进大城市的人有些反感。她很吃惊,问我为什么这样。

我说不出来。她却说，你要说。

当时我没去过任何一处特大城市，而且心里一点也不想去。我告诉朵拉，我骨子里向往一种单调的工作或生活，比如灯塔看守人，或者是在南沙的一个海岛上放哨。甚至，我还幻想过坐牢，单人牢，在里面抱一本很枯燥的书看，《鲁迅全集》还有毛选邓选什么的。我想，在那样的环境，任何书我都可以看得津津有味。

朵拉说，为什么有这样的想法呢？

我说，也许在那种地方，人可以活得轻飘飘的。有时候，我想生活在没有一个熟人的地方。碰见了熟人，憋不住会说话，但说话从来都是非常愚蠢的事。我最不想去人多的地方生活。大城市人太多了，走在路上，到处都是人，像鸡们随地拉下的粪便。

我说的话，也许唤起了朵拉心中的什么。她怔了怔，然后说，其实，我也不想去那些城市——你知道吗，走在北京的马路上，我随时都有一种紧张。离马路口近了，我就会想，要是在人行道上走了一半，前面忽然切换成红灯怎么办？如果突然切换了，我一个人站在马路中间应该怎么办？

我说，是吗？

到我们这里根本就不必要担心这些。朵拉又说，但你知道的，如果我们一直这么分开，就会有很多变数。我必须去他那里，守着他。是不是觉得，我，我们女人很可怜？

不，没有。

她擦了擦眼泪，但我没有看到眼泪是怎么流出来的。这时我听见外面响起了隐隐的雷声。雨声也照样底气十足。

我们收拾了东西又去到二楼，她主动问我要一支烟。我想了想，还是给了她。她抽烟的样子很明白地告诉我，不是头一次抽。

天色本来渐渐泛亮了，却又再次暗了下去。有新的雨云涌到了这城市的头顶，不断地堆积。我要开灯，但朵拉喝止了我。可能是酒精的作用，她嗓音有些凄惨，有些歇斯底里。她说，不要开灯。开灯的话，这雨肯定很快就会停下来的。

我躺在了床上，有点不胜酒力。她忽然又把我摇了起来，问我，小丁，你说心里话，有没有喜欢过我？

我想了想，真不知怎么回答。她自嘲地笑了一下，说，我长得是不是不太好看？我有些蒙，回答不出来。她又说，你放心，我也是随便问问，没有别的意思，更不是挑逗你。我也一直只把你看成是朋友，一般朋友。说实话，你长得不帅气，看着有些憨，好像笨头笨脑不太聪明，但其实你又蛮聪明。这并不好，长得憨的人应该笨一点，表里如一，才讨人喜欢。

朵拉说话像是在打机关枪，密集而且凌厉。我这才知道，原来朵拉还憋了这么多针对我的看法。我有些无奈，长这样子得怪我妈，跟我没什么关系啊。

我说，朵拉，你醉了。

她说，我知道。她一脸苦笑，问我她的发型好不好看。我说好，我甚至不敢说不好，虽然我觉得那是她所有发型中最让人难以忍受的。

她说，好是好，但这发型是人家王菲的。我问，王菲是谁。她说，白痴。下次我给你带一盘磁带，你听听她唱的歌。

雨下得稍微小一些的时候，她说要走，要搭车去乡镇。晚上她就得值班。她想了想，把那枚小号注射器和一瓶阿托品针剂搁在桌子上。她说，等下挤车难得小心，丢你这里了。你给那些鸡打过阿托品么？我说没用过。我脑袋一热，对她说，朵拉，我看我还是给你打一针。

这药留在我这里没用，还是你自己用吧。

她稍稍迟疑了一下，竟然同意了。她坐在一张高脚凳上，慢慢地把裤子往下褪了一点，然后又褪了一点，我看见两团半月形的……臀部。我想来几个形容词，或者是比喻句，但我很清楚，那个部位不应该由我发表感慨。我闻见她身体的气味，非常浓烈。这气味和我体内的酒精搅和在一起。我浑身有了一种酸酥痒胀的感觉。我仿佛这才意识到，这是一个健康的浑身散发着热气不算漂亮但也绝对不难看的女孩，同我在一间光线晦暗的屋子里。如她所说，是雨把我们困在了这间屋子里。暴雨的声音，老是让我误以为，整个俚城只剩下我们两个人。

她提着裤头，看着那面墙。墙上什么也没有。她说，你——快点。

我发现她臀部将要受针的那片皮肤有些紧张，因用力而有了褶皱。这是一种对痛感的预期所造成的，针悬着没扎进去，她肯定会提心吊胆。我把吸进注射器的药水挤出来了一点，这样我的手才不会颤抖。窗外的雷声近了一点，我听得出来，当闪电以后马上就听见雷声，就说明它离得很近。

她担心地说，你会打针吗？

我说，开玩笑。

我给她打了一针，她感觉很好，说，你打得不错，比我差一点，但比好多护士强。——就像是被一只蚊子叮了一下。

我顺着她的话说，我整个人都想变成一只蚊子，把你叮几下。

去你的。她理好裤头（她穿那种没系裤带，拉链开在后面的裤子。说老实话，我老在担心这裤子会突然滑脱下来），笑吟吟地说，我走了。

17

4

在老板的逼迫下,我很快学会了开车。年底他又要去越南挑选斗鸡,会把我带上。这样,一路上我就得和他换着开车。

那天我拿到了证,一高兴把车开到了朵拉所在的那个乡镇。这个乡镇不大不小,没逢集,人很少。我走进卫生所的门诊部,看见她在里面那间房,正在对付一个八九岁大小,胖得像红烧狮子头一样的小男孩。外面那间房有一个中老年妇女,她问我哪里不舒服。我正要回答,朵拉朝外面睨了一眼,抢着回答说,找我的。

她用眼神示意我等她一下。

那个胖小孩浑身长满了水痘子,看着像出天花,其实不是。朵拉正用针刺在小孩身上挑破水痘,一粒一粒地挑,然后抹上药膏。那是很笨很费事的活,但具备足够的耐心,是对一个护士最起码的要求。朵拉弄了半个钟头,其间仰起头对我抱歉地笑了几次,让我觉得今天来得不是时候。她挑完了小孩身上的水痘,又跟小孩打商量说,把裤子脱掉,看里面有没有水痘。小孩不让。他这样的年龄,稍微懂得些羞涩,知道裤衩里那条毛毛虫一样的东西是不好让女孩子看的。朵拉佯作恼怒状,说,文文不乖,病就好不了。小孩仍然捂着裤头,憋红了脸,不让朵拉看他裤衩里面的东西。

朵拉嗤的一声,说,不看就不看,水痘子脏死了,还要阿姨愿意帮你挑。

小孩松了一口气,把手从裤衩上放了下来。朵拉却突然蹲了下去,扯开小孩的裤衩，并且说，喔唷，你看你看，小鸡鸡上都长得有水痘，真不知你是怎么搞的。

我在后面看得很清楚，朵拉的伎俩我都看到了。这几个动作她做得一气呵成，以致那个小孩还在发蒙，蒙完了也没有太多的难为情。朵拉自然而然的表情和连贯的动作让小孩没有受窘。而我却在一旁看得奇怪，难道这就是几年前那个请不了假就会哭的朵拉？她身上已经具备了一个妇女才有的泼辣劲，做起每样事情老显得诡计多端，经验十足。

她捏着小男孩的小鸡鸡，挑破了两个水痘，挤出里面的脓，再涂上药。做完这一切，她无奈地看了我一眼，说，是不是比你那些斗鸡要难伺候？你问问你们老板还要人不咯，我也跳槽帮他养鸡算啦。

她请我吃的饭，之后她跟着我回到佴城。她家在四十里外另一个镇子上，我说送她回去，她说今晚不回去，就待在佴城算了。我吓了一跳，以为她会睡在我那里。

朵拉笑了，仿佛看穿了我。她说，你以为，我要去小兰那里，小兰给我打电话，说她准备嫁人了。也许她要我帮她做些什么。

我暗自笑了，把她送到小兰家的门口。小兰不让我走，要我进她家去和她爸爸喝点什么。我走不了，只好进到里面。小兰的爸爸一看就是每天都要几杯的角色，鼻头很红，看着人时显现出一副老眼昏花的样子，其实年纪并不太大。

他招呼我坐下，并问，你们两口子结婚了没有？我正要说什么，朵拉却说，快啦，伯伯，等小兰结了婚，我们后脚都跟上。小兰的爸爸很高兴，说，结吧结吧，都结婚了算了，别拖到肚子里有了毛毛才非结不可。

我知道他说的是小兰，要不是小兰肚皮已经逐渐显山露水，掩饰不住，按惯例是不会在阴历的七月结婚的，那个月要过鬼节。

我看了朵拉一眼，朵拉却和小兰相视而笑。接着小兰诡谲地睃了我一眼。

过得不久朵拉把两千块钱还给了我。她把钱送到我住的山上，还告诉我说这钱可不是一般的钱，是杨力的一篇论文在美国的什么杂志上发表以后，赚来的美元兑换的。我蘸着唾沫把钱狠狠地数了一遍，撮响每一张钞票，说，不也是老头票嘛，一张又不能当做两张花。她说，小丁，你嫉妒了吧？

她建议我去买一台碟机，这样可以借一些片子，看着打发时间。我当时没打算这么做，但后来还是买了一台。当时一台 VCD 机还要一千多块。但碟片挺多，一套香港的连续剧只要十来块钱，我能用一两天看完，看得眼睛都乌了，感觉还是很过瘾。我长得有点像欧阳震华。这让我颇有点自鸣得意，因为此前我可没想到，就算长了这副模样也能混成个明星，听说还是当家小生。于是我专门去找欧阳震华演的电视剧看，他演的可真多，我一天到晚地看都看不赢。

朵拉什么时候进来的，我不知道。我看着片子，看着看着就睡了，底下的两重房门都没有关。朵拉上来之后，直接进入了我这间房。她看了看桌面上那些散乱的碟片，感到忍无可忍，揪着我的耳朵把我弄醒。她问我，你怎么就这口味啊？

我说，我什么口味？

草料口味。她恨其不争地说，还口口声声地说你爱去清静的地方，喜欢离群索居呢，装出一派很有品位的样子，看的片子却全都是垃圾。

我不晓得这两者有什么不可化解的矛盾。我是想生活在人迹罕至的地方，但我也喜欢看欧阳震华演的片子。我喜欢他是因为我觉得他长得像我。

朵拉却说，以后别租这些电视剧了，我去给你借一些片子看。再这样下去，你会病入膏肓的。

我没想到有这么严重，简直耸人听闻。那天朵拉就随身带了一套碟片，我记不住名字。外国的，没有配音，但有中文字幕。我看着头疼，这些片子你稍一分神，就会看得一头雾水。

碟片磨损得厉害，放出来的效果当然不尽如人意，动不动就是铺天盖地的马赛克，向眼球砸来。

这个片子说的是一个已经上了年纪的人，一辈子就靠抢银行为生。奇怪的是，他虽然没被抓住，但一辈子总也发不起财，甚至很潦倒。有个人想接济他，给他数额不小的一笔钱，劝他不要再去抢银行。那个人说，你老了，不是抢银行的年纪了。但抢银行为生的人拒绝了，他说，不知为什么，每当走过一家银行，就觉得那银行其实一直都等着他去抢。他又说，他别的什么都不会干，只会抢银行。抢银行是再简单不过的事了，只要拿出枪来，对柜台里面的人说，把保险柜打来，把钱放到口袋里去。就这样！

朵拉看得很投入，很认真。但我不。我时不时看看窗外，有一只蝉在叫，叫得很凄惨，像是预感到没几天活头了。这只蝉的叫声不断地阻碍了我对剧情的进入。朵拉时不时会发出情不自禁的低吟。当那个抢银行为生的人最终被击毙时，她尖叫了一声，嘴角还有些哆嗦。

你觉得怎么样？当片终的乐曲响起来，她这么问我。

我说，不怎么样。银行的老板看了这样的片子搞不定会起诉导演。一个人哪可能抢了一辈子银行都发不起财呢？这会让人觉得银行其实也挺穷，虚有其表，信誉不好。

你怎么岔到莫名其妙的地方去了呢？你真是的。朵拉有种对牛弹琴之感，眼神中透着失望。那只蝉又叫了。朵拉失望之余，才注意到蝉声始终混进那片子的背景音乐里。她向外看看，说，蝉是在那蔸树上。那是一蔸槐树，长在猕猴桃架的中间。朵拉说她看见了那只蝉，就在离树根四米高的树干上。那只蝉很肥！朵拉说，肯定容易捉住。

我说，我不会爬树。

朵拉灿烂地笑了，说，又没叫你去。她挽了挽衣袖。她果然会爬树，而且爬得很好，虽然有些慢，却是稳稳当当。我不知不觉走到了树下，没有作声，示意朵拉不妨踩着自己肩头。朵拉没有这么做，她把脚尖踩在凸起仅几公分的木疙瘩上，就能让整个人站稳。她很瘦。

这也是我想不通的地方。朵拉会什么不好呢，偏偏爬树爬得这么好。不过我不奇怪，她身上有一把这类的特长，让熟悉她的人时不时会惊讶。比如说，她打篮球打得好，在球场上很凶猛，是校队的主力。平时你根本看不出来。她平时也从不会主动告诉别人：我篮球打得好。我第一次看她打篮球时，不断地掐自己，要不然我老以为自己看见的是另一个人。

她很快就爬到了高出我头皮的地方。我仰头一看，树冠突然间显得无比巨大，中间是斑斑点点的漏光。我的目光也伸进了朵拉衣服的下摆，并往上蠕动。

她胸罩是淡黄色的，像槐树开花的那种颜色。我看不出她的乳房是小是大，我知道，这取决于胸罩里海棉垫的厚度。我忽然有了全新的发现，其实，从女人的衣下摆看上去，比从领口往下窥看，得来更多的快感。这是怎么回事呢？我想，这样一来，似乎更多了几分情趣，多了几层可资想象的情境。我的呼吸有些粗重，唾沫忽然旺盛地分泌起来……

这时我听见"叽"的一声惨叫鸣，往后却断了声音。不用看我就晓得，朵拉又得手了。那只蝉，仿佛等着朵拉去捉；就像那些银行，总是安静地等着某个有缘人去打劫。我仰头看见朵拉一阵欣喜。她不可能知道，这个时间段里，我正经历了一阵心潮澎湃。现在，我似乎有点意犹未尽，失控般地张开双臂，冲着树上说，朵拉，跳下来，我……接住你。

一刹那，我脑袋变得无比清晰，像一块玻璃，轻易映现出任何事。我记得自己以前从没将双臂摊开这么大的幅度，仰看天穹，去迎接一个将要从树上跳下来的女人。

但朵拉没有听我的。我不是狐狸，朵拉也不是嘴里叼着肉的乌鸦。她不理睬我，这个高度对她来说也不算什么。她轻轻一跳，落在了我两手正好够不着的地方。那只蝉果然很肥硕，像只金龟子。朵拉费了那么多工夫捉住这只蝉，却只是把蝉的两只翅膀小心地剥下来，把蝉肥大的身躯扔到了我的手心。蝉是死而不僵的状态，在我手掌上抽着风。她说，你拿去喂鸡吧，鸡喜欢吃这些东西。

朵拉我能不能给你提个意见？也许你不注意，也不太在乎，但我还是建议一下的好。我蠕动着嘴唇，仿佛有点不怀好意，但却是十分真诚地说，语气词是不能乱带的。比如"鸡"后面不要带一个"吧"的音。像我们不小心说出来倒还好点，你就不一样了，你要知道，你是个淑女啊。

朵拉几乎被我忿晕了，她难为情地说，你今天这是怎么了，你真是莫名其妙。

那天她离开之前，给我留下几张王菲的歌碟，示意我没事就放一放，听一听。她说，很女人，她很女人，听着很性感。你也许会喜欢，反正我是很喜欢。她介绍了很多关于王菲的情况，把歌碟搁在我这里，仿佛是布置给我的作业。

我看见一个封套画上，王菲扎着甘蔗形的辫子。我记起来了，下大暴雨那天,朵拉也曾依葫芦画瓢地扎了一个。后来她跟我承认,怎么扎那辫子也翘不起来,只得往辫子里面插一支竹筷子。

于是我就成天放王菲的歌,头一阵老听得头昏脑涨,慢慢地就喜欢上了。我听出了那声音里性感的成分,晚上,听着这些歌,去想起一些女人,就来得轻易一点,想象也更有了质地。

手机价格降下来些以后,朵拉就买了个手机。老板也把他用过的一个硕大的老手机扔给我用。朵拉要是来我这里,事先并不打电话,而是直接来,拍门,等我打开门以后她就问我是不是感到惊喜。我不可能次次都很惊喜,但我每次都回答她说,那当然啦。

她一旦打来电话,总是会问些不好回答的问题:王菲为什么曾经叫作王靖雯现在又改作王菲?女孩长得像王菲是不是就意味着性感?还有,《暗涌》这首歌,王菲和黄耀明哪一个唱得更……无以复加?

每一个问题都足以让我脑袋肿胀如瓮。

朵拉老说她要辞工作,到北京去,陪着杨力。但每个星期天,我总是能看见她。她来之前不会给我打电话。有时候我出去办点事,回来,发现她已经坐在门口的石栏杆上,静静地等着我。

朵拉会带来一些影碟,还有王菲最新的歌碟。那一段时间,那个叫王菲的女人出碟都出抽风了,一年得有几张。但我在朵拉孜孜不倦的培养下,已成为了那女人的一个歌迷,听着她半哼半唱的靡靡之音,脑袋里很自然地会滚动出很多对女人的幻想。我不是很擅长幻想的人,我需要这歌声激发。

朵拉讲话也时常夹杂着那女人的歌词。比如说,有时候我跟她一不小心,挨得太近,近得有那么一点耳鬓厮磨的意思了,她突然会醒过神来,把我推开一点。她说,你心里要清楚,我不是你的那什么……

我听着这话怎么这么别扭,"我不是你的那什么",俚城的人从不使用这样的说法。稍一想记起来了,"那什么"是那什么歌里的歌词。

有时候她突然会换一种新发型,出现在我的门口。如果她手里拿着一张王菲的歌碟,我就知道,毫无疑问,歌碟封套上的王菲也是这种发型。屡猜不爽。

有时候老板会突然来到这里,领着几个鸡友,进了门,碰见朵拉也在。你好。老板和蔼可亲地跟朵拉打招呼,然后回过头来看看我。等朵拉走后,老板会说,那女孩看着顺眼,行的话,就和她结婚好了。我不置可否,我知道老板不喜欢太老实巴交的人,不喜欢一说到女人就发窘的人。

老板说,那女孩不错,毛发油亮,眼水不错,颈盘子也不错,身法……髋骨有那么大,生孩子搞不好一生两个。

老板满口都是玩斗鸡的人的术语,比如眼水、颈盘、身法,都是。我只是笑一笑,说那女的是我同学,要跟别人结婚了。

没用的东西,败桶子鸡。老板这么说的时候,表情有些鄙夷。

我和朵拉在佴城闲逛,陪她买那些七零八碎的东西,有一次碰见了以前的班主任老普。老普看见我们就会打招呼,示意我们向她靠拢。她理所当然地以为我们现在是两口子了,开口就问朵拉:打算要孩子了吗?

朵拉一点也不脸红,说,现在忙,哪顾得上?

老普说,现在学校搞了个附属医院,要生孩子,给我打电话,我可以帮你们联系一下床位——现在我调到附属医院去了。

老普婆婆妈妈地说了一大堆,终于走了。她想起她家里的炉上还煨着一只老母鸡。老普走后朵拉就没命地笑起来。她说,老普其实人还不错。

我们读书的时候老普十分喜欢朵拉。老普身上有太多的更年期症

25

兆，经常蹑手蹑脚跑到后门，通过门上的小窗往教室里窥探，看谁上课时会玩小动作。这样的生活持续了六年，直到我们都过了二十岁，离开那所学校。我们对老普都没有什么好感。我估计，班上顶多也就朵拉和老普亲近。

但有一次朵拉跟我讲起老普的事，老普的老公养了情人，被老普撞上了。老普有些歇斯底里，竟然打了个电话要朵拉去陪陪她。老普把所有的事情都告诉了朵拉。

朵拉再把这些事说给我听时，整张脸都挤满了幸灾乐祸的表情。我很惊讶，我觉得朵拉即使要说，也没必要让喜悦的神情那么直白。她说着说着，停了下来。她问，你怎么啦？我想，我能怎么啦？我想不到朵拉也这么讨厌老普。

我和老板驾车去了广西，通过凭祥的口岸去了越南，买来几十只鸡，装在车厢里，一路上小心翼翼地伺候着，带回佴城。原先还说四五天就回来，结果去了差不多十天。

回到山上，我看见漆成墨绿色的门板上贴了一张便条。朵拉写的。她说她去杨力那里了，短期内不会回来。

我不知道朵拉要去多久。三年五载？十年八载？

5

此后过了大约半个月，一天中午，我看见手机响铃了。来电显示是朵拉的号码。我拼命地揿了揿接听键（要不是这些按键都有些失灵，要用吃奶的劲才能揿着，老板也不至于把手机扔给我用），听见了朵拉遥遥远远的声音，有气无力。

朵拉，你说话声音大点，我听不清楚。我说，同时爬到较高的位置，看看是否是信号的问题。

朵拉说，好的。但她声音没见大起来。我只好扯长了耳朵听，估计是北京太远，所以传过来的声音也损耗大半。我说，你在那边应该换一张本地卡，或者神州行什么的，要不然太划不来。

她说，哎呀，嫌花了你电话费不是？那我就不打了。我说不是，我问她有没有座机，这样可以打过去。她说没关系，她说杨力帮她交电话费。

说什么我忘了，有口无心地扯了些废话。只记得快结束通话时，她忽然问我想不想她。我问，杨力在你身边吗？她说，你这个猪，你想他可能在不咯？于是我就说，那我当然想你啊。

挂了电话，我给一窝刚孵出来没几天的小鸡点疫苗，点在鼻孔里。正这么干着，我听见有人拍门。我听着拍门的声音很有节律，窝心暗暗一动。开了门，我看见朵拉，着一身很绿的衣服钉在那里，像一株植物。

我说，坐飞机过来的？

她说，坐导弹啊。

我说，怪不得。

我怀疑她根本就没有去北京，一直待在哪里，却告诉我说去了北京。她看出我在怀疑，就说，我确实去了杨力那里，昨天回来的。怕我不信，还摸出一张火车票，俰城到北京西，票价384元整。我把火车票退回她手上，说，你真是的，去了就去了，我又不会给你报销车票钱。

朵拉出了一趟远门，她会给我讲一讲旅途上的见闻，讲一讲北京，讲一讲天安门。

你去瞻仰毛主席的遗体了吗?我引导她说出来,反正她迟早会说,我迟早要听。但是她有些累,有些虚弱。不光这些,我还从她脸上看见一种很陌生的神情,似笑非笑。她说我躺一下,就爬到了二楼,在我的那张乱得像狗窝一样的床上睡下来了,很快有了轻微的鼾声。她喜欢头朝下趴在床上睡,四肢略微蜷曲,睡态很像一只狗。

我自顾做事,两个钟头上到楼去,看见朵拉已经醒来,正坐在床沿看着电视。她用碟片放一个片子,那片子是我昨天租的,裸镜太多。我尴尬地说,我给你换个片子,那一本不好看。

好看,这是你租过的最棒的一个碟。才这么几天,你都有点令我刮目相看了。她这么说。她叫我去山下买两支冰激凌。那天并不热,气温在25度左右。我还是给她买来一支。她用舌头一点一点地舔食,一边看着我租的那个碟片。

她还叫我陪着她看。

那片子说是有两个人,一男一女,被困在一间房里,出不去,出去就会被别人用枪打死。两人走不出去,食物也吃完了,又累又饿,就只有不停地做爱,无休止地做爱,来抵御无边无际的饥饿以及对死亡的恐惧。最后,那一男一女都死了,被人打死的。她说她早料到这样,看见前面,她就有预感,结局会很惨。

她说,结局比我预料的还要惨。她又说,要是我跟你被困在这里,不能出去,那我们能干些什么呢?

我回答说,把后院的鸡都杀了,一天吃两只,能撑一个多月。

那你们老板会狂吐两碗血。朵拉微笑说。这时候,她心情比刚来时要好许多。

朵拉心情好转了以后就去了后山,爬树。现在,已经听不到蝉的鸣叫了，后山死寂一片。她在树上找见了不少蝉蜕，还有死去的蝉。死去的蝉被蚂蚁糖牢牢地粘在树上，朵拉把这些东西掰下来，手上也粘了很多蚂蚁糖。

她洗手的时候，忽然一声怪笑，把那一盆洗手水朝我泼来。我没有躲过去。我没想到这天她心情会变得这么好，好得都有些失常。以前看不出来她有这份癫狂气质。

这次回来，朵拉没再去乡镇卫生所上班，成天待在家里。她每天跟我打至少三个电话，早上来一个问，我醒了没有，半夜还会来一个，问我睡了没有。如果我醒了或者还没睡，那就说说话。

另一天，她在我这里待到中午，又去后山爬树了，却没有找到一只死蝉。吃过午饭她问我有空吗。我说没空。她说，那好，你陪我出去走走，到西郊走走。

那已是十月底了，天空被云朵抹得很平，虽说没见太阳，但仰头看得久了，那天光比有太阳时候还刺眼。这天气让人浑身泛起慵懒的快意，想出去毫无目的地走走。再加上朵拉一再怂恿我说，这天气，窝在家里简直就是犯罪。

我陪她去了西郊。郊区那几家垮掉的工厂，遗留下一排排整饬的厂房。有些厂房被拆了，遍地都是瓦砾。她在瓦砾丛中采摘野菊花，说是要弄一个野菊花填充的枕头。累了，她就在预制板的碎块上坐下来。她示意我坐在她身边。我就按她说的意思做了。我们靠得很近。我能感觉到朵拉是个热源，持续散发着热量。

朵拉搓了一根草，咬在牙缝里，怔怔地看向周围。周围很静，瓦砾中的衰草被风吹得东倒西歪。被这样的风吹着，我有些惬意，吹起了口哨。但她说，别吹了，难听死了！她还剜我一眼。

沉默了好一阵，她突然开了腔，和我聊起杨力。把这话题展开后，主要是她在说，我插不上嘴的。我对杨力的了解，基本来自朵拉和小谢的讲述。他们说他怎么样，我就认为是什么样的。

所以杨力给我的印象一直不错，有头脑有上进心不说，为人处世各方面都显得老成持重。那天，当朵拉问我觉得杨力怎么样时，我就照着自己印象，大概说了说，都是人云亦云。

哧！在我说完之后，朵拉的舌头清晰地弹出这个字音。她一脸都是冷笑。我问，怎么啦？她其实已经憋得不行了，我这么一问，她就急不可待地给我数落起杨力身上存在的缺点。那天，她讲起话来表情太过饱满，语速太快，那些急促的话语，像是一口盛满水的缸底角上被砸了一个洞，里面每一滴水珠都呈喷涌而出的态势。她的声音嘈嘈切切，噼里啪啦，以致有些紊乱。我只得在一旁不时提醒她说，慢点说，有的是时间。她停下来的时候喉咙会哽噎一下，那是在咽唾沫。

我得说，听着她讲话，我有一种大白天撞鬼的感觉。我想，杨力好歹是名牌大学的研究生，身上有这么多缺陷，可能吗？我脑子一时有些短路，游目四望，周围一切都是阳世景物呵，淡白疏朗的光线铺陈在郊区每一寸土地上，还有一些拾荒的女人在远处真实地晃动着，见什么捡什么。

此外，我心里还有一层疑惑：朵拉已经和杨力谈了差不多十年恋爱，十年，未必现在才看清他这个人？

——以前他不是这样，现在他变了。要不然，我也不可能和他谈那么久。朵拉仿佛洞穿了我的心思，忽然张口这么说。这倒使我有些尴尬，还怀疑刚才心里这么想时，嘴里就谮妄地说出了什么。

朵拉又说，杨力还有一个女人，但她手头上没拿着证据。虽然没物证，但她凭着一个女人良好的第六感，觉察到杨力另有一个女人的可能性非常非常大。

我说，你可能想多了。

朵拉蛮横地说，我感觉十之八九是正确的，又不是冤枉他。再说，这又不是法院审案，疑罪从无。我说他有，他就有。

我没有搭腔，这时候说任何话都有搬弄是非的嫌疑。她稍一歇气，就说起了杨力母亲的坏话。我突然想到，在他俩恋爱的事情上，杨力的母亲一直都是坚决反对的。那个老女人，不知从哪里凭得太多的优越感，左右看朵拉都不顺眼。

她说话时顿了一顿，不再数落杨力母亲的不是，转而问我，为什么一直没有找女朋友。我瞥了她一眼，她堂而皇之地看着我，眼底闪烁着一种很热烈的东西。我看得出来，她的眼仁子突然变亮了。我想，她是在暗示什么？她是不是觉得，我一直都在默默地算计着她，仿佛老早就看准了会有这一天？她此时的表情是蛮有把握的。

但我仔细想了想，自己还没有这么龌龊，不会那么老谋深算，一憋这么多年。我笑着说，怎么又说起我来了？我天天在山上喂鸡，根本认不得几个女孩子。

她明白无误地跟我摆出了失望的神情。她又不说话了，坐在那里，跷起腿来，浑身焦躁不安地晃动着。我把她拽起来，说，别老坐着，站起来走一走，吹吹风，心情说不定会好起来。

不知什么时候就走到了铁路上。这是单轨的铁路，一路上一个隧洞连着另一个隧洞。有的洞很短，有的隧洞很长，从这侧看不到那一侧洞口的亮光。这条铁路上，很少看见火车驶来。

她要我带着她钻那些隧洞。

钻隧洞有钻隧洞的技术，走在里面，必须不断地发出声音，要不然，很可能撞上迎面走来的一个人。你看见前面很远处那洞口的光，但你看不见一个人就在眼前。朵拉一开始不理解为什么我要不断地发出哼哼唧唧的声音，直到有一个人在黑暗中贴近了我们，故意打个喷嚏，然后我们彼此错开。

朵拉弄明白了这一点，就叫我别出声。她唱起歌来，隧洞中有不一样的回音效果，黏糊糊的。她当然是唱王菲的歌，她嗓子很尖，也适合去模仿王菲。

只有两次，我们在隧洞里面碰上了火车开过，噪声和震动都无比巨大，像浪头一样劈面打来。我捂紧了耳朵，朵拉却不以为意，她冲着飞驰而过的火车大叫着，师傅，搭车！借着车窗里射出来的灯光，我看见她的右手高高擎起，食指和中指抻成"V"字形。车子开过以后，她就肆意地笑起来，几乎笑岔气了。

我听见笑声中隐隐夹杂着哭声。

她要我给她讲故事，在这隧洞当中，要讲和隧洞相关的故事，越恐怖越好。这难不倒我。和隧洞有关的故事，几乎都带着恐怖惊悚的色彩。在我的老家苑头村附近，也有几处铁路隧洞，天长日久，隧洞里传出的故事有不少。

我讲了几个故事，她听完总是会尖叫，然后问我，还有吗？我说，有的。我记得有个故事是这样，有两个人一前一后走进隧洞，前面那个人发现洞里有一具死尸，却没有声张。他把死尸立了起来，倚着洞壁站稳，还点燃一支烟插在死尸的嘴里。后面那个人走来，看见有一点星火，自个的烟瘾也上来了。他掏出一支烟夹在嘴上，说，老哥接个火，便朝那点星火凑去……

不出所料，朵拉在我讲到这地方时惨叫了一声，妈呀……回音在隧洞里长久地弥漫着。但很快，她又咯咯咯地笑了起来。她问，你知道那么多恐怖故事，怎么还敢往隧洞里走。

我呵呵一笑，又告诉她一件仿佛很有趣的事。记得小时候，我和一帮伙伴钻隧洞，总是有些提心吊胆。大人就教给我们一个法子：进洞前，把手伸到裆里，把那玩意搓几下，让它硬起来，这样，整个人就有很重的阳气，进到洞里面，鬼就近不了身。

——我很奇怪，怎么突然把这件事讲了出来。是不是，洞子里一团黢黑，让我有些肆无忌惮？我担心朵拉听出些挑逗的意味。朵拉今天状况跟平时不同，我虽然不谙此道，也看得出来她今天水汪汪的。她那种与平日不一样的表情暗暗地撩拨着我。

哦，有这样的事？黑暗中我看不清她的脸，但她的语气并不惊诧。之后我们都没有吭声，我捉着她的手，慢慢地往前面那一点钝白的光晕走去。

快要走出去的时候，她忽然拽着我的手，整个人像蛇一样贴了上来。我们胶着一体，不自觉地离开了路轨，闪进镶在内壁的一眼避车洞里面。小时候，村里的人管那叫猫洞。猫洞状如神龛，装得下两个人，那一刹我怀疑，这是专供情人用的。

她的嘴唇有些咸。我能感到一股向里吸的气流，但我没有把舌头伸进去。她的嘴唇有点咸。我在黑暗中闭上了眼睛，去感受一个女人的嘴唇，但我头脑里无端浮现出了某种东西。黑暗中我捋了捋思绪，才发现，那东西是一台医用显微镜。我的眼睛仿佛凑在显微镜的目镜上。在物镜下，朵拉的唾液是黄浊的，预兆着某种病状。

我听见她轻微的呻吟，不是从嘴里发出的，而是来自体内某个脏器，是某种体液过量的分泌而产生。我仿佛成了一只听诊器，捕捉着她体内的声音，并数十倍地放大了这种声音。

这时候有两人迎面行经这个隧洞，他们隔着老远发出声音：注意，有人。他们不断地发出声音，估算彼此的位置，直至交错而过。他们的声音像两阵阴风在隧洞里回旋游荡。其中一人在我们身前的铁轨上停了停,大概看得见这眼猫洞里面有人。我挣扎了一下,朵拉却绞得更紧。那个人点了一支烟,然后走了。

我慢慢地用力,把彼此的嘴唇分开,像是揭开一张胶布。此外,我感觉她浑身汗津津地。我问,你什么时候再去杨力那里?朵拉迟疑了一下,说,还说不准。

我拽着她的胳膊,走出了那个隧洞。她的脸在见光的那一刹红润起来,我看得见那一团胭脂红洇开的过程。阳光散得斑斑点点,她忽然讲起了她妈的种种更年期症状。她妈在她的描述中穷形尽相,比卓别林的默片更具滑稽效果。

看着她讲话的样子,我很怀疑,刚才她的情欲突然勃发了,像火山那样。我扭头看看那个隧洞,乌漆抹黑,黑得有些虚幻。两条铁轨从里面扯出来,表面银亮,下午的阳光在那上面,随着我们目光一路滑行。

6

朵拉很快又去了北京,去了杨力那里,诚如我预料的那样。当她用恶毒的口吻贬斥杨力时,我就知道,这正说明她急不可待地要回到杨力身边。

——我没有恋爱的经历,但我对这些女孩心思的揣摩总是准确得毫无道理。

她临去的前天,我忽然想起她还有一只化妆盒丢在我这里。我打电话,问是不是要帮她送去。她说,不用,就搁在你那里,你要用就拿去用好了。

我笑了笑，心想我怎么会用这些东西呢？那天闲着无事，我竟然打开了她的化妆盒，有两枚薄如蝉翼的东西飞了出来。我掰开盒盖时，带出了一股微乎其微的风。仔细一看，飞出来的东西正是蝉翼。

我想起朵拉最喜欢把蝉翼用大头钉固定在一块木板上，然后用她用于化妆的工具，小心翼翼地肢解下蝉翼。

不知道有几个人仔细地看过蝉翼。我也是那一刻才留心看了看这两枚蝉翼，有四公分长，大致呈卵圆形，靠外一侧的线条黑粗；透明而且较为坚韧的翼片上，有清晰的脉络。这些脉络，让我想起了半导体收音机的电路——把元件焊接在电路上，最终组装成收音机，无疑是那个年代最时髦最奢侈的课外活动。

我把蝉翼贴在一枚 A4 纸上，摆在那里，等着朵拉到时候取走。

朵拉那次走后不久，我就认得一个女孩。我跟她在一起，有点像恋爱。于是我不由得怀疑，是否朵拉在的时候，对我找别的女孩子是一种干扰？

女孩住在长城楼最外面的一套房，而我是住在最靠里的一侧。这以前我就知道她是山下一家酒楼的服务员，但不知道她和我住得那么近。那家酒楼的生意很不错，一到中午外面就晾起了一堆大大小小的车。雇我的老板斗鸡赢了钱以后老去里面吃饭。早晨酒家也卖早点，三块钱就有一屉蒸饺和一份皮蛋粥。坐在大厅里面，没几个人，我一边吃这三块钱的东西，一边看着那个女孩给我添茶。有时候偌大一个厅就我一个人，花三块钱我会和女孩说上一个半钟头。

倒并不是想勾引她。

那天傍晚，她敲开我的门，告诉我有一只鸡掉到她住的那套房的后院，问是不是我养的。那是一只斗鸡，毫无疑问是我这里的。她说你养的这些鸡真是难看死了。我笑了笑,她就进来了。她想参观一下那些长得极难看的鸡。

我请她吃了饭,然后聊起来。我没想到我们原来住得那么近。她说,是啊是啊,那一套房被我们老板租了下来,我们都住里头。然后,她又很突兀地问我,你找女朋友了吗?不待我回答,她又噼里啪啦地说,我那里姊妹多,有刘秋红王引娣王小兰滕玲玲……要不要我介绍一个漂亮的?

我问她多大了。她说二十。我说好啊好啊。她挑了挑眉毛,说,好什么好啊?

我注意地看了她一下,她长得不错,虽然涂脂抹粉,仍然看得出来是从农村进城的,和我一样。我闻得见那种隐藏在皮肤纹路里的泥巴气味。我忽然意识到我还没有女朋友,该找一个了。这么想的时候,我又看了看眼前这个女孩。

那以后我们循规蹈矩地约会了几次,地点通常就在后山的猕猴桃架子下面。时候差不多了,我当然知道该做些什么。把她弄上床的那天,我费了些心机,她也心照不宣地往套里踩。那天我和她弄了几回,但是感觉不蛮好。我最初的性体验就扔在那一天了,奇怪的是,整个人总是没法全身心地投入。我觉得还不如以前读书的时候,自己和自己做爱来得有劲。如果我不把责任归咎到那个姓林的女孩皮肤太粗糙了,那就是我自身存在着某种障碍。

每一个间歇,我会裸体走到窗前,看看眼底那笼罩在灰暗中的伢城。这个城市,没有什么工业厂矿,一年到头却总是一派烟雾缭绕的景色。窗玻璃映出我的一部分身体,和窗外的景色契合在一起。我看见我的身体已经有些松弛,肚皮上箍着几道救生圈。我忽然有些悲伤,因为我记起朵拉告诉过我,头一次性经历将对以后所有的性经历产生至关重要的影响。当天，她好像暗示地说她和杨力的初夜发生得比较早，彼此鱼水和谐，所以能够把感情长期维系下来。

我想到了朵拉，这才意识到，那个下午，在隧洞里，我错过了弥足珍贵的机会。如果那天我迎合了她的种种举动，我想，效果肯定要比今天好。我没有碰到朵拉的身体，但我相信朵拉的身体能给予我绝妙的感受。那种吹了灯以后每个女人都差不多的鬼话，肯定是个白痴最先说出来的。那天，朵拉不在，我反而对她的身体她的气息有了贴皮贴骨的感受，这才知道朵拉留给我的是怎样一种魅惑——仿佛一枚定时炸弹，随着时间推移才能发挥效用。

当我因对朵拉的思念而重新勃发起来，就转身回到床上，和姓林的女孩开始了另一轮的撩拨。她是个性欲很强的女孩，我觉得她经验十足，挑逗和叫唤都非常到位，但不知哪些细节自始至终排斥着我完全投入。

那天不知进行了几次，我的电话响了。我起码有半个月没接到过电话了，虽然按时充电，心里却老在怀疑这电话是不是坏了。

是朵拉打来的，从北京打来，头三个数字是"010"，在我看来，这三个阿拉伯数字的组合暗含着性的意味。她问我，在干吗呢？我很严肃地说，朵拉，我在想你。她呵呵地笑了，说，别开我心啦……她忽然不说话了，我喂了几次，她仍然不说话。我以为电话断了，但她在那头幽幽地说，小丁，你是不是和一个女的在一起？我很奇怪，这一阵姓林的女孩躺在床上，慢吞吞地吸着一支烟，没发出什么声音。我说，没有，我在山上，就我一个人。她说，你为什么要骗我？

然后她把电话挂了。

我有些莫名其妙，朵拉是怎么知道的？莫非她闻得到？

姓林的女孩问是谁打来的。

我老婆。我摆出事态很严重的神情,说,我本来要告诉你,我结过婚了。我也没想到那个臭婆娘这时候会给我打电话。

姓林的女孩跳下床,先穿裤衩再穿鞋然后到处找胸罩,完了又脱掉鞋提上弹力牛仔裤,嘴里始终骂骂咧咧。骂完她朝我吐口水,并想抽我一巴掌,被我躲过去了。然后她就哭了,说你他妈再别来我们店上吃早餐了,你这穷鬼,三块钱挨两个小时喝光四壶茶你他妈也好意思。她拧开房门走掉了。

我有些后悔,心想刚才干吗要躲啊?让她结结实实抽几个耳光,说不定她会好受一点。想到以后再也不能去酒楼吃早餐了,我觉得很不划算。

我打电话给朵拉,问她怎么知道我这里有女人。她竟然笑了笑,说,猜的,你一出声,我就知道,这回又猜对了。恭喜你有了一个女朋友,真不容易,还老以为你是和尚胎呢。我说,你什么时候回来?朵拉说,搞不清楚,过年应该回来一趟吧。也快了,就两个月,想到又能见到你了,很高兴。到时候把你的那位也叫出来,让我帮你把把关。

好的。我说,把什么关,人家看得上我就不错了。她说,对自己有信心一点,别天天养鸡倒把自己搞得像一瘟鸡一样,拿不出精神。我说,好的,你回来的时候,会看到一个面貌一新的小丁。

没过几天,姓林的女孩又来到我这里,很生气地问我,为什么这几天没去她们店上吃早餐?是不是在躲着我?我有些犯糊涂了,但脑袋一闪,就找理由说,这几天鸡生蛋生得太多了,就一天煮几个当早饭,懒得走到山脚下去。

我和姓林的女孩做爱的次数不算太多也不算太少,像吃饭一样,到了钟点就得应付一下。有一次,我们正在床上,老板进来了。我趴在女孩耳边，说，我们老板来了。可她不在乎，她说，管他妈的，你别偷懒。于是我就没有偷懒。老板稍一推开门，就把门扯紧了。老板在门外说，小丁你忙你的，我在下面看看鸡。

我们敷衍了事地把余下的爱做完，她潦草地穿好衣服，下了楼。老板坐在楼下客厅给一只鸡泡澡。老板和女孩互相打了个招呼。我下楼的时候，老板鄙夷地看了我一眼。他说，新换的？我说，就这一个。老板说，别骗我了，以前不是这个。你什么眼神，越挑越没成色。跟我养了这几年鸡，眼功真是越来越差了。

老板把手头的鸡洗了又洗，并对我说，还是把先前那个妹子弄过来，我看那个比这个强。我没有说什么。老板是个很爱说话的人，图嘴巴皮痛快，爱指点别人。

我几乎是扳着手指，迎来春节，但朵拉春节没有回来，也不来个电话说是什么原因。姓林的女孩春节前被一个老板包养了。她以前经常来的时候我不觉得，现在见不着她了，时时感觉到寂寞，想打朵拉的电话，系统音老是说：你所拨打的用户不在服务区。我心里奇怪得紧，不在服务区的地方是什么地方？北方一马平川的地界，哪来这么多盲区？

7

到四月份我才见到了朵拉。那天我没把外面的院门关上，她神不知鬼不觉地进到了里面，可能到屋子里转了个遍，没见到我，又到后山来找我。她可能想绕到我身后突然拍我一下，给我一个惊吓，同时也给我一个惊喜,所以她走的时候蹑手蹑脚,活像鬼子进村。我在一蔸树下看见了她的动态,我看了好久,可她转着脑袋老半天都没发现我蹲在一丛灌木旁边。我不得不冲那边说,喂,朵拉,我在这里。

她走了过来,我站直了身子。她还是老样子,可能丰腴了一点,但不容易看出来。她凝视着我,眉头就轻轻地皱了皱,对我说,你胖了!

我刚到地秤上称过体重,只不过胖了五斤,竟然被她看了出来。我端着鸡食盆,告诉她,今年多养了几只母鸡,可能是吃鸡蛋吃得太多了。

那不好。她忧郁地说,你饮食习惯一直不好,餐桌上一有肥肉,你眼里就冒贼光。

然后又说了些话。我感觉她比以前细心多了,能够觉察到我房里一些微乎其微的变化。此外她变得有些啰唆,还时不时来些叮嘱,一度让我想起我妈。但总体上,我心里还是感到了温暖。

后来我想,可能因为那天朵拉讲起话来透着关心的意思,我竟然忘了,这半年多的时间,每当我和姓林的女孩做爱,总是要依赖对朵拉的回忆和想象才能抖擞了精神,迅速进入临战状态。在当时,看着床上的林女孩,我不免要走神,暗自说,要是那上面躺着朵拉,该有多好!

那些日子,晚上一个人躺在床头,将睡未睡之际,我对朵拉的念想会增大到无以复加的程度。我觉得,白天和夜晚的心情是不一样的,而人站立着和躺下时的思维方式也有很大不同。临睡前躺在床上,那是我最为放纵的时候,一屋子的暗光会让我觉得,没什么是不能做的。

我等待着朵拉回来。当她再次出现在我眼前,我想我会争分夺秒地去暗示她,我想她!同样在临睡前那个时段,我一次次责怪自己,去年那个下午错过了机会。如果再来一次,我想让她知道,我会配合得多么默契多么到位……我怀疑,自己的生物钟和朵拉的生物钟存在错位,峰期不能同步。

但那没关系,我肯定会调整自己,去适应朵拉。

那天我没有逮到她。从后山下来,我意识到了什么,叫她进屋里坐一坐,我要留她吃饭。我告诉她,如果她现在想吃鸡肉,我会毫不犹豫地去捉一只十个月大小的母鸡,炖一罐汤。但她电话响了,有人叫她。她有些抱歉地说,今天没空,下次再来尝尝你炖的鸡。她走的时候还没忘记取走化妆盒。里面肯定有些东西变质了。

那天她走后我有些焦躁,很快变得难以自控,往地上砸了好几样东西。我不停地按捺自己体内那股往邪里冲撞的气流,抑制着紊乱的喘息,数起了羊,然后数起了青蛙和王八。前些日子没见着她还好点,那天刚一见面就眼巴巴看着朵拉安全地走掉,搞得我一时乱了方寸,脑袋里牵牵扯扯的神经纤维绞作一团。

过了两天,我才变得理智一点。朵拉把电话打来,我除了按常规和她寒暄几句,末了没忘记告诉她说,最近你最好不要再到我山上来,朵拉,不晓得怎么搞的,我现在对你有些不怀好意。你再来我这里,可能会有些危险,到时候别怪我没告诉你啊。电话那头的朵拉嗤的一声,说,小丁,你能把姑奶奶怎么样哪?我真诚地说,朵拉,不是开玩笑,我正儿八经和你说事情。

朵拉爽朗地笑了,满不在乎。我手拿着电话,听着她挂断,听着挂断后急促的信号音,脑袋里蒙得厉害。我本是好心好意想给她提个醒,但把话说完,我发现自己仍是在勾引她,在赤裸裸地挑逗她。

我们毕竟相处了这么多年,彼此性格都搞得清澈见底。我怀疑要让她上钩只是时间问题,但更大的问题在于,我一个小时都挨不过去了，我在屋子里和后山上踱来踱去，到哪里都感到窒息、憋闷。我突然想到了自个给斗鸡搞体训时想出来的那办法，便激灵灵地打了个寒颤——真是现世报呵。

那天下雨，我感觉到朵拉会来。她如果在侔城买东西，见天下雨，肯定会想到来我这里躲雨，走到二楼，看看满城下着雨的景致。那景致有些颓唐、无奈，但你仔细地看一看，却体会得到一种从容。雨刚一落下，我就把心提了起来。她十一点钟到，敲了敲门。她打着伞，但身上有些地方被雨淋湿了。

你湿身了。我一开口，就单刀直入一语双关。她哪又晓得我蓄谋已久，这天的雨仿佛是我一个同伙。当然，朵拉没有听出来，她说，雨太大了，还刮风，打伞根本不抵事。她第二句话说，还是你这里好呵，我随时来，你随时都在。

我顺着她的语意说，是呵，你随时来，我随时都在。这时，我脸上挂出了一些不怀好意的笑容，嘴唇有点歪斜。她看出来了，并说，你今天是怎么了，古里古怪。我又装出很无辜的表情，说，是吗？

我叫她把衣服换一换。她从我的简易衣柜里找来一件T恤，正面印着格瓦拉那仪式般的头像。她说，他叫什么来着？这哥哥！她在北方待了半年多，讲方言显得有些不地道了。我说，切·格瓦拉，这哥哥。她笑着说，哦，这哥哥比你帅多了。

她叫我出去，然后轻轻把门带上，要在里面换衣服。可能因为胸罩不需要解下来，她没把门闩死，留有两指头宽的缝，可供我的目光长驱直入，把她换衣的每一个动态都看个一清二楚。

当她把自己被雨淋湿了的外衣脱下来时，我就嘭地推开那扇虚掩的门。

这是我酝酿已久的动作，我推门推得很坚决，让门撞在墙壁上，发出肆无忌惮的声响，然后逼视着她，毫不迟疑毫不犹豫地走过去。这样的情景，仿佛已经经过成百次的彩排，我做起来是那样顺其自然。

她有个下意识地动作，把T恤扯起来拦在胸前。看她嘴角肌肉的抽搐，似乎尖叫了一声，却被窗外的雨和闷雷掩盖得严严实实。她胸前那块遮羞布上，切·格瓦拉呆里呆气地看着我，欲言又止。我已经走到她跟前，一把就把T恤衫扯了下来，扔在床的远端，她得爬上床伸伸手才够得到。我间歇了约一秒半钟，然后紧紧抱住她。

——我得说，这一切我做得一气呵成，绝不拖泥带水。她仿佛是一台发动机，而我这一阵好似手持摇柄转着圈疯狂地摇着。终于，她这台发动机，被我发动起来了。她的身上很黏湿，有些许汗味和香水味。我们抱在了一起，我这才感觉到我自己也湿透了，不明出处的汗水把我的皮肤涂抹了一层。接着是接吻，我们避不可免地把嘴皮子贴紧，做死地贴紧。听着雨声，时间过去得不快不慢。我听见她体内蹿出的一个个声音，像气泡从井底浮上来。我想，她这时应该是很惊讶，我跟去年在火车隧洞里完全是两个人。

她嘴里不再是去年夏天的气味，或者我舌头上的味蕾已经失灵。

我的手绕到她后背，把襻带的扣解下来。刚一解开，她身体的气味就溢满整个屋子。那种气味闷头打脑，让我呼吸变得不均匀。她制止了我进一步的动作。依然是接吻，仿佛要打破吉尼斯纪录。

忽然，她推开我，并迅速把两手别到后面去，系好了襻带的袢扣。她说，你身上好多汗。我也是。

我说，唔。

她抛给我一个眼神，然后说，等着我，我先洗一洗。你也别偷懒，等下也要洗一个才是。她下到楼去，进到卫生间，把门狠狠地插上了，像是故意让我听清楚金属插销那铿锵的声音。她把莲蓬头的水放到最大。我坐在楼上那间房,看了看雨,又拧开电视。没有节目信号。

她出来的时候,我看得出,是一种情欲饱满,含苞待放的神情。这样我就放心了,她眼里的东西骗不了人。她甚至还推了我一把,说,你快点去洗啊,你这个死人,笑什么笑?

我洗澡时心情很轻松,也把水放到最大,让它漫天盖地铺下来。我吹起了口哨,都是王菲的歌,《容易受伤的女人》《当时的月亮》,还有一首那什么……

我洗了一阵,担心拖得太久,朵拉饱满的情绪会萎蔫下来。当我从卫生间里走出来后,忽然发现屋子相当安静。外面的雨不知哪时停了。真有点不可思议,洗澡前我分明听见雨是一派底气十足的样子,不想却戛然而止。我朝楼上叫了几声,朵拉朵拉,又跑到后山大声地叫,朵拉朵拉,却没有人应。那天,我面对着桌子上的手机,不停地咬紧牙关,最终没有拨打朵拉的电话。

8

半个月后我收到朵拉寄自北京的信。那是一个很大的牛皮纸的信封,打开后见是一张卡片。卡片上贴着两枚蝉翼,仔细一看,竟是我去年贴好的那两枚。现在,她把这东西稍事处理,就成了一枚看着还像那么回事的卡片。她画了一些很幼稚很童心的画,大概是一片海滩,几个男女着短裤或者比基尼在棕榈树下晒着太阳。

卡片上她写了两句话:

对不起,那天突然雨停了。
祝你以后能够轻飘飘地飞起来!

前一句的意思我懂。是呵,那天的雨突然停了,要不然,我和朵拉应该必不可免地发生些什么了。由此我还想朵拉曾告诉我,下雨天她特别感到寂寞,尤其是下雨的晚上,她奄奄一息地躺在床上,怎么也睡不着。我记得那天,朵拉仿佛暗示地说,下雨的晚上,我就像变了个人似的,像喝了半斤苞谷酒似的,昏头昏脑。要是做了什么出格事,那跟我本人是没有什么关系。说完这话,她又有点内疚地问我,你说,我是不是有点……贱?

我把卡片和信封收好。我收到的信不多,平均是两年一封。我可以把以前收到的所有来信都装进朵拉的这只大信封里。我也不去考虑朵拉写的话是什么意思,因为我不认为她能把话说得饶有意味,值得费心费力去推敲一番。

那以后我再也没有见到朵拉。朵拉没给我打电话。有时候我也拨一拨她原来的那个手机号码,当然是停机。

此后我又帮老板养了两年鸡。我养的斗鸡打架一般都还不错,赢多输少,帮老板赚了一些钱。但两年后老板的口味变了,对斗鸡失去了兴趣,转而包养了几个妞,成天到晚沉迷其中,仿佛又变年轻了。老板把那一堆斗鸡都卖掉了,我就失去了这份工作。

我在山上还住了几个月。老板的承租期没到,我提出能不能让我在上面再住一阵。老板卖了人情把地方白给我住。山上很静,我每天就这么呆坐着,或者去后山转转,把承租期剩下的时间消耗掉。

朵拉是去年春节前才回来,也就是说,我有四年没看到她了。再见到她时,她已经二十七岁,当然,我们都是二十七岁。想想她和杨力已经恋爱了十几年，再不结婚，就有些不正常了。她回来是置办结婚酒宴的，给我们发了请柬。她可能到山上找过我，找不见，就托同学左转右转，把请柬转到我手里。我收到时，请柬都皱巴巴的了。

女方的婚宴设在正月十四。正月十五一大早，杨力来接朵拉过门。

十四那天我看见了朵拉。她胖了。她化了浓妆，没以前好看，或者是我看着有些陌生。我跟她讲了很多恭维的话，无非是今天很漂亮，今天实在太漂亮了云云。她对她当天的装束也不是很自信，我夸她时，她不时弓下腰打量自己的穿着，并说，真的吗？我肯定地说，那当然，比以前还年轻点了。她就说，去你的小丁，你是讲鬼话啊。

我劝她多穿一点，那天天气够冷的。

中午开餐时，朵拉叫我帮些忙，具体帮什么忙她又没说。她跟着她的妈穿梭于席间，一个一个地问好。好多亲戚她也不认得，她的妈就不断告诉她，这是三堂叔的侄子，那是二姨舅的妹子……她先还是找准每个人的称呼向他们致谢，到后来就全乱了，只晓得说，欢迎光临。结婚办酒是很累的事，她时不时看着我做一下鬼脸，还吐了吐舌头。我发现她舌苔稍微有点重，像是上火。她时不时跟我招了招手，我过去，她就附着耳朵跟我说，拿纸巾过来；拿一枚别针来，我的胸花要掉了……

我发现她乐得与我做出过从甚密的样子，但我找不到受宠若惊的感觉——我这又算得什么呢？她喝了点酒，面若桃花，眼光看谁都很磁。她的妈也招呼不过来，焦急地应付着，几次跟我说，小丁，今天麻烦你了，把朵拉照顾紧一点。我忙点头，说阿姨你放心，用不着交代。

那天很忙。没有具体的事，就是忙。有时候，我在过道或楼梯间歇口气，忽然觉得，自己像个太监。

忙到下午，朵拉家的客人逐渐散了。我正好开了个小面包车，朵拉要我把她的一些亲戚送到俾城去。朵拉家住在临河镇，距俾城四十里地，路不好走，要半个多小时。回来的时候车上只有我俩。她坐在驾驶副座上，心情不错，她换了浅色的衣服，但头发还是耸起老高，插满了固定用的器具，还有一枝塑料梅花。这里的新娘子全要弄成这个模样，不是为了好看，只是让别人看了知道是怎么回事。

那天难得出了太阳，回去这一路，明晃晃的，光斑在柏油路面上轻微地跳动。朵拉往我这边靠。她说她累了，叫我把车开慢点。她忽然把手搁在我右腿上，看似不经意，实际上不可能是不经意的——她得侧着身子，尽量伸长那只手，才能搁到地方。我看看她，她看向车前，脸上似笑非笑。我腾出一只手摸着她的手，并用自己肥硕的指头和她纤长的指头绞在一起。她笑了，却仍然没有转过头来。车子晃来晃去，在乡村公路上跳跃式前进。我忽然感到有点幸福，幸福像一盆洗脚水一样，哗的一下劈头盖脸浇来，叫人猝不及防。我想，这可是朵拉结婚大喜的日子呵。

我叫朵拉给我点一支烟。她从工具盒里取出了纸烟，挟在自己嘴里点燃，呛了一口，然后倾斜着身子插到我嘴里。

有口红的味道。我说，这可是间接接吻呵。

她说，你以为？

我摆出恍然大悟状，说，呃，差点都忘了，又不是没吻过。

她脸微微泛红，说，去你的，今天我结婚……

我说，我知道，我知道，你放心好了。

车子已离临河镇很近了，她不可能再把手搁到我的腿上。她父亲是当地中学的校长，人缘蛮好，镇子上大多数拿工资吃饭的人都认识他，也顺便认识朵拉。一路上不断有人跟朵拉打招呼，还没忘了夸她今天真漂亮。朵拉那天心情没法不好。一天里头有上百人夸自己漂亮,心情肯定好得一塌糊涂,像喝了半斤烧酒一样。

我说,结婚还是蛮好,没见你这么高兴过。不过头一次结婚,没经验,容易激动也是常事。

朵拉说,小丁你也结个婚算了。

我说,没准亲妈还没生下来呢。

朵拉扑哧一笑,说,乐观点,不要那么绝望。她说着跳下车去,她妈和她爸爸站在家门口等她。在乡镇上土皮便宜,她家盖了很大的一栋楼房,三四层,那天都披满了红布,还结着硕大的绣球。我算了算,把那些红布剪裁了,起码可以缝几百条裤衩。

当晚就住在她家里,还有小兰小凤等医专时的同学若干。地方上有这样的风俗,明天要出嫁了,姊姊妹妹们应该守着她一个晚上。我和朵拉的一些亲戚打了整晚麻将。我一桌那几个是牌瘾大牌技差的家伙,搞到凌晨三四点,我这个臭牌手居然没输什么钱,很是奇怪。

我去了一趟厕所,厕所在靠大门的楼梯间下面。楼梯是旋转式的,因此可知她家的房子大概是九二九三年建的,那两年流行螺旋楼梯,就像现在流行用浮雕砖砌墙一样。方便完了,我蹲在楼口那里抽烟。这时我看着朵拉半裸着下楼来了。她没看见我。她伏在一楼二楼之间的一个窗子上,看向外面。我这才知道杨力和他组织的迎亲队伍已经驻扎在大门外了,时间没到,朵拉家的大门不能为他们打开。朵拉家里还请了一些熟谙婚仪的人,到了时间也不让杨力轻易进来,要用脑筋急转弯的题目刁难他,还要向他讨红包。

朵拉却有些难为情,看着杨力和杨力的朋友在外面发抖。那天清早很冷,我估计顶多也就两三度,但朵拉却发神经似的要穿婚纱。婚纱后面的拉链还没拉上去,她可能就接到杨力的电话了,跑到那个地方。

她回头看见了我。她下了几级楼梯,跟我说,帮帮忙,拉上去。她把背留给了我。顺着开襟的地方,露出一片"V"字形的白肉。她没戴胸罩。

我的手有些发抖,拉了几下,愣没有拉上去。这时小兰来了,她在旁边看着我无计可施的样子,开心地笑了。她说,小丁,你的手抖得那么厉害,怎么拉得上去呀?

我说,冻坏了,妈的这天气。

小兰一下子就把拉链拉了上去,刺啦的一声,朵拉背后那大一片白肉就不见了,只剩下脖颈仍嫩白如昔。这时朵拉若有所思地回过头来,恍恍惚惚地看着我。

那天,作为女方送亲团的成员,我还随着朵拉去了杨力家那边,受到了款待,喝酒从中午一直喝到晚上。晚上,我已经看不清是在和谁喝酒了,反正只要能睁开眼就看见一杯酒横在眼前。杨力也醉得没个人样,张着嘴巴傻笑。他说他很高兴,感谢这个,感谢那个。他感谢我的时候,我说不用感谢,今天我也很高兴。小谢或者别的谁就在一旁哧哧地笑了。我听见有个声音揶揄我说,小丁,你他妈高什么兴啊?

我也说不上来。晃动着被酒精泡大,大如水瓮的脑壳,我只知道自己确实很高兴。

嘲螺蛳

那时候,我们学校是在花果山下——全国各地花果山不要太多,我是讲广林市,花果山底下有我母校,省二建院广林分院。

我高考落榜以后接到录取通知,才知道有这么个学校。高考落榜的麻烦在于,你接到的录取通知书有一大摞,而正经考上的家伙只消收到一张。我妈的意思是,都不要理会,这些野学校!她叫我复读,我已经复读一年,觉得没有再读下去的义务。我说要么找个学校,读几年,要么我跟四叔跑车也行。我妈说,那你选一个学校。我本想往远处选,也有从北京昌平房山寄过来的通知书,还有更远的,从海南儋州、秦皇岛和齐齐哈尔寄过来。齐齐哈尔那张通知书寄过来当晚,出去吃喜酒,我爸我妈都记不清,跟旁边的人聊这事情,我妈说哈尔滨有学校收我,我爸说的是乌鲁木齐。旁边的人向人求证,我说是呼伦贝尔。

我想往北京去,房山或者昌平,不管的,转几路公交车总是能看

嘬螺蛳

到天安门。我爸说悬乎，这种事情不要相信诗歌和远方，遵循就近原则吧，到时即便上当受骗，都能翻墙跑回家。他把野学校筛一遍，得知这个省二建院广林分院以前就是建筑中专，忽然想起来，有个同学在那儿当老师。

我爸他们这一辈，都特别认熟人，虽然平时吃的多是熟人的亏，得了熟人帮助事后却知道，没这熟人事也能成。我看出来，我爸办事不找个熟人，心里总是发慌。因为我爸这个老同学，我的去向就这么定下来。

我爸送我报到时，专门联系他那老同学，叫阙光弟。一般来说招弟连地引弟，名字里带有"弟"或者"娣"，都是女的，阙光弟实在是个男的。去的路上，我爸讲起这个阙光弟，他母亲能生，一口气生六七个都是男孩。都想要男孩，生多也嫌，到底是物以稀为贵。他父亲就说，还是要女孩吧。遂给他取名光弟，意思是从他以后，弟弟就不要啦。又据说这一招确实奏效，阙光弟排行老七，下面还有个妹妹，然后他父母就收工。

我爸把阙光弟邀出来吃饭。上了桌，他老婆儿子风卷残云，后面剩小半盆鸡汤也打包，汤汁滴滴答答落入塑料袋，束紧。我爸问，你儿子在哪读书。阙光弟说，读个屁书，看不出来吗？我自己教他。他儿子长得像当时颇为红火，时时出新闻的天才指挥家舟舟。其实无论哪个市县，都有长得像舟舟的人物，在广林的花果山下，正好是阙光弟这个儿子。

他儿子一边吃饭一边开心地笑，发出一种类似于猪拱槽的声音，我听出一种莫名的欣悦。阙光弟抹着嘴皮，说我不带一年级，不会给丁小宋（即我，笔者注）上课。你家小宋文章写得怎么样？学校文学社正好是我负责，他要是能写文章，甚至喜欢写文章，直接进文学社。

51

我爸说，比我写得好。阙光弟扑哧地说，丁家栋，以前庄老师上作文课，读的最多的就是你的作文，每一篇都是经典的反面教材。我爸老脸一抽，叫我自己说，文章写得怎么样。我说有其父必有其子。

其实我也偷偷写散文和诗，那个年代嘛，但不屑于让我爸知道。他即使知道，跟一帮工友瞎吹也说不到点子上。我也不稀罕混文学社。读过的初中高中都有文学社，文艺青年凑一起，互相激励，头脑极易发热，然后省吃俭用，急着当作家，发表作品。攒了上百块钱寄出去，半年后收到几本厚厚的书，自己的作品夹在里面也就几行，顶多一页纸。他们还要赔几斤笑脸，才能把那些厚书打三折卖给最铁的几个兄弟，再拿卖得的钱请客，要不然铁兄弟从此不那么好使唤。

既然吃了请，阙光弟总想帮我做些什么，问了一通，知道我带了蚊帐却没带撑蚊帐的竹竿，说他家正好有两根。他要从家里抽两根竹竿送我，他儿子还哭闹，不让，于是阙光弟不得不把儿子打一顿，这样两根竹竿才到得了我手中。

当然，这事情是翻过年头，从麻烁嘴里听来的。

中专改大专，我们这学校毕竟抢了先手。好不容易读到高中毕业，大家还是想起码有个大专落脚，虽然招高中生的中专都好分配，面子上实在挂不住。那两年，省二建院广林分院（简称"广建"）也扩招，不缺人，但宿舍不够用，新生挤进老教学楼，一间老教室有18架铁床，住36人。厕所蹲位要排队，水龙头也不够用，打架斗殴很快发生几起。有些人吃完不洗碗筷，有些人索性不洗澡，油垢聚多了一块一块撕下来，没住多久房间里味道极重。所以，那时候我们纷纷开始抽烟，老师装没看见，这算人性化管理。"集中营"的叫法简直一传就开。学生去外面租房，学校是默许，这也算人性化管理。

头一个学期，我和班上三个同学去三里地之外的蔬菜村找到一处出租屋，前面有院坝后面有猪圈，中间是三间平房。那一家人出去打工，房子空下来，家当塞进一旁亲戚家的杂物间，亲戚就当上房东。租金120，每人摊30块。我们班的同学都啧啧赞叹，眼里发馋，说我们租这地方是踩了狗屎，住着豪气。两间侧房用来住人，两两住一间，床很大。中间用来开火吃饭，我们还计划着院里种菜，屋后养猪，说说而已，真要干没人拿得出决心。

那时我和李满生住，他不但长得帅而且有口才，不但有口才而且几乎没几句真话，这样的家伙从来不缺女朋友。当时他找的小鲍，在花果山东头教育学院（简称教院）读书，专业是英语，口头禅是"法克鱿"。我经常要给他俩让房，小鲍进来我出去，没地方走，当然就上花果山。

上花果山的路我们都爬过很多次。山是很普通的山，西头有一大片苗圃，东头有个寺庙，叫雷公寺，刚建成不久院中心一棵塔松真被一道惊雷斜劈，断口焦黑，从此香火不旺。我走进去，看那荒败的景象，看着半截泥菩萨前缺了香炉碗，总以为李逵必是在这里扒了香炉碗给他妈舀水喝。此外，山上见不着什么果树，多是杂乱的草木和棱嶒的石头，山名不知道怎么得来。

有些名字好，大家都爱用，处处见得着，就像客栈取名"如归"，饭店取名"好再来"，路边透着粉红光线的美容厅爱取名"君再来"。满生还做过研究，说为什么叫"君再来"——前面隐了"何日"两字，意思是，要不要搞，何不搞一搞？我觉得这些牵强，但满生的研究结果丰富着我们青春期干瘪的日常生活，谁计较他的思考是否严谨呢？类似的说法，满生嘴里层出不穷，比如身高，我们说一米七几，他偏要说五英尺八英吋，通常还带一句，吋是带口字旁。我说，英尺英吋一讲，你172就成了矮个。晚上睡一床时他才告诉我，你晓得个毛线，我这是谐音,懂吗?英时,谐音"阴唇",有没有?我吐一吐舌,说你真想得出来。他说,有个作家叫王朔,文章里写,在他年轻时看见带女字旁的字,就会兴奋。我哩,女字旁都用不着,直接兴奋。

我能说什么呢?那个年代,那狗日的青春!

花果山说是市民公园,但有人收拾的区域与荒败的区域彼此间杂,本来还有水泥路,往前稍一走又是荒郊野地,据说抢劫的事也时有发生。一个人上山,不敢太过随意,眼见着路窄人稀,荒草没颈,就要掉转脑袋往回走。

入学不久,不免认识一些老生,他们都说在这花果山有意外收获。晚上甚至白天,往荒草滚团的深处钻,会碰到野地里撒欢的青年男女。而且很多老生表示,"这是我头一回开眼哦"。我很奇怪他们怎么都这么幸运,在花果山野地里纷纷完成了自己的性启蒙。现在来到这破学校,读书没得指望,有开眼界的事情,我怎么按捺得住?我独自一人上花果山,冒以风险,往石棱突兀、野草吞人的地方钻,似乎总能听见不远处有窸窣声,遂匍匐前进,滚一身泥,最好的结果也只看到两只流浪狗的交媾。我总怀疑他们合了伙哄我,那种事哪是人人撞得见?

老生偏就说得有鼻子有眼,说花果山一年下来少不了几次抢劫,基本是抢这些野地苟合的男女。那时候,宾馆很少,又得记录在案,所以男男女女,热衷于天半黑的时候,钻到野地里撒欢。尤其那些有好单位掐足油水的,找个女的不知哪来的,野地里一旦碰上,直接管他们要钱。地上两人搂得死紧,不敢动弹,男的会跟黑暗中冒出的一众好汉说,兄弟你只管掏我裤兜,钱都拿走,拜托身份证留下来哈。这帮好汉,得了提醒,掏完人家裤兜还用电筒照亮身份证。证件倒是扔给地上的人,但这一路下山,他们会大声朗诵人家的名字,讲出人家的地址，再高声叫唤，要不要看打野炮，不收门票哦。既是山地，声音四处晃荡，还有他们的笑声，触发了杂乱的狗吠。

我掐着时间，满生再狠，也用不了两个钟头。事毕，满生也懒得和小鲍一再缠绵，他说高潮过后便是无尽的厌倦，不用虚伪；再说他也不像当年，一天两餐三餐能串起来吃，中间都不用上厕所。我回到房间，跟满生睡一块。这杂种老说我又赚了，小鲍的体香我闻得不比他少，他还告诉我那是正宗鲍鱼的味道。我想用力去闻鲍鱼味，但满生汗味盖住一切，天花板上又总有猫捕老鼠，聚酯板被踩得山响，随时都会踩塌，干扰了我的注意力。我从来没弄清鲍鱼是什么味。

满生描述他和小鲍做爱的过程，却是绘声绘色，嘴巴一动，满脸贼光，手指也翻飞，说得我头脑中画面不断，有如实况录像，逼得我很想看现场直播。满生说话时会突然往我裆里一掏，要是发现我硬起来，就拽紧，像是抓住了把柄，以此胁迫我帮他买避孕套。

我买来套子，每一盒用细针随机地扎破两枚，不多也不少，只两枚。满生一直没有发现，但也一直没见他搞出事。小鲍照样来，事毕照样走，肯定没发生过堕胎和与此相关的一些必要的皮绊。我都怀疑满生跟小鲍没什么状态，跟我过嘴瘾时才来状态。我们不睡一床的时候我才想到，当他说到兴奋处，我怎么不去抓他的把柄？悔之晚矣。

第一个学期结束，我们自然想保留这套平房，房东要求寒假一个月的房租交上，才给保留。我和满生好说歹说，房东答应让二十，交一百整就可以。住对面房的两个同学不干，说寒假又不住，也不会有别人这时候租房，交什么交？开学时候直接来租。房东说，那你们等着看吧。春节过后，返校，小院仍是空的，房东却坐地起价，说要一百七。要是年前先交一百，享受原先的价格。这时，我们才深切觉得租到这里确实不错，相比别的同学，我们简直是住别墅。我们四人

55

合计，每人多掏十块钱，房租给到一百六。房东说，必须一百七。满生说，一百七怎么平均下来？房东就笑，你们有钱，十块以下破不开了？兜里抠不出五六角一两块？饭票也可以啊，有时候我还去你们广建食堂凑合。

梗着那十块钱谈不拢，我们只好换地方。这时房子不好找，该租的都租了出去。班上女生说，从花果山南边那条道往上爬，半山腰122号宅子，出租房很多，几乎算一处学生公寓。

说到花果山南边道半山腰有出租屋，大得像学生公寓，我们都有印象。那屋六层高，上面打水泥平顶，不封顶，显然是通过租金的积累，隔几年又往上加一层。附近的楼都这样长高，每一层楼建成年头不一样，糊墙灰一块一块，像补巴一样有明显的区隔线。那一家出租屋体量在那一带最大，我们上山老远看得见，像个碉堡楼。去了地方一看，122号果然就是那一幢。穿过正门，有个天井，整幢楼呈U字形，是三栋楼组合。中间那栋用于衔接的楼只三层，房东自住。房东是一对老夫妻，女的胖男的就瘦，都戴眼镜。我们去的那天，身边进出的租客还叫那女的赵老师。这里女租客不少，满生自然眼睛一亮。问了价格，有双人间和四人间，按床位收，双人间一个床位一月十五块，四人间少两块。满生问有没有单间。被叫成赵老师的老女人就扶一扶圆框眼镜，问他怎么要租单间。满生说我打鼾厉害。赵老师又问怎么厉害。满生说，上床穿着裤头，早上起来裤头都不见了，找了好久才找到原因，是被自己的鼾响震脱的。我们讲话的地方是在大门旁边，赵老师守着一个杂货店和一部电话。这时旁边有两个女学生买方便面和卫生纸，她们听了笑得哆嗦。这正中满生下怀，他无非是看到女的长的还漂亮，为引起她们的注意，现诌。单单面对一个老太婆，他可没这样的闲心。

……跟我老太婆，你不要讲这些痞话。

赵老师一激动嘴角哆嗦，胖白的脸上泛起紫黑色，尤其那嘴，乌得像吃多了桑椹。她退两步坐下来，喘平又说，楼梯间有个小单间，一个月十八块。满生说我看一眼。赵老师说就这一个单间，要就要不要就不要，不看。满生说我要。赵老师这才把一大串钥匙取出来。后来知道，原先租价是十六块，加两块钱包含了对满生的惩罚。

这里租房规矩多，赵老师详细交代了一通，我们本是当她放屁。哪个房东不会来这么一通呢，不过是为免责，后面若有事，房东说我先前交代过的，没想到……云云，责任都要推给租客。赵老师却是认真的，交代完一堆规矩，大声朝那边叫喊，老何老何，过来，拿合同。

老何拿来一份打印好的租房合同，赵老师嘴里讲的规矩在合同上有相应条款，并要交押金五十。五十并不少，那一年，很多同学月生活费也就一百出头。赵老师说，只是押金，只要心里没鬼，就不怕签字；心里有鬼，想借我这地方搞丑事，尽早滚。赵老师要满生押六十，因为"单间就是不一样"，还叫老何改合同上的条文。老何举着放大镜，找地方花了三分钟，落笔改数字花一秒钟。我以为满生要抗议，要和赵老师争辩几十回合，但他安静地把钱交了。后面他告诉我，这老女人有心脏病，不惹她。满生母亲也是心脏不好，死了许多年，据他说最明显的就是嘴皮发乌。赵老师的乌嘴唇让满生想起亡母，一想起亡母，没心思计较那十块钱。

规矩多，但这里房间基本住满。进门右手那一栋楼是男舍，往左拐是女舍。女舍要从赵老师把守的杂货店穿过去，才能到，下面三层走廊装了防盗网。男的不能进女舍，同样，男舍原则上也不让女的进入。附近做生意的小贩，两口子来租，赵老师一律拒绝，说我们这边男女是分开住。也有人单独来租,赵老师也要仔细询问,结婚了没有?结婚的也不租,另一半指不定哪时候来,到时不让人家夫妻进到屋里互诉衷肠,也说不过去,但放人进去,又坏了规矩。

因管得严,学生家长就喜欢让小孩租这里,毕竟有赵老师这样铁面无私的人看管。夹在女舍男舍中间的三层楼,赵老师两口子住不完。二楼是浴室和洗衣房,浴室用一次六角,洗衣 5.4 公斤以内都是一块钱,洗衣粉自备,要么加一角钱。加一角钱,赵老师给的量和老何不一样,差一倍不止,这事也要看运气。一楼是食堂,老何自己掌勺。他以前在政府机关管大食堂,说是犯了什么事情被辞退,回来操持这么小一个食堂,老何的能耐绰绰有余,每一道菜都油光水亮,价格不贵,但不对外经营。租客提前一天报餐,老何用小本子记,并高声唱报:李满生中餐一份,丁小宋中餐一份晚餐一份,江瑛妹晚餐两份……声音在 U 形楼中层层激荡。

江瑛妹每晚都报两份饭,一份不够量。她跟我们一个学校,高一届,建工 46 班。我们认得她,是进到学校有宣传栏,其中一栏是光荣榜,她的照片挂里面,尺幅比别的人大一倍,想不关注都不行。去年学校运动会,她打破几项纪录。其中一项是扛隔火砖。建工学院的运动会,也是要搞特色,扛砖是重要的一项,隔火砖散放地上,运动员用一根麻绳绑砖,绑好了腰一挺,扛背上往前走,走 200 米就是终点,算成绩先数砖块,同样的砖块再比用时。去年校运会,江瑛妹第一次参加,上了场所有人才发现,她是为此而生。她用的麻绳比别人粗,显然心底里有数。绳子先折叠铺地面,垛砖一层四块,码起来再用绳子一绞,她一下子扛起 67 块砖,200 米,走得稳稳当当。本来是 68 块,有一块不是松动,而是绳子绞碎掉下来。这纪录让整个学校的男生蒙受羞耻,也是没法,因为这女的一下子把两年前一个男生创造的纪录甩开九块砖。九块砖哪——当年布勃卡正是年年打破撑杆跳高世界纪录，每次只破一厘米。别人只想打破世界纪录，布勃卡用来打破打破世界纪录次数的世界纪录。江瑛妹破的一项纪录，换精打细算的布勃卡能拆成九项。

李满生认得江瑛妹，两人以前都在同一个乡中学混，朗山县竹梁镇初级中学。李满生说读到初二，还根本看不出，江瑛妹有一天能长成这样。那时候她瘦。我在食堂看着江瑛妹，她往哪一坐，身体两侧逸出的肉团，能各挤占一张座椅。我实在想不出来她瘦的时候，能是什么样子，除非我是一个老屠夫，能从一堆白生生、花麻麻的肉里看出一副清奇的骨架。满生说，这确实要亲眼见到，要不然我也不相信。而且，那时候江瑛妹不难看，甚至，在竹梁初中里头还算好看的。当然，在那地方要好看也不难，因为饿啊，女孩个个脸上都是菜色，脸皮难有几个抻得平，把她衬托了。因为，当时她还能吃饱，脸皮独自饱满。没想，后面她吃得太饱，迅速膨胀，长成今天这样。我问，以前你是不是也打过她主意？李满生说，轮不到我。

只有吃饭时候，男男女女可以在食堂坐到一堆，讲一讲白话。本来，男女坐一桌吃饭讲话，不是稀罕事，在学校食堂里都这么干的，但到这出租屋，在赵老师眼皮子底下，这样的场景反倒显得珍贵。满生那张嘴天生用来惹女孩，起先他凑近那些女学生，同校或者别校的，她们会装得防着他，见他嘴皮一动，就知道来了个老手。没过几天，女学生就会主动挨着满生，听他摆故事。那时候，还没有手机，也没有 BP 机，嘴巴是一个很重要的工具，会讲的人身边从不缺听众。满生摆故事，主角尽量是他，失恋也可以每天讲一段，不重样。这是一个吸引小女孩的话题，满生能把失恋讲出很多花样，而且一点不狗血，听得她们一阵阵遗憾，甚至脑袋一抽，想用自己来终结这个可怜男孩的失恋史。有时候,江瑛妹坐得离满生不远,满生失恋故事偶尔也飘近她耳朵眼,她便把牙一呲,非常不屑。他俩作为同乡,没什么来往,撞面招呼都懒得打,硬生生地错身而过。

那时候的女孩都爱看琼瑶,而满生看《金瓶梅》《肉蒲团》,大字影印,绝对足本。后来我意识到,看小说也是有段位的,而且段位之间可以形成碾轧关系。我意识到这一点时,女孩纷纷改看张爱玲了,心头揣定一段风华绝代,一个比一个滑溜。

赵老师火眼金睛,很快看出来满生是个隐患,女学生们哄笑时她就走向这一桌。一走到跟前,满生马上改讲世界新闻,绿色和平号事件,台海危机,现代奥运百年……那几个女学生也扯起耳朵听。有的还按既定的节奏,奉送笑声,一看周围的人都不笑,才把满嘴好牙敛紧。

赵老师抓不到把柄,趟趟扑空,感觉不爽,有时候索性骂她家老何。

老何老何,今天蒜苗炒肉,见红不见青,你钱多花不完啊?什么……蒜苗一块两角七一斤?你多加些青椒会死啊?

我日个怪,老何,今天的蛋花汤,一碗汤里漂一个蛋黄?你个杂种,每个女的都刚刚生了孩子,要你伺候?

老何,你今天拖地拖出几个坑了,你是开轧路机拖地?

…………

有一次,赵老师张嘴喊了老何老何,老何赶紧现面,走到她跟前,一如往常,摆足一副挨打相。赵老师一时不知道找什么碴,憋红了脸,忽然指着老何鼻头说,老何我日你妈哟。老何说,赵丽群,你不要日我妈,我妈她都死掉了。赵老师脚一跺,铿声说,何焕青,就要日你妈。老何头一垂,说好的日吧日吧,扭头走回了厨房。

赵老师饭桌边骂老何，口水喷溅，覆盖面辽阔。满生讲着讲着，自己感到没鸟意思，跟几个女粉丝说，吃饭吃饭，下次讲。哪个肥肉吃不完，挟给我补一补。

满生的段子不是白讲，他的灵感要兑换好处的。他先前那个女友，据说有鲍鱼气味的小鲍，春节返校不久就跟他分手。小鲍是写一封信，从教院寄到八百米外的广建，挺有文化，字都是用红笔写。满生放下鲜红信纸，说哪有这样的事，要去找小鲍，看看谁敢撬他墙脚。满生拉上我，趁周末查了一天，没有找到人，但从小鲍室友嘴里撬出情况，城南警校一个黑大个现在带着小鲍。

往回走的路上，我问他，满生，你看这事情怎么搞？满生说，你也知道，我李满生什么都缺，只有女孩不是稀缺品。

不出意外，搬到122号公寓第二个月满生就惹坏一个妹子。妹子姓覃，是教院再过去一点，民族师范中专的，专业是学跳舞，身体细高，一颗圆脸挂在最上头就不显得那么圆。我问满生看上覃妹子哪一点。他说，只看上一点怎么行？我是看上了三个点才下手。但我都看出来，覃妹子身材这么匀称，线条流畅，基本找不出上面两个点挂哪里。

我想知道满生哪时得手。这也是枯燥生活中的一丝乐趣，但并不容易，现在他独自住单间，不需叫我让床。

一天晚上，很晚很晚，或者次日很早很早，楼下面忽然翻涌上来赵老师尖厉的声音。我一醒，又听到沉闷的踢门声，一下，一下，又一下。我们全都醒来，套一件衣服循声往外走，隔壁几间房的人也纷纷往外冒头，问怎么回事。

挤到楼梯口，就全看见了，赵老师在踢楼梯间的门。这时，我并不感到奇怪，这有什么好奇怪的呢？迟早的事。

我也帮不上什么，身边不知谁递来一支烟，就一同喷烟雾。我们头顶有一盏灯，五瓦左右，微弱地撕开一团夜景。我们人头攒动，烟雾缭绕，俯瞰下面，赵老师就在眼底。她忽然一脚发力挺狠，收脚站不太稳，戴斜了眼镜，又扶正。接下来三四分钟，赵老师踢了十七八脚，门是好门，嘭嘭的响声异常笃定。赵老师又骂老何，老何老何，寒冬腊月哦，你狗日起不来床？老何便在光晕中现身，又补两脚。门仿佛认人，不待老何搞第三脚，忽然打开。满生走出来，衣服穿好，似乎比白天还整齐，远看还打了领带，其实是内衣上的印花。

满生说，赵老师不要踢了，门是你家的门。

赵老师说，还有一个，走出来。

你看错了，哪有？

我会看错？赵老师仿佛在笑，又说，没有人，你怎么半天不开门？

满生自然还要狡辩，像他这样的好汉，视死不认账为基本的心理素质。他扭头一看，楼梯上那么多颗脑袋，便用打商量的口气说，赵老师你进来，我们单独扯这个事。说着，还想欺近一步拽赵老师。赵老师敏捷地退一步，说，不要碰我！而老何应声往前一步，将自己干瘪的身体塞在冲突双方中间。赵老师又说，你们两个都给我滚出来。满生脸一拉，说为什么要听你的？我们也是人，也有人权，不是么？我出来，我认账，我负一切责任，够不够？赵老师说，不要跟我老人家摆人权，只晓得你住这间房是我的，你搞坏事是在我地头，污了祖宗的灵位。你们不出来，我一个老人家当然没办法，但我相信，110会让你俩马上现原形。

满生犹豫一会儿，扬着脸转向我们，一时无语。微弱灯光，唤起重重暗影，这时全都堆到他的脸，似有分量，压迫他一时睁不开眼。

稍后，他朝我们说，各位大哥，今夜醒了你们瞌睡，老弟道个歉。你们做做好事，都回去睡，天亮了请你们到广建门口吃早粉。没人回应，满生牙一咬又说，猪脚粉加卤蛋！

我也说，帮帮忙，都是同学，睡吧睡吧，睡醒了好好地吃蛋吧。我揉动其中一个，又拽走另一个，别的人也拖着步子离开楼梯口。我看着他们各自归屋，听插销的响声。

回到床上，哪又能睡，我们扯起耳朵听外面声音。满生到底一张好嘴，很快把赵老师的声音压低，擒贼先擒王，摆平赵老师，老何也自不在话下。毕竟是在山腰，夜空又起明月，山上乱窜的野狗这时分叫得像狼。

天还未亮开，满生敲门进来，找我来帮忙，室友也围过来给他打烟。他说，赵老师讲，要我给她家刷屋，要不然押金不退。我问，怎么个刷法？

赵老师的意思，是要满生满来888，将屋子墙皮重新刷一遍，让墙体重归纯白，看不到一点"喷上去的痕迹"。我说有这么多痕迹？满生也委屈，说都是光棍往里面住，晚上憋胀，哪能不往墙上喷？现在全都赖在我头上。

不但要刷这边楼梯间，赵老师要求，还要将对面楼里一间女舍也刷一遍。虽然事情不在那边发生，但那间房"被熏得骚哄哄"。女生那边，满生这样的家伙没有资格进去，只有我替他。虽然室友都表示愿意效力，他们也想看看女生的宿舍什么状况，有什么气味。满生还是把这事托付给我。

当天正好周末，满生去最近的建材市场买来一桶888，两个滚刷。我俩分了桶，我拎半桶进到女舍，上四楼找405，见小覃站在走廊里刷牙，神情怡然，不像刚惹下是非。见了我，她用手势打个招呼，好歹也算熟人，然后水杯随手一搁，跟在我后头，看我搞什么。我不看她，隔得近，听见牙刷一直在她嘴里上下划，有霍霍的冒着泡的声响。

那间房在走廊尽头，双人间，显然不是小覃住处。有一个下铺刚刚搬空，另有一个女孩正在转移自己家当，搬到隔壁一间。我止住好奇，没问是哪个，她们说出名字也没用。住这里的女孩几十个，来自周边好几个学校，我没法让名字一一对应嘴脸。心里便暗骂满生，狗日的，你还玩声东击西。

一桶888正好刷完两间房，满生领了押金，又拿那妹子的押金条领回五十块钱。走时满生想在杂货店买包烟，买包好烟，赵老师大声说，不卖。

麻烁接满生的后脚，搬进楼梯间。满生走后，赵老师还嘟囔了好几天，说好好的屋被骚牯子搞坏了，以后广建的学生来，一律不给租。老何说，要对事不对人，小李做得不对，广建其他孩子我看挺好。赵老师说，何焕青，你看着眼馋了？老何苦瓜脸一拧，不吭声。

楼梯间刷过以后，好长时间弥漫着888粉的气味，呛人。有人来租房，钻进去马上出来，仍要大口换气。闲置半月，麻烁来找房，他鼻子肯定有炎症，是唯一一个不挑气味的租客。虽然也是满生的校友，赵老师"破例"把房子租给他。

租之前，赵老师还进行一番询问，声音很大，就像老何唱报谁订了餐，让楼里的人都听到。

你是当班干？好的，人小志气大嘛……

还是文学社的副社长，发表过没有？《广林电视报》？这个我订过……

没有女朋友吧？

赵老师盘问麻烁的时候，我在那里买烟，买五根以上就送烟壳子。赵老师不肯拿原装烟壳，抽屉里翻出一个老烟壳递我。问他有没有女朋友，麻烁笑着答，怎么可能呢？赵老师眼光由下到上将他刷一遍，估计也骗不了人。麻烁个矮得有些醒目，一米五几，瘦骨嶙峋，牛仔裤穿成大裆裤。脸又是娃娃脸，白净，找不出一颗痘，也看不出被荷尔蒙折腾的痕迹。赵老师压低声音，要他交八十块押金，说那间房刚装修过，你看到的，雪白透亮。麻烁说能不能少十块钱？赵老师说，看你有文才，可以。这样就成交了。老何及时掏出合同，再改那个数目手脚飞快。

麻烁是校文学社副社长，并非随口说说，他把这当个事。挑楼梯间，也是有目的，空间虽然狭小，但可以一个人支配。我从楼梯口过，每回都见里面塞满。两三个人塞得满，五六个人还是满，仿佛那间屋子有弹性。人挤在里面，是在讨论文学，我听见他们讨论一篇武侠题材能不能上文学社的社刊，讨论一篇散文是不是抄袭，讨论一个标题超过了十五个字还他妈叫不叫标题……有一天又走到楼梯间门口，一个陌生的家伙忽然站起来，手指往屋外一撩，正好指着我，一时蒙圈，什么时候惹了这厮。这厮"啊"的一声拖长，人家是要读诗。我搞不懂，读诗就读诗，为什么要"啊"地叫一声？正这么想，听见背后麻烁的声音说，李悄，不要总是"啊"的一声，坏习惯。这首诗哪有这个字嘛。我这房间小，以后不能"啊"。被批评的人咳一声重来，果然不带"啊"，不报篇名和作者，直接第一行。看得出，麻烁虽然个小，说出话来在文学社社员当中有分量。

麻烁屋里随时有人，并不是摆来架势讨论文学就聚人气。屋子中间摆设一张骨牌凳，上面从来不缺一盘瓜子，夹杂着花生，还会有一盒烟。烟是精白沙，赵老师店子里拆卖五角钱一支，但麻烁掏出来都是整盒。十五块钱可以将一个床铺租一个月的时候，十块钱一包烟是什么概念？我印象中，喜欢呼朋引伴的家伙，手头不能紧巴，性格最要大方。关于文学社，我也略知一二，通常情况，里面混的离不开三种人：头一种，自然少不了动笔能写的；第二种，是好这口能力跟不上，聚会时舍得往外贴活动经费的；最后一种，也必不可少，就是文学女青年。麻烁写得怎么样我没看过，最起码，他能当里面第二种人。他们经常讨论，主要为编那份刊物，名叫《木叶》。头一学期，有一天在校内碰见阙光弟，手里搂着一沓杂志，是最新一期《木叶》，油墨带着一股焦糖气息。他冲我说，丁小宋不要走，拿一本！我就拿一本。这杂志做得比周围其他几个学校都考究，虽然都是油印本，《木叶》用光面牛皮纸当封皮，上面还有繁复的线条构成的画，油墨有蓝黑两色。书脊也糊得有棱角，有厚度，不像许多学生刊物，订书机揿两下，四个边都敞口，纸页分明。

牛皮纸光面太光，油墨不稳，我接过来不慎触摸封面，线条就涣散，油墨变干后现出我掌心纹理。

那本《木叶》，上学期有人拿到校食堂叫卖，每册定价0.80元，标在封底。一开始卖不动，后面有人想招，里面夹一张奖券。号码是手写的，每期摸两个十块钱三个五块钱十个两块钱。有了奖券，销量见涨，但很快被校方禁止。奖券是有价证券，私印都犯法，何况手写。奖券的事一查，油印杂志自然不能有定价，这也犯法。不久我便知道，奖券和定价都是麻烁想出来的。这人有商业头脑，对钱敏感，平时装作读书，在外面必有找外快的门路，无怪乎精白整包地买，往外一散一圈手不抖。

某一天，我发现，我忽然想混他们文学社。那年月，时间多得像是打批发到手，再一点一点拆卖，日子异常煎熬，每天等不到天黑。

楼梯间里的热闹，我多看几回，便简单粗暴地羡慕起来。他们以搞文学的名义凑一起打发时间，仿佛比凑一起打牌高个档次。当我想混的时候，才发现不知如何敲开这道门。去年阙光弟好心叫我加入，当时，只要点头就完事，我偏不理会人家的好意，现在又如何开口？忽然明白，每个人都要为自己的清高付出代价，我也不例外。

正犹豫，就撞上了。那天我下楼梯，见阙光弟走进楼梯间找麻烁。我往里面张望，阙光弟看见我，欣悦地叫我，并问你也住这里。我顺着话进去坐，跟麻烁也打招呼。每天看得见，却第一次招呼，感觉有些古怪。阙光弟向麻烁介绍，这是我一个老同学的儿子，姓丁，去年刚来。麻烁张口就说，你拿两根竹竿就是给他啊？

他俩记性好我不奇怪，写文章最靠记性，但麻烁连那两根竹竿都摸清楚了来龙去脉，我只好意外。

这时赵老师冒了出来。楼梯间随时有人，她也随时似不经意拐过来查看。阙光弟跟赵老师认识，打了招呼，并说这几个都是我学生，赵科长以后多照顾一点。赵老师眯起眼睛，说他们几个不是一个年级的哟。阙光弟说，老师难道只教一个年级？赵老师一走，麻烁问她以前是哪里的科长。阙光弟说，以前是在我们县民政局，后面调市里，一直当科长，管结婚也管离婚。

我家也在民政局旁边，知道那种职位。只要两个人凑齐，出具相关材料，赵科长一点头，手下喽啰便挑一挑皮色（离婚证比结婚证红得更深），开单跺章。所以……有人来租房，声称自己是单身，不会惹事。赵老师瞥一眼，说你不是，硬是不给租。一个人是结是离，有无伴侣，有无牵绊，面相都有相应信息。赵老师见得太多，一眼准。

阙光弟打这一口招呼，最直接的作用，是麻烁在屋里架了一个电锅煮东西。租房合同上写着，出租屋里不能接电壶和电锅。现在有这例外，是麻烁人缘好，且有人脉，别的租客没法比。或许有人跟赵老师讨要说法，赵老师有的是理由，说人家单间，人家押金八十，人家是文学社领导，人家天生不找女朋友……总之，人跟人不能比。这就成了一个特权，麻烁在赵老师眼皮底下开火。电锅是麻烁从家里拎来的，盖子丢了，用一个菜盘倒扣，大小合得着。他喜欢涮菜，先要做汤。一碗水一个筒骨，葱姜油盐辣椒，再加两角钱的卤料包，煮出一锅火锅稠汤。锅小，汤很快滚得跳，中间漩起暗白油花，滋起细小油沫。肉片一放，卷入沸腾之处，很快断了血色，附满汤色，一咬全是味。汤清了加猪油，汤淡了添盐，汤浅了倒白开，汤溢了舀出泡饭。

麻烁这人有事总会想到大家，一声招呼，四五个人凑了碗筷去他房间涮菜。小小一口锅，看似一人份，但两三人能吃，四五人照涮，筷子一多，手一出，不要同时，讲求时间差，此起彼伏。既然有阙光弟引介，我也算入了伙，涮菜我也有份。看那场景，屋子那么窄小，人挤挤挨挨就像地窖里放红薯，偏生有气氛。大家打平伙，人均一块钱涮小菜，人均两块能涮肉，但肉要看手脚快不快，每个人都不客气。每一次买来的肉只嫌少，一开涮，筷头飞动，肉很快从视线里消失。往下打发时间，麻烁就挑几筷子剁椒一筷子猪油，保持汤的浓度，再下芽白杆子，嘎嘣嘎嘣吃开，一样有滋有味。芽白杆子，一角钱能买两斤。屋子那么小，声音又是凌乱，嚼出味道，还嚼出一份同甘共苦的态度。

那时候，只要有人请，从来不缺吃客，各种吃相横陈眼前。谁能想到若干年后，请人吃饭不如请人流汗，去喝酒涮肉成了每个人的负担，交情过得硬才肯来陪吃宵夜？也就二十多年时间，回忆里一对比，感觉有那么点诡异，有那么点穿越。也忽然明白，真正开胃的永远不是菜肴好坏，而是腹中怀有饥饿。

我实在是个受益者,一加入文学社就能吃火锅。有一天晚间照样涮菜,人太多,一旁李悄偏又是左撇,我俩胳膊再小心也撞上几回。他脸一扁,说,丁小宋,你火线加入文学社,到底是想写东西还是涮火锅?我不吭声,手一扬,又是一片薄肉,肥瘦搭得出黄金比例。李悄又说,手上还长眼睛。麻烁便主持大局,冲李悄说,人家丁小宋一加入,赵老师才同意我开火。

麻烁个小,不影响人家有大哥气质,懂得调剂一帮人情绪。有他在,一小口电锅才能沸腾得有如聚宝盆,让那么多人下筷头有条不紊,一起吃饱喝足。得他照顾,我也想着好好表现,对大伙有所贡献,正所谓"人人为我,我为人人"。有天去了菜市,专门找一圈,找到上好的重庆火锅底料,冻紧的牛油里,琥珀一样镶嵌了各种祖传香料,一包大小抵上两连马头肥皂,卖价两块五。我不犹豫,买来一包。晚上做汤,撇一块(八分之一)放下去,转瞬化开,异香扑鼻,涮得大伙爽到一个新的境界,纷纷举来杯子,找我碰酒。我暗自想,这一顿,才算打虎上山,位列老九。麻烁也感叹,再怎么用心做汤,不如有钱,买人家祖传锅底。大家也说,日你妈滴,有钱就是好。忽然又有人说,吃得开心,可是都是男的,少几个女的。麻烁就笑,说饱暖思淫欲。

大家凑钱,麻烁去菜市喜欢叫上我,而我总想找点新品种,涮出新口味。在我潜心寻找下,价钱低廉、能涮进锅的物品渐丰:猪心肺、牛腰、牛肝、牛蹄花、茶泡、莙荙菜、广菜、姜合笋、魔芋硬皮、大葱须、包菜芯、西瓜皮……用最少的钱,买来最多菜品,反正不怕花时间打理,涮进锅,有些不花钱的东西一样好吃。每个人都有填不饱的胃囊,我花这些心思,都能用到实处。他们也试图寻找,但找来几样都不适合涮进锅。麻烁说,别以为容易,这要通菜性,是一种天分。

有一天去市场,看见一堆去壳的田螺,个头巨大,肉色鲜嫩,价格三斤才抵一斤猪囊膪肉,我想买一些。我说,等下花时间,一刀一刀片成薄片,往火锅里涮。麻烁说,去年试过,田螺肉切片,一涮就卷,涮急了泥腥不散,不入料味,涮久一点又一个劲发绵。这东西剥壳要爆炒,带壳只能卤煮。我说,去年你是租哪里?也天天涮菜?他不答,走了几步,像是自语:煮螺蛳入味,要有一种料,壁虎那里应该找得到。

那时候,市面上小龙虾还没吃开,夜市上最好卖的是煮螺蛳。螺蛳本是贱菜,山塘溪坑里,有水草的地方随便一搂,出水都见一堆螺。农村人搂回家喂猪喂鸭,螺壳捶碎了给猪娘补钙。以前螺蛳剥壳卖,也就两角多一斤,螺蛳肉色灰黑,一般加韭菜爆炒,吃进嘴有一股泥腥,很多人不吃。那几年忽然成为夜市摊爆款,带壳煮制,加各种料熬通夜,熬到浓稠甚至焦黑,完全入味,带上夜市。有人来,用小号瓷碗,舀一平碗卖两块钱,想要堆起尖再加一块。随着价格上扬,螺蛳里面蒜瓣、魔芋、酸萝卜也越添越多,这玩意也开始有替代品。煮螺蛳味足劲大,很多人吃得上瘾,有的每天入夜心神不宁,嗍一碗螺蛳方才安定。

花果山下夜市摊聚集,是整个广林市天黑下后有名的去处。我们同学偶尔去夜市摊,五块钱买一大碗煮螺蛳,嗍的时候手脚快慢差别大,手脚慢的要求分碗吃,但这一来,先吃完的盯着别人碗口好一阵难受。

麻烁那点手艺,煮螺蛳也不是出手就有,他练了几回,我知道。头一回煮螺添的是白开,煮好像是把螺蛳又洗一道,清清白白,滋味寡淡,这才知道一定要用高浓度老汤,决不能偷懒。老汤不是电锅熬得出,他从外面弄来,后面见阙光弟将汤盆拎走,才知是借了阙家的灶房。后面几回,他往里面下料下得重,但煮出来入味不足,螺肉紧实,天生不吃味,电锅火候也欠。后面又买来一包脆肉粉,添进去煮,螺肉毛孔翕张,料味便一孔一孔灌注,但比起夜市摊,仍是有一定距离。

试了几次,有一锅忽然就成事。卖相比不得外面夜市摊子,汤汁收得不够浓,硬壳挂不够料色,吃进嘴,一嘬肉仁子上面那一点点汤汁,鲜味把各自脑门子一掀,呛一口气,味道又往下走,鼻头轻痒,竟盖了许多夜市摊。可想而知,当时,大家意外,赞叹,说这一锅买的话少不了五块钱。

麻烁小有得意,抿一口散酒,床底下掏出一包东西,说主要靠这一味料,叫絮壳。还说,看着不起眼,很多人搞不到。用不用它,煮螺是两种味道,天上地下。我凑脑袋过去一看,里面的东西大小形状像杏仁壳,但壳皮里外都有纵的条纹,中间摊散,两头聚拢,与杏仁壳明显区别开。我们都没见过那东西,既然很多人搞不到,又当麻烁多有一种特权。

阙光弟偶尔也来楼梯间。作为文学社指导老师,他绝不是挂名,来到这里,给社员做现场指导。他是随和的人,扎进人堆,抽我们敬上的劣质香烟,手抓骨牌椅上的吃食往嘴里揉。碰见煮好的螺蛳,他嘬起来也麻利,几乎不借助牙签,撬开螺盖,轻轻一吸,壳里所有的东西——螺肉以及下面一挂墨绿色的累赘,一扫而光。有人说那一挂累赘是螺蛳屎,阙光弟就笑着说,这怎么会是螺蛳屎呢?这是它的肠肝肚肺,精华所在,滋味最好的部位。但我看到螺蛳下水,那形状及颜色,心里起疙瘩,嘬到嘴里咬断吐出。

阙光弟帮我评点了一篇散文,一边嘬着螺蛳,一边擦着油嘴,跟我讲修改要点。讲得我几乎灰心丧气,他又表示,该文已到"修改后可能刊用"的地步。我不免激动，自己手写潦草的字迹，很快变成铅字（打字油印）。所以在楼梯间里涮菜嗍螺蛳，可不光是吃吃喝喝，谈笑间，也弄懂一些隐秘法则。以前，我在报刊杂志上看了不少作家的创作谈，他们来头都不小，但最初都经历漫长退稿和泥牛入海。我对此有心理准备，熬过最初的艰难岁月。但现在我忽然知道，上个校刊都要找到组织，参加活动，一起讲笑话，一起嗍螺蛳，最好还要熟络主要领导。我也忽然有个想法：毕业以后，怎么也要去省城混，那里才有刊物，有编辑，有各种主要领导，职位都比阙光弟大几圈，自然也比他管用……我吓一跳，这些零星散乱的领悟，仿佛比白天在教室听课更有用处。我读花果山下面这所破学校，却读出了理想，毕业后我也确实这么做。

阙光弟来我们这里，经常带着傻儿子。我住二楼，窗户对着上山的路，可以俯视两百米远，偶尔瞥见阙光弟拖着儿子的手正往这里来。他儿子有时犯浑，都要到门口，又想回去，阙光弟拖儿子像拖一只猪去挨刀一般费力，索性放手，踢他儿子屁股。傻也有傻的好处，他儿子对此的反应和别的小孩不一样，挨了打不哭，反倒会笑，再往前走就蹿起跑跳步。

后面我知道他名叫阙道宇。大家叫他，小宇小宇，他偶尔点头，大多时候当我们叫别的人。小宇很容易进入另一种状态，或者进入异次元空间，当我们都看不见他一样。阙光弟是个认真的人，一来就能进入工作状态，一对一点评文章，没点评到的一旁坐着听。这时，麻烁带小宇出去，出了出租屋的大门，往左，爬花果山。看出来，小宇很服从麻烁管教，甚至对麻烁有种依赖。他进到楼梯间，看到麻烁，叫一声麻麻，听着像是叫妈妈，然后往他怀里扑。其实小宇个头跟麻烁差不多，有一次麻烁坐在矮凳上面，未及起身，小宇几乎将他扑倒。

阙光弟在后面喊，小宇小宇，你是不是要我扯根绳子把你拴起来？

我脑补那样的画面，小宇要是被绳子拴起来，搞不好真就四肢着地。没想到十多年后，现实生活中，周遭的环境里，拿着狗项圈拴住自己儿子的家长并不少。

还有几次，天黑以后我们正涮菜，或者嘬螺蛳，聊文学、女人和天下大事，门砰地被推开，是阙光弟，不往里走，脸上堆满无助神色。谁都知道，作为老师，不好在学生面前流露这样的神色，但是，我们都看得分明。

麻烁不多说，叫我们继续，自己赶紧往外走。

……小宇又发病了。

某次，麻烁跟阙光弟消失于夜色，屋里还坐着李伟光（笔名李悄）和姜灿，他俩都跟麻烁同班，显然知道些内情。我支起耳朵听。姜灿说，上一年，麻烁直住在阙光弟家里。小宇总体上算是个老实孩子，时不时会发一阵疯病，症状是在家里砸东西，地上打滚，见什么就撕什么咬什么，包括瓷器和金属制品，家里暖水壶铁壳都被他用牙撕破。谁制止，他就把谁往地上带，带倒就撕就咬，把阙老师都抓出半尺长的疤；那一口钢牙，哪有人扛得住？有人说，也没见阙老师两口子伤残。姜灿说，小宇从小就犯病，阙老师两口子身经百战，防得住，但治不住。李伟光又接话说，小宇看上去十来岁，其实二十有多，偶尔醒神，下面撑起帐篷，忽然就有那种要求，懂吗？那要求解决不了，有时候，他妈都不敢和他单独待家里，懂吗？李伟光做一个暧昧的表情，想把大家惹笑，但我心头一凛，也没见别的谁笑得出来。

姜灿又说，也怪，只有麻烁是小宇专属特效药。只要他在，小宇就不犯病，有时刚要犯病，地上一滚，麻烁走上前去摁住。小宇张嘴要咬，他直接把手伸进小宇嘴里，还说，小宇小宇，是狗你就咬。也是奇哉怪也，这一招，别的任何人都不能尝试，只有麻烁这么一弄，小宇两排牙齿悬到切疼肉的位置，就停下来。小宇看看麻烁，麻烁看看小宇，伸出另一只手抚摸小宇头发，就像抚摸狗和猫。多摸几把，小宇眼神和缓，表情也松弛，麻烁这时叫他站起来，小宇就站起来。麻烁说，小宇下次不要这样了。小宇憨笑着把舌头吐得老长。

姜灿这么说，李伟光就在一旁装扮小宇的模样，尽量照着狗的形态发挥，仿佛他见过。其实这些都是听说，麻烁可以住阙光弟家里，他俩不可以。我想，这世间，一物降一物，总是颠扑不破的道理，或者又没什么道理。也突然明白，阙光弟去年送我两根竹竿，麻烁怎么知道。当时若是他在，小宇就挨不了那顿打，直接交出竹竿。

又有人问，为什么麻烁今年搬出来？他俩都不知道具体原因，姜灿想当然地说，不是一家人，挤在一间房子，时间久了，都会不适应。李伟光说，已经住了一年，够对得起班主任了。要我住他家，那种环境，不开工资说不过去。姜灿说，给你钱你也去不了，你不是小宇的药。

那一天，麻烁回来较早，我还注意看了看他头脸脖子，裸露在衣领外面的部分，是否有爪痕。当然是没有。

麻烁的楼梯间里人满为患，偶尔地，就夹杂了女生。要混文学社，他们编杂志，讨论一篇散文或诗，没有几个女生插几句嘴，发出些大惊小怪的声音，气氛都不对。

还是因先前阙光弟打了招呼，女生进到麻烁的楼梯间，赵老师网开一面。按约定，门随时敞开着，即使屋内几男几女，也必须敞开。麻烁一开始也抗拒，说，赵老师，我们这么多人在里头，有什么好担心？赵老师沉痛地说，人多也不行，三男三女不行，五男三女也防不住。现在的年轻人,有什么丑事搞不出来哟。门一敞,赵老师过来睃一眼,似乎照顾麻烁面子(赵老师对麻烁确有关照,态度明显不一样),她顺带着上楼,搞一搞卫生检查,或查看衣物会不会把胶皮线驮断。毕竟上了年纪,多有几次上楼下楼,她腰腿吃不消,指派老何继续覆行监督之职。老何每半小时过来一趟,把苦瓜脸拱进来,点一点人头,再离去。

何老师,要不要嗍几颗螺蛳?麻烁刚弄好一盆。他手艺日益精进,螺蛳汤带有红油色,壳皮跟夜市摊一样,有了暗沉的包浆。

老何背对着手一挥,说,我从来不吃怪物。

下次来,麻烁依然招呼他,何老师,进来嗍一嗍螺蛳。现在最流行嗍螺蛳,关厢门夜市摊那里,每一个摊,一锅螺蛳至少二十斤,口碑好的,锅前都排着队。我弄这个不比他们的差,你试试!

真是见鬼了。老何说,这东西以前喂鸭喂鹅,煮不死,还带有什么钩端螺旋体,寄生虫,是要叫断肠子的哟。

我煮得透,每次煮三小时⋯⋯

煮三小时?你一个月才交十八块,电费也在里头哟。老何的苦瓜脸扭得打结。电表不是每一间房装一块,电费含在房租里头。老何搞不清楚赵老师怎么就答应了麻烁,搞特权,房间里用电锅。

哎呀,好大个事,我加两块,一个月交二十,可以了吧?

电费是三角四,两块钱六度电;麻烁的电锅底座盘着两根明晃晃的电热丝,功率各 50 瓦,十小时一度电,六度电够用 60 小时,每天煮一锅螺蛳略微不够,两天煮一锅就绰绰有余⋯⋯老何站在门口,神思飘逸,显然在算这笔账。稍后老何神情变了轻松,显然加两块钱摆平了他。他走进来,坐下,用牙签一撩螺盖,撬出一颗肥硕的螺肉。他吸的姿势很熟练,撬螺肉很准确,牙齿一掀,螺肉下面一挂墨绿色的累赘吐出来。

哎哟不错，你这螺蛳煮得见功夫，有股邪劲。

看样子何老师吃得有蛮多。

好多年不吃了，以前过苦日子反而吃得多。那时候，老乡家还找得出罂粟壳——解放前，我们这里到处都种罂粟，陈玉鏊师长收去赚军费。罂粟壳煮螺，才煮得出这股邪劲。老何说着，还用筷头去螺蛳堆里翻找。

麻烁早把料剔了出来，不随便让人看出秘方。麻烁问他，何老师，你说的那东西要去哪里搞？我也听说……

老何斜麻烁一眼，不吭声，继续嘬螺蛳。留下一堆壳，吐一堆下水，老何才走。我这时哪能不知道，絮壳到底是什么东西。麻烁回我一眼，不必多说的意思。

有天我进到楼梯间，里面两个人，一个是麻烁，自不用说，另一个是江瑛妹，小有意外。骨牌凳上又是一盆煮螺蛳，热气腾腾，江瑛妹先用筷子挟起，对每颗螺吹五口气，换另一只手捏住，再凑嘴边一嘬。麻烁坐在一旁看她嘬。江瑛妹还不太熟悉这东西，麻烁在做现场指导。……对，先要嘬螺盖上面那些汤。感觉不到味？你吸得太快，这汤没有多少的，但要细细品，品出来，就容易上瘾。江瑛妹又嘬下一颗，品了起来，看得出她在调动味蕾，在开动脑筋，在思考这汤到底好不好吃。似乎没品出来，再挑一颗，专挑大个的，捏在手里还往盆里一舀，尽量多装汤汁，但螺盖上那狭侗的空间，舀到满溢又能有多少？麻烁就笑，一把调羹递过去。江瑛妹用调羹扒开螺蛳，舀下面的汤，吸溜一口，这才嗯一声。脸上表情骗不了人，是真的吃出好来。往下她又吸了几调羹浓浓的汤汁，显然也是个重口味，因那汤嘬一点点满口鲜美，换调羹舀着喝，全是咸味。江瑛妹要喝水，麻烁把自己杯子递过去，杯小，江瑛妹喉结动一下（我确乎看到），就见了底。麻烁又晃起热水瓶，往里面加。

我递麻烁一个眼神，是问，什么情况？他回一个手势，叫我自便。

江瑛妹旁若无人，埋头嗍螺蛳。麻烁继续指导，对的，这样就对了……下面那一串也是肉，可以吃可以不吃。江瑛妹晚上要吃两份饭，能吃的当然都不放过。

你吃东西太快，嗍螺蛳可以让速度放下来，不是吗？只有放慢速度，才能真正吃出……

好吃！

我就知道你会喜欢吃，我煮这东西不是一般好，比夜市摊一点不差。

那你要不要去摆夜市摊？

我为什么要摆夜市摊？我专门煮给你吃可不可以？

这时江瑛妹才把头一扭，确定我的存在，我正要抽一根牙签。江瑛妹说，我可不可以把这一盆吃完？

当然，吃完吃完。麻烁也看看我，又说，别人的我另外煮。

我便拿牙签去掏牙，什么也掏不出来。

江瑛妹走后，我问麻烁，怎么勾搭上的？他搔了搔脑壳，说没勾搭，就这么过来。我说，总不会是人家直接闯进你的闺房？他说，那当然，我今天走出去，看见她，直接说，美女，请你来嗍螺蛳。她看看我，又看看周围，也没有别的美女，确定是她本尊，又问我，我们很熟吗？我说，我煮的螺蛳很好吃。她说，哦是吗？我说，我骗你的话你打我。她就笑起来，说我一拳就能打扁你。这样她就跟着我进来，我这一盆螺蛳，也真是煮给她，只怕不够。

有吃的就行，她只嫌不够……你不会真的想泡她？我不由担心起来，眼睛粗粗一估，她体重是他两倍半。

这个……他忽然有些羞涩，一想不对，严肃了表情跟我说，丁小宋，你是不是管得有点多？

我不管，自然有人管。第二天麻烁又煮一盆螺蛳，专挑个大的田螺，谁也不招呼，就让江瑛妹去吃。门不好关起来，掩得只一条缝，正吃着，赵老师把门推开，看里面就两人。赵老师也不好怀疑两人有什么图谋。虽然作案工具都是随身携带，但工具也是要讲规格，讲匹配，万能钥匙再精致，也套不开国家金库的闸门，不是么？赵老师就从别的方向问话，把麻烁叫出来，跟他说，江瑛妹总不会是你们文学社的人？麻烁说，为什么不是？赵老师说，麻烁，我看你是个老实孩子，又会写文章，很多事我不计较。但现在，你把一个搬砖的说成是写文章的，当我老婆子脑袋不好用了？你把她写的文章拿给我看，我以前写工作报告给县领导还表扬有文采。麻烁说，就是嘬几颗螺蛳嘛，她吃完就走。

不要得寸进尺！赵老师说，麻烁，我以为你是聪明人，但是有点不懂味。以后，你这间屋子不能进女学生，一个都不能进。我真看不出来长什么样的会写文章。以后要请女学生涮菜嘬螺蛳，就去我家一楼食堂。那里有桌有椅，也不用你打扫，免费用。你看行不行？

麻烁笑着回，赵老师，你是跟我打商量吗？

再有煮好的螺蛳，不管是否夹杂女同学，都端去中间的食堂，占一套桌椅。食堂有七套桌椅，一大六小，平时坐小的桌椅都已足够。而且，也奇怪，大家挤楼梯间挤得热闹，有同甘共苦相濡以沫的快感，一旦换到宽敞的食堂，又觉这里其实更好，说不出的舒适。嘬起螺蛳来，在小的房间不自觉就压低声音，空间小声音显嘈杂，来到这边，嘴巴嘬圆，嘬得越圆嘬得越响，一个个像吹起哨子，恣肆且欢悦着。

既然在老何的地盘,老何就不客气,每次拨拉半碗,用一拃长的竹签撬螺肉。老何毕竟是老厨,说用电锅煮东西费电,火候不够螺肉发绵,建议在他灶上炖煮。房费加到二十,不好减回来,麻烁去食堂用煤炉,也不另付费。

在食堂煮螺,香味掀动每个人味蕾。那年月大家腹中时常怀有古老的饥饿,故而不讲究,不客套,陌生人循味而来,搭讪两句。麻烁是好客之人,一个招呼,对方坐下来就摸牙签。刚刚脸熟,不好多吃,嘬十几颗尝了味道,就走人。江瑛妹每次都能见到,经常拎着碗守在炉前,看着一锅螺肉持续沸腾。麻烁会对她说,你试试,看好了没有。她试了一颗又一颗,不出麻烁所料,她一副胃口本就不挑剔,碰到螺蛳,一嘬上了瘾。她个高,身体硕大,胯部又宽,上半截俨然是宝塔形,下半截则是宝塔稍有压缩的倒影。老何每天报餐,江瑛妹晚餐经常报双份,要不然半夜饿醒,那么大一个活物,饿红眼没准吃人。但人家也不白吃,她能一口气扛动 67 块隔火砖。一块砖差不多四斤重,麻烁暴断青筋也就扛 20 块。煮好螺蛳端上桌,江瑛妹再不好跟麻烁说,我可不可以把这一盆吃完?再大的盆她也能舔干净。食堂到底是公共地界,见者有份。江瑛妹有时候一手抓两颗螺蛳,一起嘬,那声音仔细一辨,像小孩吸溜鼻涕,双响分明。一桌人嘬得欢腾,赵老师随时检查工作,某一刻忽然就坐到江瑛妹身边那张椅子,嘬了起来。赵老师指头灵便,牙签扎下去像挑花,一扎一个准,江瑛妹一次嘬两颗的时间,赵老师也嘬了两回。赵老师是个讲究人,自然不吃下水。

换在老何灶上煮,他很快摸清麻烁的秘方,并不声张。麻烁煮的螺蛳有邪劲,主要靠那一味料。螺蛳嘬起来咸辣,极重口,有人一边吃一边流泪,还不敢抹,辣油沾了眼睛会疼翻所有眼白。我有时吃得直吐舌头,恨不得把整根舌头掏出来,放冰箱冷冻室里冻一冻。当时心里说，贪这一口，身体遭罪，吃完以后不吃了，不吃也罢。顶多忍几天，当食堂里又飘来螺蛳香味，我几乎僵尸般地将自己身子挺直，往那里去，忍着不蹦不跳。我知道，自己开始有了瘾头。有时候正上课，忽然极为准确地记起螺蛳的香味，忍不住打个冗长呵欠。

江瑛妹嘬得多，瘾头更大。每次食堂煮螺，她拎着碗锅边把守，宛如一尊大神，鼻头翕张有声。开锅她第一个动手，嘬螺蛳嘬得嘴皮烫，不停哈气，猛灌凉白开。有一天我看她嘴皮结着痂，显然是烫伤，但当天嘬螺蛳她仍然不比任何人慢。麻烁总是坐在江瑛妹的对面，满面带笑，看她嘬，听那响声。见她快现碗底，主动给她添一勺，螺壳撞响的声音脆乱。一旁赵老师德高望重，可以畅所欲言，好多次跟江瑛妹说，慢点嘬哟，有人跟你抢？或者说，小江，你是个妹崽，不要吸得山响。江瑛妹睃她一眼，懒得吭声，嘬螺蛳仍是一捏两颗。赵老师又说，小江，我给你提个议，你能不能一次只吸一个螺？江瑛妹问为什么，赵老师说，吸两个螺，嘴巴收不住，汤雾都往我这边飘。赵老师一边说一边抹脸，顺便把脸皮子抹平。江瑛妹这才面露赧色，一颗一颗把螺蛳捏在手上。两颗螺变一颗，她的嘴巴吸那一点点汤汁就用力过猛，螺肉带着下水火箭升空一般射入肠胃。

嘬螺蛳的要领就在于，汤是汤，肉是肉，先吸汤，再吃肉。江瑛妹力大，一吸，总是连汤带肉嘬尽螺壳，螺壳在她手中变了透明。麻烁说，该享受两口，你一口就搞进去，可惜了哟。江瑛妹一听，是有道理，这么嘬实在浪费，便将螺肉反刍倒回嘴中，咂一咂，再次咽进去。这样，汤还是汤，肉还是肉。

麻烁就这么盯着她看，表情有时候近乎慈祥。

嘬完一钢筋锅的螺肉，我们几个男的簇拥着麻烁回到逼仄的楼梯间，关上门，每个人都很来情绪。姜灿问麻烁，你不是真想去撩江瑛妹吧？姜灿问得认真，表情不可思议。其他人也把脸朴过去，同样关注这个问题。当天的嗍螺蛳，大家一直关注着江瑛妹，关注着麻烁看她时那种眼神，总觉得有什么地方不对劲。

　　看她嗍螺蛳，有一种很开心的感觉。麻烁说，我只喜欢看她嗍的动作，充满喜感，当成看喜剧片也可以。

　　我看像动画片。

　　我看像灾难片。

　　我看像惊悚片。

　　他们纷纷发挥起来。我口慢，搭上话时已经没什么可说，总不能说像看爱情片吧？只这么一想，就觉得太牵强，我忍住不说。

　　横看成岭侧成峰，远近高低各不同，这就是江瑛妹。麻烁像平时讨论文学，下个总结。

　　那就好！姜灿松一口气说，要不然，她就是愿意让你撩，你就算撩上了，想一想，会有什么结果？

　　什么结果？我及时捧哏。

　　这个开不得玩笑，麻烁你想，要是她半夜一个翻身，一不小心，把你压死在下面。

　　死而无憾！麻烁说，和你们不一样，我个子太小，缺什么想什么，撩妹就想撩最大个的。在我眼里，江瑛妹还不够大个。

　　麻烁这个人，表情绷得住，讲话看不出真假。拿他开玩笑，所有的话撞到橡皮墙似的，弹回来，散落一地。

　　带壳螺蛳价格一路涨，短短两个月，涨到块把钱一斤，而且还不多。量大的，直接送到夜市摊点，量小的，一个提篓拎来，摆在菜摊旁搭着卖。买螺还要赶早，麻烁头一节课不上，买好直接赶第二第三节课，因有阙光弟罩着他，这丝毫不成问题。我们都自觉，吃螺肉上

81

瘾，不可能让麻烁一直请，又开启"打平伙"模式，每一次各自凑钱，凑一块钱，有一斤的量，中号碗一平碗。但有些人不凑份子照样吃，比如老何和赵老师，这样形成了公摊，每嗍一次我们各凑一块五。

江瑛妹每顿都来嗍螺蛳，不需要交钱，麻烁敞开供应。一旦吃开，麻烁最后一个伸手，前面一大段序曲，都是微笑看她，有时候还忘情地托起腮帮，但也没见公然撩她。他仿佛真是喜欢看她嗍螺蛳。

江瑛妹每次大概要嗍两斤，不到这个量，她嗍完还要用目光刷盆底，刷得狠，她干什么事情都显出力道十足。麻烁喜欢看她嗍螺蛳，但受不了她用目光刷盆底，刷在盆底，简直痛在他心扉。

……忘了说了，心扉这词也是麻烁强烈地推荐给我用的。他帮我改文章，我按方言爱用"脔心"，他说是脏字眼，要我换过来，"要用心扉，这是好词"。

赵老师又看不惯，她总是有很多的看不惯。她说，江瑛妹，每一次都是你吃得最多，吃完了还要盯着盆底看。江瑛妹还没开口，老何说话，人家又不是吃你的，你管那么多。赵老师满是褶皱的眼皮一翻，说难道是吃你的？江瑛妹喷笑起来，赶紧收住，接着嗍。别看她每次嗍两斤，让麻烁独自承担，那个年代，也不是小数目。麻烁也学着夜市摊，开始往里面添加便宜的东西，一角五一斤的萝卜丁，三角二一斤的魔芋，四角七一斤的白蒜头。蒜头熬到绵软，体积膨大几圈，入味十足，吃起来别有一种口感。江瑛妹有一天开锅后专拣蒜头，堆起一碗，一枚一枚扎起来喂进嘴，接二连三。赵老师又生感慨：江瑛妹，你说说，有什么竟然是你不喜欢吃的？但这些替代品起的作用不大，江瑛妹不懂得总量控制，吃了一碗蒜头，再吃一碗魔芋，往下还是要嗍两斤螺蛳。她的味觉记忆里备着一把秤。

又一回开锅，江瑛妹嗍了几只，觉得不对劲，停下来，说，味淡。

其实我也吃出来，这一锅螺唰进嘴，那股钻得起劲的鲜味找不见，只是螺肉味，多唰几颗又吃出腥味。江瑛妹说，怎么搞的？麻烁赔笑。姜灿说，不好吃，少吃点。江瑛妹说，有你什么事？她手脚也没见放慢，唰完一碗又添一碗，嘴上说，下次还是这味道，就不要叫我。我说，不要啊，麻烁就是煮给你的，我们都是搭着你享福，唰几颗过过瘾。老何也在一旁唰得带响，扭头冲麻烁说，看吧，煮这东西，就靠那一味猛药，哪是什么手艺。

隔了几天，江瑛妹冲这边叫，麻烁，麻烁。麻烁的房门是关的，这几天很少见他，但上午能撞见，显然很晚才回。我说，江瑛妹，那天你说不吃，吓得麻烁这几天都不敢回来住。江瑛妹说，有我什么事？我说，不要瞎喊了，味道不对的现在都吃不到。

一晃半月，那个傍晚，麻烁拎一锅螺蛳从外面回来，是一个光头用摩托把他送到门口。量不比往日，每人分得一小碗，唰进嘴里，味道跟以前不同，依然是好味。汤汁明显味重，还带呛，唰完螺蛳，往汤里兑点开水，才好入口。大家憋了半月，哪有这么多挑剔，很快见了锅底。老何竟然讲究，不在他灶上煮，他一边看看，没下手。他主要是瞧汤的颜色，问是不是摊上买来的。麻烁说，最近一阵买不到煮螺蛳，这一锅还是我煮出来，在朋友家里弄。

回头还是在老何灶上煮螺，但程序明显跟以往不同。除了姜蒜辣椒，麻烁把别的料装进纱布袋浸进去，好大一袋。煮开十来分钟，他用漏瓢把螺蛳悉数舀出，沥汤，倒入一只搪瓷盆。等汤变冷，再将螺蛳浸回其中，搁一夜，再摆一天，次日晚上再次煮沸，才能摆上桌。

转眼夏天，暑期过去，开学又是新学年。我们照样租住122号公寓，照样两三天唰一次螺蛳。有螺蛳拴嘴，江瑛妹没有理由另找住处。

十月又要过去，天气开始冷下来。那天，我正往坡上走，看见122号大门，麻烁和姜灿还有另两个家伙一呼啦从门里走出。见了我，姜灿扯住我说，不能光蹭吃，要干活。他们拎着两只铁皮桶，还自制一件工具：带长柄的网兜。柄跟锄头柄差不多，网兜有脸盆大小，绷在拧好的铁条上，绷成一圈，两边弧形，前端扳平，整件工具外形看上去是"丫"字形。我问，这个是干什么的？姜灿说，还能干什么，当然去弄螺蛳。我已经猜出来，只是确认一下。这段时间，夜市摊子上很少见到煮螺蛳，带壳螺蛳就很难买到，要有，也是剥了壳的螺肉。

　　那天姜灿提议，这东西到处都是，何必要买？自己动手，要多少有多少。离学校不远就有条河，大伙先是往那里去，没想，现在河道里不知下了什么药，水草长不起来，螺蛳也捞不到。附近也有几片池塘，被专业户承包，不能打主意。姜灿说，那只好走远点。我有印象，林场里有几片水塘，是野的，没人管。

　　我们搭公交车，去城郊洞顶林场，在麻烁的有效指挥下，每人用两角钱完成五角钱的车程。姜灿带的路，下车还穿了五六里小路。碰到护林员，见我们拿这套工具，问了两句。护林员忽然发笑，手一扬放行。他说他上班好几年，每天巡山，不知道这山上哪里可以摸到螺蛳。

　　路越走越窄，有的地方直接钻进草窠，好在不久又能抽身，走入空旷地带。姜灿知道那地方有个野池塘，十几亩水面，几乎被水草浮萍捂个严实。走到塘边，往里扔几块石子，整幅的油绿颜色撕开，现出深沉的水色，漾着人迹罕至的气息。姜灿说，这是一片处女地，能捞许多螺蛳。麻烁说，可能捞出来，多的是处女螺，煮出来味道不是一般好。我就笑，还没摸螺，先意淫起来，不愧是诗人。麻烁率先卷裤筒下水，没走两步弄湿底裤，也就放开手脚，王进喜似的扎进淤泥，惊起一片白日里的蛙鸣。池塘泥深，我说脚有病，怕冷，便守在岸上看他们几人忙碌。人手也够，没人计较我。天色乍阴乍阳，我看这几个兄弟，为一点点口腹之欲，为省几块钱，跑来这荒山野地，在已有几分峭刻的秋凉中，踩入塘泥，放肆地搅动池水。泥点和光泽散落在他们身体各处，空气中泥腥味慢慢变重。我也不闲，姜灿一人持工具探塘底，其他几个人用手瞎摸，螺蛳是蠢物，时不时摸个正着，他们喊我一声，扔到离我不远的草丛。我逐一搜集，让它们乒乒乓乓落入铁桶。

　　风一紧，周边树叶哗啦抖擞的时候，我感受到一种莫名的欢乐，又有一种青春过于肆虐的伤感。

　　野池塘里出螺，一般都大个，有的大如拳头。姜灿还说，这也只有江瑛妹一口嘬得下去。煮螺蛳个小才入味，太大个的全都剔出来，另装一只提兜。两小时下来，两只铁皮桶都装了七成，一晃就碰撞出唏哗声响。

　　刚摸上来的螺蛳不能马上煮，带回去，要用水养三四天，每天换两三次水，让螺蛳吐尽泥腥。多过几道清水，螺蛳壳皮开始变亮，有了透明质地。下锅前，再用尖嘴钳逐个撅开螺壳尖，才好煮个通透。

　　江瑛妹当然每天都走过来，瞅一眼桶里的螺，姜灿撞见，跟她说，不要急哟，大半都归了你。江瑛妹脸上肉多，笑的时候无限开心。我忽然发现，小宇笑起来也这样。眉宇间，表情的纹路里，小宇和江瑛妹似乎有许多相似之处。由此看来，麻烁的口味倒是稳定，他乐意也擅长与同一类人打交道。

　　不知为何，看破这一层时，我眼皮细跳了一会。

　　捞来的螺尚未将泥腥吐尽，新一期《木叶》杂志散发着油墨香气，发到每个社员手里。我也有发表，且是第一次上杂志，一篇写我父母的散文。阙光弟都说好,麻烁却说第一篇文章写父母,真是学生作文全无新意。他说,你写你小时候养过的狗都好,写你小时候养过老鼠更好。我说你怎么不早说。

接着散文栏目,当然是诗歌,起头的是林火写的《嘬螺蛳》(外十八首)。林火是麻烁的笔名,姓名里各揪一偏旁,很多著名作家这么干,他也学着做,一切向著名作家看齐。他也吃受了阙光弟的意见:外十八首,真是搭得有点多。你看人家打拖拉机,有三拖一、三拖二,但你见不见过一拖五?你硬是一拖十八。后面知道,阙光弟审稿时麻烁交上去是外三首,阙光弟审过以后,麻烁全面操持杂志的印刷,便往里头塞私货。

……这一阵,我写诗手烫啊,解个小手,一首诗随着哗哗的响,就冒出来,哪一次尿滴得长,诗后面我就用省略号。麻烁跟我们这么解释。姜灿当然最了解他,就说,不会真是恋爱了吧?李悄说,写诗就要恋爱,恋爱的内分泌哺养诗意,诗意反过来又让恋爱有了情趣,就像循环养殖,塘泥肥地,种桑养蚕,蚕粪又可以喂鱼。但你恋爱差不多了就失恋,去找下一个,这样才能循环。麻烁说,跟你们不能比,你们写诗不行,搞女人都是我祖师爷。

拿到杂志,我马上翻到那首《嘬螺蛳》,打头一篇,诗名也是压题的。诗是这么写的:

> 美味总是让人垂涎
> 那时候,我带上你
> 在路边摊嘬螺蛳
> 我告诉你嘬螺蛳的诀窍
> 最鲜美的,就是掀开螺盖

嗍螺肉上的那点汤汁
你照我的方法嗍起来
多么鲜美啊，你一口一口嗍
那种幸福感，那种满足感
那些初吻留下生动的壳
从此，每天你都要我带你去嗍螺蛳
你一口一口嗍
那些壳在脚底确凿的响声
而我如何告诉谁
这就是我的初恋

取杂志是在校文学社那间小办公室，满生也跟了去，是为见一见麻烁。麻烁煮的螺蛳，我之前跟满生讲，不是一般好吃。他不信，我就让他相信，吃的时候还打包一份带去。满生嗍到嘴里，汤和螺肉都凉下来，依然嗍得他啧啧赞叹。我说，要是趁热吃，会更好。满生说，你这不是废话么，我现在又不能钻到楼梯间，和你们一起吃。我说，改在老何的食堂嗍螺蛳，他老两口也随时跟我们一起嗍。满生翻翻眼皮，说那真是一点办法也没有。

我付双人费用，打几次包，麻烁也说，打包出去，螺蛳冷了不出味，把你朋友叫来一块嗍。我说那个朋友不方便过来。麻烁一下子反应过来，说是不是在我前面住楼梯间那位？我说还能有谁？麻烁稍一沉吟，说事都过去这么久，赵老师两口子也用不着一直揪着不放。你哪天叫他来找我，我们一起想个办法，还是来这里嗍热乎的。

去到文学社办公室，二十平方一间房，堆满以前社员捐赠的书，品相无缺的被挑走，剩下的全都残破不堪。还有一台油印机，地上散落着油墨盒子,满屋弥漫的既不是书香,也不是油墨味,而是松节油气味。麻烁不在,李悄给我一本最新的杂志,也给满生一本,满生也装模作样翻起来。

我首先翻看麻烁的诗,李悄瞥我看完,问我,你看他是不是写江瑛妹?我说,我也这么想,但又不对,他请江瑛妹嗍螺蛳,不是在路边摊啊,全是在我们住的那里。李悄说,这个不重要,艺术可以这么处理。要是写成"我煮一锅螺蛳给你嗍",显示这两人关系已经不一般,女的可以去男的家里;要是他照实写,"我在我们一起租住的地方,煮一锅螺蛳给你嗍",那就啰里吧嗦,一点诗味也没有。表义也模糊,一起租住的地方,是不是已经滚床了?所以,在这里要作合理化的处理,写成"那时候/我带上你/在路边摊嗍螺蛳",这就恰到好处。但麻烁写的,肯定是江瑛妹,只能是江瑛妹。我说,原来这就叫虚构,诗也可以虚构。李悄说,差不多吧。瞥见满生也把那首诗来回看了几遍,李悄又问他,你觉得这首诗怎么样?满生说,怎么一个标点都没有?李悄说,当代诗可以这样搞,标点符号有时候会显得死板。李悄又瞥去一眼,看出这家伙不是来混文学社。我倒是想起,麻烁自己说的,经常撒一泡尿就能成就一首诗,有时尿急尿频尿不尽,尿完还要扶着鸡巴滴滴答答好一阵,那么写出的诗,最后的地方要挂一串省略号。看样子,构思这首诗的时候,他把那泡尿撒得戛然而止。

离开文学社办公室,满生跟我说,麻烁喜欢的是那个扛砖的江瑛妹?我说,还能有几个江瑛妹?

江瑛妹?满生用手挠嘴,很不敢相信。我这时想起来,满生跟江瑛妹都是竹梁镇的老乡,初中一个年级,高中时满生复读一年,导致现在比江瑛妹矮一届。我说有什么好奇怪,又不犯法。知道么,江瑛妹每次嗍的螺蛳都有半盆,全是麻烁请客。满生又一次挠嘴,想把这搞成自己招牌动作。

江瑛妹体重有他两倍不止。

身高不是距离，体重更不是。麻烁人小志大，搞女人就喜欢搞最大个。

……狗吃牛屎霸多。满生顿生感叹。

我说，两人差距有点明显，麻烁别的可以，泡妹子不晓得量力而为。

不是这个意思……满生说，他喜欢江瑛妹，用不着这么下血本。

话里有话啊。

满生嘴皮嚅几下，想跟我装欲言又止。我知道他什么性格，不追着问。稍后他说以前在竹梁读初中，对江瑛妹的印象深刻。

我说，这么大个，放哪都显眼。

满生说，你想不到，初二以前，江瑛妹还是很苗条，而且有长相，在我们中学算出挑的。

这话满生说过，当时我还不信，因为我想象不出来。满生又这么说，看样子情况属实。

……我们那个地方，真的是穷，吃上饱饭是这几年的事。

说到饥饿，满生摆出与平时截然不同的神情。他们那个县是石漠化区域，早就被联合国的专家论证为不适合人类居住，但几十万人，照样要居住于那里，光秃秃山脉中每一道褶皱里，都像爬跳蚤一样住满了人。从那里出来的人，都喜欢装得比别的地方吃得更饱，灌啤酒抻肚皮，拿猪油当唇膏，他们真这么干。满生几乎不讲那些事，我以为他家是特例，他父亲好歹是个小包工头。现在他告诉我，吃饱饭也是这几年的事情。要是早点吃饱饭，每天有力气读书，有力气记牢那些注定忘掉的知识点，不至于读这个破学校。来之前，他父亲劝他，你没有能力考好学校,我没能力帮你搞好工作,你就学建筑,以后接我手搞基建,至少可以一直吃上饱饭。他就来这儿读。意外的是,父亲前两年手顺,接几个工程,率先找几块郊区菜地盖起小产权房,每月给他的生活费在这破地方远高于平均水平。他得以放开手脚泡妹子,经验就是:除了嘴上哄,也要管几顿真正好吃的,先抚摸了她们肠胃,再抚摸她们皮肤。我挤挤巴巴,也不缺女朋友。我说,不要装低调,在你们竹梁镇,你已经是富二代了。

初二的时候,江瑛妹就有现在这么高,身材好,胸脯也挺,这更难得。别的妹子,脸上都没肉,哪来的胸?满生还没发育,那时打江瑛妹主意的,是高年级学生,还有镇子上那些往胳膊胸口文鬼脑壳的家伙。他们去泡江瑛妹,江瑛妹天生不晓得羞羞答答……

我说,不对,现在她好像也害羞,麻烁这么对她,她装作不知道。

满生就感叹一声,麻烁个小,底气不足,只敢撩不敢擒。知道为什么?

为什么?和女人有关的事,我只能默认满生的权威。

搞女人,感情要讲一讲,但讲话不亏钱,这事情主要还是技术活。

当年在他们竹梁镇,谁都能把江瑛妹邀出去,邀出去,但江瑛妹决不走远,只肯在竹梁镇一里长的破街里来回打转。破街上有四五家饭店,三家炒盒饭煮米粉,有两家能吃火锅。她喜欢吃火锅,一走到火锅店门口就停下来,走不动。男的跟他讲情话,她懒得听,搞起深呼吸,把店子里飘出的每一缕辣油的气味全都塞进自己鼻孔。在这时分,男的要么走,要么请客,便硬着头皮进去占个桌。两人涮起火锅,男人才晓得厉害。江瑛妹没有停下来的时候,跟菜结了八辈子仇,再多的菜摆上来,煮的煮涮的涮,统统消灭,一扫而光。竹梁镇上那些敢当自己有钱的,其实并未脱贫,身边总有更多更穷的人,穷到极尽夸张的人，把他们兜里每张钱都显摆了出来。因为没怎么见过钱，他们偶尔赚得一张四老头，都想当成奖状往墙上裱龛上供。想撩江瑛妹，却要见真章，冲着下面仙人洞，先填上面无底洞，几顿火锅下来搞得竹梁镇那些有钱人纷纷破产。

男朋友换了一茬一茬，前仆后继，江瑛妹却在火锅店有了固定座位。一坐下，爱吃什么菜直接端上来，不用点。她的男朋友的范围在不断扩大，年轻的财力不够，男朋友年纪越找越大，甚至有的头顶半秃，毛色灰白，有的一看已经屙尿打湿鞋。初三她被火线急招，进到镇篮球队，训练几个月去参加全县五一杯篮球赛，因为个子硕大，她怎么看都是主力，有补贴，每天加餐。但那对江瑛妹来说不够塞牙缝，一搞训练，食量倍翻。她还是喜欢吃火锅。

……那时候，江瑛妹的外号是"火锅三号"。

为什么是三号？

他一笑，说明摆的嘛，中学里还有一号二号，是我们上一届。

满生看着江瑛妹像一个气球越吹越大，每一次见她又大了一圈，忧郁的脸上被肉填满，肉一多，颜色也粉嘟嘟，怎么看都讨喜。那种迅速膨胀的过程，也许只有宫崎骏动画片才能画出来。她变成一颗肉球，根本不在乎，不像城里那些从小就吃饱饭的人，对食物天生没兴趣，瘦成肋排还想着怎么减肥。来到这里，住进122号学生公寓，满生又见到江瑛妹，发现她永无止境地膨大着。他也曾感到难过，认为江瑛妹早已不饿，但长期暴饮暴食形成惯性，是一种病。两人擦肩，他本想打招呼，江瑛妹装作不认得他，他也只好侧一侧身，让她滚动而过。

我想了想，说这事情用不着说。麻烁不知道江瑛妹过去的事，就用不着知道。再说，吃不饱时做一些事，和吃饱了还做那些事，性质

91

截然不同。现在江瑛妹有钱吃双份晚餐,也没见和男人扯不清,应该变了个人。我还提醒,你俩是老乡。

满生说,这我知道,这些事只跟你讲一讲。但是,麻烁天天请她嗍螺蛳,还没有得手,是她拿麻烁当成冤大头。

我说,只有麻烁会给她写诗。

麻烁说,壁虎要来尝我煮的螺蛳,到时候让你那个朋友,叫满生,跟在壁虎后头。又说,我买两瓶瓶酒,让满生提着,当赵老师老何的面,放在桌子上。麻烁是个周到人,讲细节。

壁虎这名字,在花果山一带混日子,不可能没听说,否则,意味着某种潜在的危险。我肯定撞见过,名字对不上脸。新生报到时我就听说过这人。报到后有十天军训,警校的优秀学员充当教官,但他们也是为泡最漂亮的几个女生,这几乎成了惯例。军训那几天,旁边老有几个校外的家伙,站着蹲着,盯着我们。学校唯一的两个保安,一高一矮,走过去,校外的家伙给他俩打烟。他们一块抽起来,还勾肩搭背。每天立正稍息,向左向右向后转,拉歌比赛。我们班那位教官,一天下午教得有点嗨,组织大家玩一玩丢手绢。他让女生把手绢掏出来,他接过去,摸一摸,闻一闻,挑出一块让女生叠布老鼠。有个家伙这时统一条军装混进来,我们蹲成个圈,脸向圈内,屁股撅向圈外。那家伙只穿军衣,裤子是牛仔裤,脚上穿人字拖。教官假装没看见。我们唱《丢手绢》,"丢啊丢啊丢手绢",那家伙偏要显得与众不同,偏要唱"丢丢丢你妈",偏又是个尖细嗓,声音没被我们一堆学生的合唱捂住一丝一缕,反倒字字清晰。教官只好走过去踢他屁股,叫他滚。尖细嗓要揍我们教官,站起来不够,要跳起来揍。我们教官不敢造次,周围还有几个教官,凑了过来。尖细嗓吹了个唿哨,墙外他的弟兄马上吹唿哨回应，翻墙以入。两边人一拢，架没法打，约定天黑去花果山雷公庙碰面。

当晚碰面的结果不得而知，但我们这届新生里，公认的几个美女，像滕姝吉，像章碧婷，一年多时间过去还没人公然带她们出学校，去路边摊嗍螺蛳。警校的教官不敢下手，外面那些混子不能上手。……这样的情况，老几届从来没有。老生跟我们感叹，每一届最漂亮的女孩，不能当墙头草，总要倒向一边。这学校看似被老师们看管，其实也是别人的地盘，甚至是地盘与地盘的交叉地带。我们不敢打那些美女的主意，她们看似孤单地行走于校区或校外某条偏僻的巷陌，也别想着伺机挨近。她们身上其实沾满了焦灼热切、虎视眈眈的目光。

据说校外那些家伙都是跟壁虎屁股后头跑的。从那时起，在我们头脑中，壁虎再不是那种随时准备扯断自己尾巴的可怜虫。这名字，变得有那么一点邪性，未见本尊，但他分明就如壁虎一般无处不在。

我把麻烁的主意讲给满生。满生意外，说这事情闹大，嗍几个螺，还要变成壁虎的跟班。我说你怕吗？他笑，说我正好狐假虎威。

野泥塘里摸来的螺蛳泥腥重，吐了七天，换水才见清澈。老何看出来，这螺肉紧实，煮出来比以前的都好。方案两人讨论得来：大颗的螺挑出肉，洗净，切开，和上酸椒、紫苏、黄皮酱劲火爆透；小颗的放钢筋锅里煮，怕不透油盐，先用炒锅分三锅和料焖熟，再放进大锅慢慢煮到酽稠。

壁虎进来时我没意识到是他，直到满生跟在后头，拎两瓶酒，细麻绳在酒瓶上扎成网袋状。壁虎个儿并不高，五英尺八英时的满生高他大半头（谁叫他跟麻烁是堂兄弟哩），但身体异常宽，有些不合比例。他穿一条有皱纹的中山装，头发像一本书往天上摊开，似乎想装扮成坐办公室的小职员。他俩走进来，麻烁说这是我堂哥。老何点点头,说今天的料好,螺蛳等会出锅。赵老师盯着满生,说你怎么来了?满生把酒搁在桌面,两瓶"丹山特曲",说要八块七一瓶哦。壁虎说是我带他来的,一块嘬嘬螺蛳,喝喝酒。赵老师这才认真看看壁虎,并说,你带来的?

满生抢说,这是我壁虎哥。

不要叫壁虎哥……壁虎认真地说,虎哥,就虎哥。

壁虎的名头在花果山一带可以当钱用。老何问,你就是煤炭公司老司机麻镇隆的儿子?壁虎说,死了六七年了。老何又说,麻烁是你堂弟?看上去不像。壁虎说,亲兄弟都一人一相,堂兄弟哪有像不像。赵老师还要讲什么,老何给了个眼神。这时候,两口子又能用眼神说话了。我眼看着赵老师脸皮很快憋红,而满生,他已经给每个人筛酒。煮螺蛳还在收汁,我把炒好的螺端上桌,麻烁就说,请德高望重的赵老师开席发言。赵老师说,你家江瑛妹今天怎么没来?麻烁往外打望,江瑛妹这时刚好踩进门,不看人,看桌面,问螺蛳还没煮好?人齐了,赵老师发话,和你们学生崽喝酒,是第一次哟,以后不要经常这么搞……她喘了一会儿,大家以为话说完,正要喝,她又说,搞酒是搞酒,搞完了各回各屋,不要搞人。再要是出事情,就不是涮屋敬神这么轻松,我也懒得麻烦,直接打110。你们说好不好?大家齐声说,听你的。说完,咣地搞第一口。

搞酒时,壁虎眼睛盯着江瑛妹,侧身跟满生耳语起来。这时候,两人现出熟人的模样。满生一边听,一边点头。壁虎做出惊讶状,竟也是挠嘴。

我注意力自然在壁虎身上,这么个大名鼎鼎的家伙,今天看到活物。他和我想象中不一样,怎么说呢,他越是想显得彬彬有礼,脸皮越是绷紧,笑的时候嘴角纹路异常清晰,显然他的表情肌群还不适应微笑。我大概知道，这种变化与他们在录像厅看的片子有很大关系。早几年他们看香港片，以为街上混就要摆出凶相，告诉每个人"不要惹我"；这几年又看不少欧洲片，忽然发现，混江湖玩帮派，最要讲礼貌。因为，最讲礼貌那个，片尾时候总是最狠，绷着的脸皮一揭，大杀四方，神魔难挡。

我以为壁虎肯定能喝，毕竟是花果山响当当的人物嘛，没想，只嘬了几小杯，三两不到，脸皮有些垮。

一锅煮螺蛳端上来，分了盘，大家趁热嘬起来。除了鲜香，当天晚上，那一锅汤汁和螺肉仿佛都有异常饱满的情绪，在唇齿间跳宕。我们自顾吃，壁虎竟然率先来了状态，一刻不停叽呱着。他刚才面皮绷得紧，似乎提醒自己少说话，但人非圣贤，本性难移，爱说的终是要说。我看他不像是喝出状态，而是开口一说话，说了很多，脑袋里一抽，还当自己喝了很多。喝了很多，这样就说得更多，他的烟灰落进装螺蛳的碗里，喘气的时候他嘬几颗螺蛳，嘴角就有烟灰。

虎哥，这里……满生指着自己嘴角，给他提醒。

妈个逼的，你就当没看见嘛。壁虎把油嘴一抹。

……呃，我以前是进去过几次，短期培训。你们这条街我来得少，但是十几年前，说实话，有哪条崽子等着冒头，有长成孙猴子的想法，我就带弟兄先给他搞搞明白，防患于未然，懂吗，就是先下手为强。你们这条街，算是老实人多，但我刷过顶上头梁家的老二，还有马家马小宇，魏主任家的明辉，还有还有……反正起码刷过五六个。后面他们在我的教导下，都变成好人，好好学习，有的甚至走上领导干部的岗位。他们现在见我还打招呼，叫我虎哥，我应；叫我春强哥，我不应，日你妈的我刷过的孩子，敢叫我名字！但我遵纪守法，领导我不刷，表示对他们的尊重……我没刷过你家孩子对吧？你家两个女儿

95

一个崽？你的崽我没印象，读书一直厉害？爱学习的我从来不刷，那是民族的希望，那也是你们在自己家里刷得勤快。你们是对的，自己舍不得刷，屋外头总有人替你们刷。

壁虎越喝越密，显然也是个喝滥酒的，这倒让我意外。谁说老大都很能喝？三两就摇的家伙，人家照样当老大，能说不是吗？

赵老师和老何自然是想早点撤。

……坐下，坐下，我敬你们一杯，还有好事要商量。壁虎说着呼地站起，那一头，两公婆赶紧坐下来。壁虎说，摆明说吧，我看上你们这套房子，卖不卖？两公婆面面相觑，不知怎么回答。壁虎把桌子一拍，扑哧一声，又说，开开玩笑，这么大的房子，我只能买一间厕所，但我又不能专门跑过来上厕所，对不对？开开玩笑，虎哥最喜欢开开玩笑，搞搞气氛……但你们这个位置太好，这个食堂也不错……不对外经营，凭什么？要不，我也入股，我们联合经营。做什么？就卖煮螺蛳嘛。你们可能不晓得，煮螺蛳现在可是一门好生意。为什么？整个广林，絮壳断供了，边境查得严，货过不来。我为什么知道？问得好，因为广林大半的絮壳，都要走我手底下出货。

其实哪有人问他。壁虎养成这种话语方式，看着有些魔怔，像是冥冥中另有一人在他身旁。他又说，嗍螺蛳我是好多年的瘾头，天一黑就要搞三碗。絮壳断了以后，煮螺蛳不是以前的味道，能要我半条命。所以说，麻烁在这方面有天赋，每天过去帮着我一起搞，用别的各种料替代絮壳。这也不是科研，要的是耐心，配料和数量增增减减，慢慢搭配对路。螺蛳入味不容易，没有絮壳，其他的料就下得重，煮的时间短，味道进不去，煮的时间长，螺肉又全被料味盖掉。麻烁想出办法，煮开后螺蛳和汤分离，汤冷了再浸螺蛳，浸的时间把握好，再一煮开，嗍到嘴里味道正合适。味道其实变了不少，他用一种新的味道,代替以前的味道。你们肯定没察觉,或者两样都好吃,吃了现在这个味道,把前面的味道忘掉。我知道情况,真是只有我家麻烁才能想出这一堆主意。

他这一说,我自然也明白,前面有半个月麻烁每天晚归,是在搞这项试验。

壁虎冲老何说,螺蛳现在煮出这味道,指定好卖,你们不要看不明白,看明白又晚了一步。我这表弟,这个头身板,哪是搞建筑的料,不如以后专门煮螺蛳。明年毕业,就在你这里做生意,先把总店开你这里。老何无奈,手指往身旁一撇,说家里的事赵老师说了算。壁虎便又冲赵老师说,生意先搞起来,我只要招呼一声,前山后山、苗圃、园林管理局、煤炭公司、水电宿舍、荣复医院、职业病院、石煤研究所、蔬菜村那些兄弟,全都跑来,来你这里嘬螺蛳。只嘬一碗的没有座位,站着嘬;有资格坐下来的,每人起码嘬三碗五碗,每天嘬十锅八锅的,能不赚到手软?你们都不要搞服务,我来找妹子,不要太漂亮,要性情温柔。她们推销啤酒,哈啤要么,那就来黑啤。螺蛳里辣椒粉往死里放,嘴皮一疼,啤酒就最好卖,砰地一打开,又是钱……

赵老师的脸憋成紫红色,嘴角不停哆嗦,眼看要爆发。麻烁及时过去安抚几句,方才平息。后来麻烁告诉我们,当时他劝赵老师不必理会。壁虎就这样,酒一醒说过的话全不记得。赵老师、老何挣扎着要走,壁虎还扑过去和两老拥抱。抱老何没感觉,抱赵老师发现有分量,来劲了,壁虎一咬牙把赵老师抱得离地两尺。赵老师剧烈摇晃,有了苍老的尖叫,壁虎才把人放下停稳。

原先的两瓶酒,喝了一瓶半,壁虎正在兴头上,掏出一张二十元,递给满生。壁虎说,去门口店子,买两瓶最好的。老何说,两瓶最好的?赵老师赶紧说,够的够的。

江瑛妹嗍了两碗，到了量，也不留恋，要走。……你不要走，坐过来！壁虎暴喝一声，食指一撅。江瑛妹就过去，坐在壁虎和麻烁的空档，一下子三人便融为一体。壁虎说，我听说麻烁一直很喜欢你，你还给脸不要脸，每回吃完就扯脚走人。江瑛妹不知道怎么回答，取根牙签掀牙。壁虎说，麻烁，麻烁……麻烁刚才还没事，不知几时趴在桌上，醉得很严实的样子。壁虎说，跟我装醉是吧，一说到紧要的你就装醉是吧？正这么说，麻烁哇的一声，真哕了出来。壁虎指示我把麻烁扯进里间，洗一洗。我扶麻烁往里走。

壁虎这时又冲江瑛妹说，听说你是学校里搬砖冠军，一口气搬几块？要不要搬我试试，估一估，我抵得上几块砖？

麻烁哕了就好，水龙头底下抹两把，回过神来。往回走，我见壁虎捏着江瑛妹一只手，要比握力。壁虎说，你下力气，尽管的，我捏遍花果山，找不到有人扛我三秒。江瑛妹说，那我试试。壁虎说，赶紧来！江瑛妹这时额上青筋暴起，嘴角一咬。我情知不好，果然，壁虎就像挨了高压电，没有过程，毫无挣扎，直接往地上一瘫。

后来，壁虎爬起来，一脸地神游天外。好一会儿，他说，妈拉个逼的麻烁你真是老鼠想日猫，不要命了。唉，美女美女（他还在江瑛妹辽阔的腰际轻轻掐一把），以后你跟着我。你这一身好肉，不拉出去打几架实在浪费了。

不知哪时起，嗍螺蛳固定在最大那张桌，大家围着桌嗍起来，嗍螺蛳嗍出来的哨音都比以前拖长，此起彼伏，桌心摆的那一锅螺，一碗一碗往外舀，一点一点矮下去。最后剩下汤，浓黑颜色，固然香，但那汤稠得像老酱油，嗍螺蛳时吸吮指甲盖这么大一口倒不打紧，要是操起调羹连喝三五口，保准半夜齁醒，起身找水喝。热壶里的水浇不得，或者睡前凉一杯子水喝下去浇不灭满身起火，只好拿杯子往厕所水龙头跑去，咕嘟咕嘟灌下去几杯生水，才好压住。再往回走，肚皮里有哗哗的水响。那时的自来水质量不够，有时打一桶搁两天，水体里会梦幻般浮游着一层绿藻，直接灌下肚，谁的肚皮都不是铁打的，这就很容易蹿稀。好在年轻人身体底子都不差，吃几片泻立停，当天堵住。正好那药片便宜，七角钱一小袋几十片，堵稀止泻成本低，多来几回反而泻得有了快感。

虽然心存余悸，每回见了螺蛳汤又禁不住，一勺一勺灌到嘴里，舀到最后一层油花宕开，锅底绽露金属原色。

……螺蛳汤才是精华，最好的味道都在这儿，也必须最后喝。满生打着嗝，发表总结。他喜欢发表各种总结。本来他说这汤留下来，第二天一早浇在面碗里，也是一种吃法。广西人喜欢吃螺蛳粉，其实就是上瘾螺蛳煮的汤。说是这样说，螺蛳汤从来留不到第二天早上。于是，满生又总结出来：嘬螺蛳，每口只嘬一点点汤汁，其实是逼着人耐下心性，慢慢把情绪撩热，把胃口吊高；犹如男女调情，那也叫前嬉，抻得越久越好，不是吗？最后露出底汤，精华所在，哪按捺得住，非要猛搞几调羹才行。要不然，就像干那种事，挨到最后射不出来，满心都是当太监的委屈。

满生搞的总结和领导总结不一样，领导一总结大家打瞌睡，满生总结起来一次次把现场气氛搞嗨。煮螺蛳摆在食堂，总有新的住客站一边打瞟，麻烁邀人家来尝一尝。满生便以有新面孔为由，每次舀汤喝时都这么总结，不怕重复。那时生活里就那么点事，每天的内容基本都是不断重复，哪又有那么多新鲜话说？说得好的段落，自然成了保留节目，满生把现话再讲一遍，一旁的人便在适当时候一起笑开，越配合越整齐。麻烁也摆开席长姿态，多次重复地夸，满生来得好，天生会搞气氛，有你在我们嘬螺蛳才嘬得出稳定的高潮。满生配合说，像我这种看上去阳痿的家伙，其实高潮喷得最多。又是一齐笑喷。这一句既然有效果，此后麻烁也一回回依原样夸，满生也一回回重复地答谢。

哪天螺蛳嘬尽汤也舀干，完了没听见总结的话语，才想起满生这天没来。又有一两次，到了该总结的时候，满生把嘴闭上。我看他本是想喷总结，眼睛往桌对面睨一眼，或是因为江瑛妹也在，满生便把嘴皮闭紧。江瑛妹嘬螺蛳但不舀汤，螺蛳嘬完，起身走。有时候，她往碗里舀螺蛳舀多了，我们用调羹喝汤她还在嘬，喝完汤满生见她还在，就没有总结。

满生刚回归这里不久，有天看她虎背熊腰的身影从门洞消失，也有总结，说吃的多的人，往往吃得淡，要不然油大盐大烧心烧胃。麻烁说，满生真是天知一半地知全啊。满生听出语调，江瑛妹是不容妄议的。在这里嘬螺蛳，麻烁讲话是有分量，话音落得轻，情绪却挂得准。

我自然注意到，满生和江瑛妹一桌嘬着螺蛳，虽是老乡，几乎不搭话，搭上话也不会好好说。满生喝了酒，跟人讲自己初中在竹梁镇混的时候，就已混成一号人物，别看貌不惊人，也曾干下几桩狠事，至今竹梁镇上的人还不敢忘记……他眯着眼，把狠事一一讲解。大家都知道他沾酒就爱吹，或者把别人的事情讲成自己的壮举，但不戳破。就像我们翻看的那些小说，作者总是喜欢用"我"说事情，一会儿是个好汉，一会儿是个孬种；一会儿是个色狼，一会儿又成了风骚女人，简直雌雄同体，可以自体交配……谁又和他较真呢，只看故事扯得好不好。江瑛妹却在一旁冷笑，有一回还打脱了声音，说梁三全的事全跑到你身上了。满生睃一眼过去，脱口就说，放心，你的事情到不了我身上。江瑛妹不再吭声，满生也一下子萎顿不少。旁边的人开始催他继续回顾那些狠事，并说，李满生，我们这一桌，你不兴奋起来，我们都不来情绪。此处麻烁有总结,是啊,满生就是我们的……他一时顿住,旁边有人凑过来说,蛋蛋?但麻烁是个斯文人,不是这么措辞。他说,怎么能这么说哩,应该说,满生是我们的荷尔蒙。便有人问,荷尔蒙老听人讲起,到底是干什么的,满生跟他长得像?

满生说,记串了,酒一喝,别人的事我还主动兜过来。

元旦那天,学校有晚会,我们不上节目的统统没去,照样嘬螺蛳,狠狠地煮一锅,还凑钱买几瓶酒。这一阵随时聚,大家的酒瘾和嘬瘾(满生首创并在小圈子内迅速升温的词)都同步提高,一锅煮螺蛳让我们像是找到了组织,于是又派生出另一个词:嘬友。嘬友们早早地上桌,因麻烁没有现面,多等了一个多钟。天黑前江瑛妹临时接到通知,要出席一个表彰环节。作为校运会纪录保持者,她又上台从校长手里领到一张面积最大的奖状。现在她上台已有台风,一排受表彰的女同学,她个子最高大,站在正中央,奖状也最大,与体形匹配,显然校领导也是用心安排了这些细节。上面一盏追光灯直直劈在她头顶,使她周身散发起光芒,萦绕以光圈,头光连着背光,漫漶的一大片……麻烁守在台下,等着她,仰望她,那一刻他看得现傻。当时还没"女神"这样的称谓,但他接下来一首诗就有,这是油然而生的一个词。那诗我记不住,只记得有这么两句:别人的女神把梦境撑满,我的女神把视野撑满。我们一看,都说传神,肯定撑得很满。

他带着她往回走,我们趴在二楼栏杆上以目光迎接两人,巨大的奖状对折,像一块夹板,夹在麻烁的腋下,把一侧肩膀顶高起来。

一帮兼有酒瘾和嘬瘾的人,凑一起摆开架势,今晚上一定要比平时更嗨。而赵老师早就打招呼,喝酒必须总量控制,她那里不再卖酒,谁出去买往回带,不能进门。下了规定,赵老师和老何各舀一碗螺蛳,自行离去,场地留给我们。现在两老有那么点德高望重的派头了,知道适时离开,不和年轻人搅一起。所以,每次煮螺蛳先孝敬两碗,也不是白瞎,它甚至能让两个老人多明白一些做人的道理。最近我看到老两口走一起搭着肩,突然有这画面,还当自己看错。但我恍惚揉眼间,两老已分隔开一个身位。他俩像是活到跟亲密有仇的年纪,偶尔得来一丝亲密的想法,真不知是被啥东西突然唤醒。

趁着节庆的气氛,远处还有人放焰火,夜空撕裂,亮了起来,大家情绪也都起来。嗍友多是文学社的,表达情绪爱念诗。满生也不落后,轮到他没什么犹豫,直接站起来。显然,他是有准备,他在说,现在我背诵一下著名诗人林火的代表作,《嗍螺蛳》。他背了起来,我没想到这家伙会背诗,就像黑夜里你碰到一个抢劫犯,他忽然请你跳个舞。他背诗却是像模像样,声调气韵全变了,嗓子里还藏着一副嗓子。我知道这家伙以后肯定能混,知道怎么搞关系,这时候把麻烁的诗背得这么深沉,保准一字不差,一听就必将成为保留节目,以后每顿嗍螺蛳,麻烁更加离不得他了。

一路背到最后,拖沓而铿锵地读出"初恋"两字,大家报以热烈掌声,掀起新的高潮。唯江瑛妹不懂味,闭目猛嗍,脸皮有烦躁的表情,像是满生的声调串了螺蛳的好味道。满生这时的不爽有点收不住,他说,江瑛妹,这首诗是写给你的,知道么?江瑛妹缓缓抬头说,写给你的。

终于,螺蛳和酒同步完结,杯底空空,锅底油汤散开最后一圈涟漪。满生正要走,麻烁说,你还没有总结。每次那个总结,就像《难忘今宵》,不唱怎么收得了场?满生看了看对面江瑛妹,只她一人还在嗍,她的碗底像是特别深,摸来摸去碗底总是还剩几颗螺。满生嘴皮一咧,又像以往那样,以性爱和高潮总结当天的嗍螺蛳。我们鼓掌,并吹起唿哨,结束当天分量十足的欢悦。江瑛妹偏就把脑袋一偏,摆出要哕的样子。

麻烁像与江瑛妹接通了心灵感应,江瑛妹样子一做,麻烁喉咙真就一耸,有一股浪潮回涌,赶紧转身往卫生间走。我们也不奇怪,麻烁喝酒本事浅一点,最近哕了几回,但哕完下次照样喝,量不够胆够。满生说,真是的,还没高潮就呕了。声音不大,江瑛妹耳朵竟也是往这边扯的,她说,李满生,那天赵老师踢你房门那时候,你高潮了吗?满生脸皮一白,说我这要悄悄告诉你。江瑛妹咧嘴一笑,说你靠过来试试。李满生哪敢靠近,壁虎上次突遭电击,画面还在脑袋里慢镜头播放哩。

我估计满生和江瑛妹以前发生过些什么。又一想,更大的可能,两人之间什么事也没有,只因从同一个地方出来,难免有所顾忌。满生知道江瑛妹以前的事,众所周知,他天生就是一个漏勺。

元旦过后没多久放假,一帮嗍友凑一起把裤兜掏一掏,这时候也不留财,再嗍几顿走人。最后一顿是元月十三晚上,中午就下起雪,上坡打滑,但气氛真是好,122号学生公寓也挂起几盏红灯笼,我往坡上走,老远看看还有股暖意。当然,我提醒自己不要矫情,住这地方,是暂时也找不到别的地方。赵老师随时找碴的表情,在我数次刚要进入咸湿的梦境,便忽然蹿了出来。不得不说,其中一次,我的遗精竟然都早泄呀。

必然地,大雪夜嗍螺蛳,不搞酒不行,酒一搞又有点多,螺蛳就嗍得少。江瑛妹按说可以放开了嗍,平时嫌她吃得多,这天正好把她当清理工。但那晚她竟然控制了,只添一碗,嗍完就要走。麻烁说,江瑛妹,你这么急着去哪儿?江瑛妹说,我要去堆雪人。麻烁说,能等一会儿吗?江瑛妹问等多久。麻烁说,我过去又回来,几分钟的事情。江瑛妹说,哦。

103

这几分钟江瑛妹也不闲过,锅里划拉一下,舀一小勺螺蛳又嘞。麻烁进去出来也就两三分钟,捧来很大一个盒子,外面包着彩纸,还有精品店才能扎出的绸带花式。江瑛妹把东西一搂,道声谢谢,依然要走。麻烁这时嚅着嘴皮,没声音。满生适时地开口,江瑛妹,别走别走。

关你什么事?

满生麻起胆子,抢到她前面,拦住去路。满生这时走路有点儿晃,刚才他和我和麻烁都咣了个大的,正好到了江瑛妹一走便可以敞开胸胆讲荤段的时候。

江瑛妹竟然站住了。我看出来她闪过像坦克一样轧过去的想法。

你怎么不懂事哩……满生两手一伸,轻巧地就将那盒子取了过来。又说,你当大家的面,东西打开一下,做个樱桃小丸子的惊喜状,说声谢谢,晓得啵?

为什么呢?

这是麻烁给你的新年礼物,意义重大。前几天他还去卖血了,晓得啵。收礼物也是有讲究,这个,一定要给大家分享。

真的卖血了?

扯么。麻烁一脸苦相。知道满生是给他帮忙,但酒一喝,场面必然有些失控。

呃好!

满生把东西摆回桌面,江瑛妹过来,一手扯开绸带,把里面一个东西拽出来。她手大,像 NBA 那些大神,捏只篮球就像捏一个橘子。里面是一个钟形罩,罩里有个穿舞裙的外国女孩,不晓得是瓷烧的还是乳胶捏的,肤白如雪,正踮起一脚,跳芭蕾的动作。麻烁说,不急,还有哩。揿动底盘一个钮,罩里忽然明亮,却不晃眼。女孩伴着发条音乐转起圈,不疾不徐。最厉害的,我们看见钟型罩里面不停地下雪,比我们屋外夜空大得多的雪。大家凑过脑袋去看,这东西很少见到,但大家一眼能看出一种高级。在我们平常嘲螺蛳的桌上,一个外国美女雪夜中跳舞。我们眼被喝急了的酒一浸,一双双都带血丝,看着切近而遥远的美女,有几分虚幻。我还看出女孩是小朋友的脸,胸却耸得那么精致且傲岸,令人猝不及防。有好事者,忽然关了灯,钟形罩里的光铺满整个屋,雪花的影迹在墙面上滚,每一片都足够放大。分明是真的下雪,落到底盘又堆不起厚度。

好了,不要浪费电池。麻烁将灯重新拧开,将钟形罩摁熄,问她,喜欢吗?

喜欢。江瑛妹笑起来,看得出,真喜欢,不喜欢都是讨打。那时候学校的小伙伴们搞搞爱情,男同学给女朋友送一个指甲钳套装,或是一个相框,而女同学通常空一个罐头瓶,用电光纸折幸运星,塞满了送男朋友。

满生说,这个东西蛮贵的哦,精品店里见到过,小号的都五十多块,这个大了一倍……

麻烁说,不说这个。

满生说,江瑛妹,这个东西不能白拿,你要答应给麻哥当女朋友。

麻烁说,不是这个意思。

江瑛妹说,那我不要了……

不要给脸不要脸……

当时,满生真的飙出这么一句。我在他旁边,赶紧扯他衣袖,但他把我手甩开,冲江瑛妹继续说,以前徐三全给你一条假的金链子,你不就跟了他三个月?

关你屁事?

……梁三全说是24克金,称下来有这么重,多的梁三全绞断了,接起来，你就真以为是24K金。24K，24克，哈哈，梁三全到处说那串假链子一共花了七块七……你看，江瑛妹，谁对你好你不懂咪，谁一绕你你就晕……

好了，这东西我不要了。现在，谁有24K金，24克以上，再来找我。少一两都不行！

她扭头就走，不用推门，她巨大的身板带着气浪，所到之处门都像是自动给她打开。风顺着她身体和门框隔成的缝隙尖啸着灌进来。被她抛弃的那个礼物，据说事后麻烁自己砸了。

我们还在122号学生公寓住了一个学期。

螺蛳也接着嗍，因为有嗍瘾，回家的一个月也找地方嗍，涨到五块钱一碗了，没多少颗，里面还埋雷，牙签一扎一颗大蒜，心疼，再一扎又是魔芋，心头滴血，便认识到只有自己凑份子，麻烁煮出来的螺蛳，才够我们一饱口腹之欲。返校头一天，又等不及煮一大锅。江瑛妹迟迟不来，赵老师还主动提供信息，说江瑛妹下午的时候到了，有一辆柳微送她来。赵老师说，柳微上我们这坡，响得都像拖拉机。在座有两个女嗍友——当然她俩是要凑份子的，麻烁叫其中一个上去叫一叫江瑛妹。女嗍友转眼带话下来，江瑛妹现在减肥，不嗍了。

呃，江瑛妹减肥了。我说。又有个嗍友接话，说江瑛妹都能减肥，看来今年要出大事。大家笑起来，叫麻烁启动当晚第一杯。

隔一天见到江瑛妹，注意地盯一会儿，好像真的瘦了，但还是那么庞大，基数太大，肥一点瘦一点并不明显。报餐的时候，她只吃一份。接下来，我们都注意听老何登记报餐。江瑛妹报了午餐一份，然后，老何问，晚餐呢。她竟然说，晚上不吃了。老何说，你不吃怎么行？她说，不吃了。有了第一次，隔两天又有第二次。女嗍友说，江瑛妹在房间里自己弄，用一种粉末兑开水，稀稀糊糊地两茶缸，喝进去。可能还有其他辅食，江瑛妹躲到帐门里，一个人窸窸窣窣吃起来，就像老鼠啃皮箱。

麻烁问，她吃得多么。

听不出来……响一下又不响了，隔一阵又响。

满生又总结，江瑛妹减肥，房间里闹老鼠。

麻烁睃他一眼，不吭声。

有时候麻烁故意翘下午课，提前把螺煮好。老何开晚饭，一锅煮螺蛳已经搁在桌心了。看着江瑛妹来吃饭，麻烁说，江瑛妹，嘬几颗，当菜。江瑛妹也不拒绝，舀几颗搁在碗里，还舀一勺汤浇上去，搞成螺蛳盖浇饭。后面我们也这么来，只消浇一两调羹，满碗饭粒全都骚动起来，嚼起来果然上瘾。江瑛妹不再坐下来吃，毕竟，胃口还在，螺蛳又是用壁虎最新送来的料煮成。她把饭端回宿舍里。

碰到她不吃晚餐的日子，麻烁会叫女嘬友装一小碗，插几根牙签，给她带上去。回头一问，说江瑛妹嘬完了，但是表示下次不要再送。麻烁接着送，江瑛妹照样嘬。有时候加了量，舀一满碗，女嘬友回话说江瑛妹减肥下了狠心的，拿到手上先往垃圾桶倒大半碗，再一一嘬净。

那辆柳微车后来还来两次，停在门口，司机是个三十来岁男人，身形也是巨大，停下车要找块石头垫在轮子底下。我看那个人，在想这两个巨大的身坯往一块交叠，中间形成的缝隙都足以钻进一个麻烁，那么他俩怎么弄？我反倒觉得，麻烁之于江瑛妹，反而具有足够的灵巧，他俩凑一块生活，说不定有一种"见缝插针"的便利。我这么想时，满生站我一旁，说丁小宋你看着人家坏笑什么哩？我也不知自己脸上几时涌现了坏笑。满生说那男的眼熟，也是竹梁镇上的，说不定是江瑛妹的亲戚，不能确定。我说你用不着宽麻烁的心，麻烁本来也没有机会。

107

看这架势，江瑛妹一毕业就嫁人也不一定。满生说，麻烁说不定哪一天猛地一醒，浃背都是虚汗，心里会说，我他妈这是怎么了。我点点头，觉得似乎每个人都要有那么一回。恋爱不是必需品，失恋才是。

很快五月，花果山上又开始有野地里撒欢的。一天早上去到学校，听他们说昨晚上又有抢劫，又是照撒欢的男女下手。我首先想到老生们说起那些场景：抢匪们高声泄露着人家的身份证信息，扬长而去。下午有了更多细节，说昨晚被抢的男人不是吃素的，是城西木材检查站一个刚上班的退伍兵，练过武，而且还有武器。武器有多种版本，最可靠的说法是镖盒。那东西我见过，最近在广林也卖得爆火。盒子跟眼镜盒差不多大小，里面插数根三寸长的钢镖，一揿机关发射出去，可单发可连发，最多可装十几枚钢镖。我见过那个是六连发，是从浙江那边邮购，信息刊登在《武术》、《竞技体育》一类杂志末几页。邮购的东西往往名不副实，买来一把龙泉宝剑剁不断猪耳脆骨，但偶尔能买到货真价实的。那次我见有人用镖盒发射，啪啪啪响了六下，每只钢镖都射穿一块贴有"建工专业技能实训中心"字样的木牌。木牌两公分厚，钢镖透了木板两头都拔不出来。给我们展示发镖的大哥跑去厨房借一把菜刀，把木牌一绺一绺劈开，才将钢镖悉数回收。

晚上被抢的那位兵哥，早有准备，掏出镖盒来个连发，抢匪好几个中镖，惨叫不迭。兵哥穿衣提裤也是军事速度，起身又撂倒几个，到底寡不敌众，抢匪人多，兵哥终于被撂倒，眼看着会有一场痛殴，110的车子忽闪着暗蓝色灯光及时赶到，抢匪悉数落网。翻过一天，又得到新消息，说他第一镖发出去，明明射中一个极矮个头的家伙，但事后去派出所指认，发现那家伙并不在场。

那几天，我们没见到麻烁。见到时，是周六下午，临近饭点的时候。一连几天没嘬螺蛳，正要想念他，却已然明白，以后很难吃到他煮的螺。麻烁瘸着腿，从山脚一点点往上爬，四楼阳台的人率先看到他，高一层就有更宽阔的视野啊。一声吆喝，我们全都堆到围栏里面，看着他一截一截地向我们靠近。我想着是不是下去扶他上来，却奇怪地摁熄这一想法。他爬得慢，但爬得稳，而且在这个时间点，看他艰难地往上移动，有种说不出的力量感。大家都静默地看他，看得如此认真投入，此时我若过去搀扶，强行挤进只属于他的画面，说不定有点讨人嫌。

他的事，我们这几天当然都已搞清。那天晚上，他去了壁虎家，几个人在阳台上嘬螺蛳喝酒。壁虎家的螺蛳自然也煮得很好，毕竟干这事麻烁都是师从于他。壁虎家的阳台在二楼，挨着一条上花果山的路。天黑时候，麻烁看一辆野狼摩托飙来，因煤炭公司的大车挡道，摩托在他眼皮底下停了一会。一个男的搭着一个女的，壁虎一看就说，又是上山打野炮。而麻烁，他盯着女人脖颈上一条项链，那颜色，他不懂黄金，但看出色泽暗沉质地饱满。女人长相穿着，也不至于去地摊上挑首饰。

壁虎叫来两个兄弟，开一辆夏利往山上去，沿路找那辆野狼摩托。人只能在摩托不远的地方。而后面的事，就和前面听闻的抢案消息串了起来。壁虎本来是让麻烁在后面盯，他自己上前动手，没想地上那家伙掏出一个东西就照这边杵，壁虎情知不好，身体一侧，第一支钢镖扎进三丈外一条腿。兵哥跟警察说得分明，说那家伙刚好从一块石头后面冒出来，他射出那只镖，看见人比石头矮一头。现场一扯皮尺，那块石头跟满生差不多，五英尺八英时，不难算出，头一镖镖中的家伙身高过不了一米六。而逮去派出所的几个抢匪，怎么着也在一米七以上。兵哥说他不可能看错，那女的也进一步证实，她是他女朋友，两人确属恋爱关系。问他俩为什么要去野地里撒欢，俩人说不过是在躺在草皮子上数星星。

警察到附近医院诊所查找腿伤的,很快把麻烁揪出来。后面是阙光弟逼着校长出面摆平这事。校长老婆正是阙家老八,阙光弟名字取好以后家里落生那唯一的小妹。校长和那边反复交涉,这边也和阙光弟打商量,人尽量保下来,但以后这孩子再不能出现在我们学校。其实建专一直以来以最大的气度包容学生,从不开除,除非学生自己犯了法。

恍惚间,麻烁已经迈进院门,赵老师离他几米远,狼狗一样盯着他。

前面阙光弟已和赵老师打了招呼,麻烁清好东西就走。……出这种事,也是给我脸上抹黑。我怎么碰到这么一个家伙?赵老师说,押金不退。阙光弟说,随你吧。阙光弟转身走时,赵老师还在背后嘀咕,以后那间房租给鬼哦。

赵老师,我收拾一下东西。

快点弄!

这时候我们可以帮他,去那熟悉的楼梯间。他微笑,一如往常,不说什么,直接收拾东西。我们也动起手,小小一间屋子,真没几样东西可收拾。这时候他站定,努力想着什么,眼神有些呆滞。几天不见,他像是多了一些新的表情。然后,他说,我出去一下。我们赶紧说,去吧去吧,我们几下子弄好。

正要接着弄,忽然听见外面传来喊声:江瑛妹,江瑛妹!

一听,这嗓音只能来自麻烁,但也焕然一新。我们听惯的嗓音忽然飘起来这么高,里面隐隐夹杂哭腔。接下来的几声就更明显,我没想到麻烁也喊得出这么细高的声音。走出去,对面女生宿舍铁丝网后头和围栏后头一样站满了人,这院子此前肯定没有如此人头攒动的时候。赵老师走近几步,冲麻烁说,不要鬼喊鬼叫!麻烁还是听话。

对面楼的走廊里没有江瑛妹。不须细看，余光一瞟就知道，只要她出现在视野，眼皮会像掉沙子一样硌一下。偏就有个女生，手罩成话筒，冲下面说，她在里面。

麻烁瘸着腿往里面跑。赵老师想横过去几步用身体堵住杂货铺的门，那是通向女生楼唯一的通道。麻烁瘸了腿依然比赵老师快，就快那么一点，赵老师手伸出去空空地一捞，把自己带出个趔趄。麻烁上楼时一步想跨两个台阶，虽然个矮，平时这也不是问题，但那天他只跨了两次双台阶，就换成一步一个台阶。赵老师漫天地叫唤，何焕青，何焕青……老何赶紧从食堂出来，说我就在这儿，不要大声。赵老师手一指，说，快把麻烁抓下来，他跑进去了。

抓他搞吗？

他进到女生寝室，去找江瑛妹。

那他自己马上就下来。

你要死了？他是什么东西，天天喂你们吃鸦片壳壳，还抢劫，什么卵世道？

那天不都说了么，麻烁不用絮壳照样煮出好味道。

壁虎说的，毒贩子说的，鬼才信呐。赵老师一只手揪在老何手臂，说你赶紧把麻烁揪下来，往外扔。

赵丽群，我都要死了，怎么揪得动他？

你还没死。

他的哥哥是壁虎，你要晓得，这个家伙我们惹不起。

壁虎已经抓进去，有什么好怕？何焕青，我跟着你我一辈子都活得不像人，这个年纪还被一个小矮子欺负。

不要多想，他进去是要下来，不会在里面过夜。

日你妈何焕青，你自己去里面过夜。

你不要再日我妈了，我妈早就被你日死了！

老何扭身想回他的食堂，他手上一直握着那把锅铲，上面还挂着将滴未滴的油珠。赵老师说着就动起手，冲着老何的脸，一边来那么一下。老何捂脸时，赵老师又把那只锅铲夺过来，照老何脑门子一拍，像拍苍蝇。老何这时脸色一变，揪赵老师的衣襟。

你还敢揪我衣襟！

日你妈，我还算不算一个人？老何说，赵丽群，老子忍你几十年。

赵丽群反过来揪老何的衣襟，不知怎么一用劲，两人摇晃着就抱成一团滚到地上，彼此身体都已稀垮，想打滚还滚不起来，平躺着继续揪衣襟。我们用好大力气才把两人分开，想扶起来，两人不干，都坐地上。赵老师又骂几句娘，忽然哭起来，气息一紊乱，不停打嗝，哭一声拽出一串打嗝，浑身直抖。

赵老师第二次动手，和老何又扭在一起，谁也不再过去帮忙，往后撤几步，围成一圈。打架这事还是男人干得起来，老何虽然瘦，几下子就骑到赵老师身上，就像他们年轻时候一样麻利。老何只扇了一个耳巴子，赵老师便一声不吭，用两手护住两边脸颊。老何喘着说，赵丽群，你以为我不会扇人是吧？你一辈子扇我的，今天结个总账。赵老师两只手捂得更紧，老何自有办法，他用两只手掰下赵老师左胳膊，捋直，用自己右膝盖压住，再如法炮制另一只胳膊。这样，赵老师两边脸门户大开，毫无遮挡。老何还调一调坐姿，身子略微后靠，这样胳膊可以抡圆抽个正着。抽一下，赵老师啊地一声，多抽几下，赵老师啊的一声便提前响起来，刚待抽泣，又是啊的一声。

我们说，老何，这样会死人。

老何停下来，找不准说话的人，眼神虚茫地说，会打死是吧？

我们一起说，会的会的哦。

赵老师说，要死了哦。

老何说，好，喊得出来就死不了。啪的又是一耳巴子。

大家正为是不是上前扯劝而陷入集体性焦虑，现场焦点忽地变换。这时候，我们的麻烁，拽着江瑛妹的手从楼梯口走出来。江瑛妹满脸都是笑，我们都看得清楚，事后可以互相证明。他俩走出杂货店，走出院子，然后往山上去。老何继续干他要干的事，这一辈子的账，哪是一时半会算得清。但我们不再理会他那摊事，全都出了大门，看他俩往山上走的背影。

前面一段是水泥路，上了一百米样子，水泥路有个急拐弯，但有土坎顺着没拐弯的路往山上延伸，两人是朝那条路走。路是照着正西方向，落日在他们前边，我们满目逆光的效果。麻烁腿瘸走得慢，他的疼痛我们都看得见。江瑛妹忽有些嫌，忽然把他一手挟起，挟到自己腋窝下。麻烁一边挣扎一边笑起来，要求江瑛妹将自己放下。这么被人挟着，换谁都很难受。江瑛妹就把他放下，他还没站稳，江瑛妹又绕后面将他举起，同时脑袋往前一埋，直接插进他的胯裆下面。麻烁就这样骑坐在江瑛妹肩头，一开始他试图挣扎，想叫江瑛妹把自己放下来，但很快坐直了身子。我们在后面吹起长长的嗯哨，想叫他扭头，跟我们招招手比画一下剪刀手或是别的什么。他没回头。

多年以后，电视里有一段广告，"小时候，父亲是山……"，配以儿子跨骑在父亲肩上的画面，总让我想起当天江瑛妹扛着麻烁往山上走那一幕。不同的是，广告里儿子全裸，父亲光了膀子；而那天，麻烁和江瑛妹都衣服笔挺，他就这么坐在她肩头，像骑一匹健硕的马。在一丛茅竹恣肆铺展的地方，两个叠加起来的身影，一转向，一齐消失不见。

113

友情客串

她往窗外看,天空暗蓝,间杂着不谐调的亮白的云。火车到达一个山野小站,站台上晃过一块站牌:青衣溪←苇荡→俰城。一个中年已过的男人穿着深蓝色制服站在离站牌不远的地方,嘴里噙着铁哨,一手执旗,但没有做任何动作。他木然地看着眼前驰去的列车。他日复一日,无数次地目送列车驶过小站,只能是这种眼神。她接着看见那个小站,水洗石的墙壁已经变得青灰,窗框是土红色。站台上有两只年久失修的水鹤。

她发现,如果有心去一个地方,那个地方往往离得不远。俰城很快就要到了。她想,我为什么现在才来?俰城藏着她最好的一个朋友,但已经六七年没见面。六年还是七年?她难过地发现,算这个小数学题竟然掐了手指。

一个小贩这时走过来,推销一种跳舞布偶。那布偶的脚仿佛是用尼龙线做的,看似软耷耷,一放在桌子上就疯狂地蹦跶起来。对面男人提起布偶，摸了摸布偶的脚，再放到桌面上。布偶纹丝不动。"大哥，这布偶不知怎么搞的上了酒瘾。你要给它喝点，它才肯跳。"小贩冲着她对面那个男人微笑，并掏出一只二两五的小酒瓶，用指头蘸了些酒抹在布偶一根丝线绣成的嘴上。再一放到桌上，布偶又活蹦乱跳起来，那神态确实像是喝了不少。"要吗？三十八元一个，你方脸圆额红光满面，你递出的钱都开过光，给二十八就行。"小贩深情地看着那男人。那男人不为所动。李蔷忽然得来一股促狭的心态，依样画葫芦，也深情地看了看对面的男人。对面的男人赶紧掏钱买下一个。

"大哥，你的女朋友真漂亮，你艳福不浅。"小贩捏着钱，顺搭些恭维话。

"哦，你小子眼神不错。"那男人一直想跟李蔷搭讪，但李蔷丝毫不给他机会。现在，小贩这么一说，他竟像是占得了老大的便宜。小贩走后，那男人把布偶递过来，并说："别听他瞎说，呵呵。不过在他看来，我跟你确实郎才女貌。这个给你，你拿着吧。我看你像是挺喜欢它。"李蔷淡淡地一笑，告诉他："我已经有了。我的布偶不喝酒，这个，我也没有酒给它喝。"她确实有了几只同样的布偶，她下班路过一处天桥时买的，十块钱三个。男人却很快接过话头，说："你看你看，你那个不喝酒的是母的，这个是公的，正好配对嘛。""我有三个，看上去是一家三口，不能再添了。"那男人嗫嚅着嘴不再说什么。

那男人是律师，名叫毛大德，同时还是一家热卤店子的老板。他刚才把名片递给她，名片的正反面各印着一枚头衔。他好几次搭话她都冷冷应对，懒得跟他说下去。毛大德一看就是难缠的人，给他三分脸色他使得出十分劲头。她只好防微杜渐，像刺猬一样蜷成一团，让毛大德张开狗嘴馋涎四溢却无处下口。

火车钻进一处隧洞，周围的人纷纷站起来取架上行李。隧洞里一

115

阵阴凉，车轱辘滚动的声音瞬间放大两到三倍。她想起来，许多电影都是这样开场：穿过隧洞，仿佛时间与空间都迥然不同，故事有了全新的开始。

毛大德感觉时间不多了，提醒地说："我给你名片了，你没名片，也把手机号码告诉我啊。相识是缘分，我们一车坐了四个小时，不是吗？""我记住自己的手机号码，有时候，我甚至记不住自己的名字。"她嫣然一笑。毛大德紧追不舍："那容易，你拿手机拨我的号不就行了？"她说："手机刚才没电了。"

"不，刚才我听见你手机响了，可能是短信，你还看了一眼哪。"

"我听错了，应该是别人手机响，我手机已经没电了。现在，手机一响大家都掏手机看的。"

他问她去到哪里。如果她不熟悉伥城，他可以把她送达目的地。"你手机没电了，和朋友联系不上啊。"他暗自得意，这话说得将计就计。他又说，"伥城晚上还是有些乱，何况你长得这么……耀眼。"他选择了这个词，因为美丽和漂亮都被用滥，男男女女见了面，不管对方长得像人像鬼，打招呼时大家张嘴就说：美女，好久不见；帅哥，到哪里打牌去？

"现在好像还算不得是夜晚。"她作势看一看天色，依然予以拒绝。

"你叫什么名字，总可以告诉我吧？"毛大德摆出死不甘心的样子。

她只好说了真话："苏小颖。"

下了火车，上了的士，苏小颖给司机说了地址，车轮就有条不紊地滚起来。她掏口袋找零钱，记起毛大德的名片摆在另一只口袋里。她知道他的名片注定是废纸头，要不要找出来扔掉？再一想，就没去口袋里翻那张名片。摆在口袋里的名片迟早会自行消失。

苏小颖头一次来佴城，找她高中时最好的朋友葛双。最好的朋友即是闺密，两人读那所全寄宿制高中时，一起在校外的一处套间里住了有两年。那时她俩都在急剧的发育期，每天身体抽条，心脑萌动，一到晚上总是有交流不完的东西。夜晚两人躺在一床被子里，无所不谈，彼此毫无秘密，因此密不可分。但毕业以后，除了有一次在车站偶然碰上，就再也没有见过面。有时记起对方，也就打打电话。这些年还可以网上联系。

葛双并不知道苏小颖来看自己，苏小颖事先没有告诉她。这很正常，苏小颖遭遇了失恋，在省城苦于无人倾诉，这才想起了葛双。若不是这样，她也不会有这趟佴城之行。葛双的这一天一如往常，没有任何征兆提醒她老同学苏小颖会来。她总是睡得很晚，醒来已是中午，起床去外面胡乱吃点东西，再去到兰茗苑，那是她干活挣钱的地方。偌大一个厅里只有伍慧和红妹两个人，打牌还少一个。她们冲葛双说："缺一个咧，你去把马桑叫来。刚才打了电话，她早就起床了，磨磨蹭蹭一直不见过来。"葛双马上想到什么，问："是不是豺狗子又来找她？""那你正好去把豺狗子轰走，豺狗子怕你。"两个妹子呵呵地笑。葛双有一阵喜欢过豺狗子，还向他挑明了自己的心意，但豺狗子竟然不以为意。不过这也好，那以后豺狗子就忌惮葛双几分，有时豺狗子和马桑正扯着皮，葛双一现身，豺狗子就闷声不作气地滚开了。示爱未遂，葛双把自己变成了治理豺狗子的法宝。

穿过两条胡同，葛双来到马桑租住的地方，果然，老远就听见里面有豺狗子的声音。豺狗子来这里，死活要在马桑身上弄点钱才肯走。葛双推开门，盯着豺狗子说："豺狗，好几天没见你的气色好多了，脑门顶都亮得起。是不是又泡上哪个不想事的富婆了？""葛双，是你啊。"豺狗子一见葛双,就像被严霜打了一回,立时有点蔫,嗓门也低了下去。他搓着手说:"也不晓得是怎么搞的,最近脸色硬是白里透红,走在街上有化妆品公司的人要拉我拍广告,开我十万块钱。我很生气,觉得这是侮辱我的人格。"

马桑是个脸白得瘆人的妹子,长得本是不错,两边嘴角向上翘的地方却各长着一颗黑痦子,像是鱼吐泡。男人看着她的模样,都觉得这妹子有一层晦气。她生意总是好不起来,赚到手的钱不多,却经常被豺狗子拿去。见葛双来了,马桑咬咬牙掏出一百块钱,把豺狗子打发走。一百块钱只够豺狗子买两个粉包,两个粉包重0.06克,还不纯,人为添加的生物碱要占到三成。葛双都无法想象,0.06克放在秤上怎么称量,却耗去了马桑一次生意的赚头。

豺狗子一走,葛双看看马桑惨白的脸,心一酸,走过去扶住她,仿佛她随时会倒下去。马桑就笑了,说用不着。"他凭什么老来你这里拿钱?这个鸟人,当初我怎么就瞎了眼看上他了?真是观音娘娘开眼,这货竟然还看不上我。"说到那事,葛双心里有气,嘴巴一漏就念叨出来。"我哥人是不错。我欠他的。""不说了,打牌你去不去?打打牌,心烦的事就忘一边了。"马桑有点为难:"……我身上钱不够。"

"我身上还有点,先借你三百,打小半天应该没问题。"

马桑在兰茗苑待了两年,免不了会染上牌瘾,但这时头一阵眩晕,说要坐一阵再出门。葛双看看马桑那样子,也不好催了,坐在她身边照应。

葛双知道豺狗子和马桑的事。两人本是表兄妹,一个村里住着,但两家一样的倒霉。家族的前辈没传下来值钱的东西,传下来一种古怪的病。这一脉的人丁,上了三十岁身体就开始垮掉了,不停犯病,感个小冒没两个月就缓不过气来。豺狗子的妈是马桑的大姨,豺狗子也比马桑大四五岁。马桑读初中的时候她妈就病得基本不能干活了。那时候豺狗子身体意外地强壮,天天读书读不进去,偶尔打架却上了瘾,在街子上交了一堆到处惹事的朋友。知道马桑要辍学,豺狗子跑去跟姨夫老马说:"你让她读下去。我成绩反正不好,今年读完高中就去城里找个事做,赚些钱帮着你一起供马桑把书读下去。"老马说:"这不好吧?这怎么好?""行了,就这样,按我说的办。"十八岁不到的豺狗子老练地说。

  马桑成绩其实也不行,她经常犯头晕。在班里读书的时候,班主任起初很爱表扬她,因为她一天到晚抱着教材发奋苦读。一俟考试,她成绩却总是倒着数。班主任发现这个妹子把书翻烂了,书上的字硬是钻不进她脑袋里去。他开始厌恶这个学生,成绩差也就算了,一开始还让自己看走了眼。马桑长得不错,虽然嘴角有痦子,班上有个男生仍追得她鸡飞狗跳。豺狗子不晓得从哪里知道这件事,有天把那男生拦在半路上,要他别影响马桑的学习,否则见他一次打他一次,只打半死不打全死。那男生敢于肆无忌惮地追马桑,但见到社会上混的男人(当时豺狗子已经钉上了单边耳环,染着头发,很凶恶的样子)就怕得要死,不敢走出校门,要买日常用品都托班上同学。这事传到班主任耳里,班主任就对马桑有了更大的看法。他没想到马桑还和社会上混的男人纠缠不清。高考前的摸底,马桑成绩一次比一次差,班主任就建议她转校参加高考,以免影响全班整体的升学率。马桑想了想,干脆就不考了。当时升学率不足两成,她是老实人,不抱侥幸心理。豺狗子对马桑弃考非常失望。既然已经不读书了,他让马桑去超市里做事。马桑自己想去当小姐,趁着身体还没有垮掉多赚点。她估计自己必然和母亲和大姨一样,一进三十岁又陷入家族病史的困扰,赚钱要趁早。豺狗子把她从发廊拖出来两次,她第三次就来了兰茗苑。

兰茗苑不比一般的小发廊，养得有几条镇场子的男人，换到比旧社会更以前的古代，这些人就叫龟奴。这些人堵住门，豺狗子进不去，马桑得以在兰茗苑一直干下去。后来豺狗子吸了粉，随时都缺钱，就懒得管马桑的事了。他找到马桑问她要钱。马桑总是爽快地掏。她从心里觉得自己欠他的。但是他没完没了地来，有时候她也会感到烦。

马桑坐着，懒懒地哪也不想去。伍慧和红妹打来电话催她俩快过去。葛双骂了一句："你们两个人不能打牌啊？不能打牌就杀象棋，也能赢钱嘛。"

葛双对马桑很好，她比马桑先来，马桑病恹恹的样子令她担心，所以时常在一起，能照顾就照顾着点。葛双没想到自己有这份同情心，同时她又老在怀疑，是不是马桑比自己还惨一点，所以自己从她那里得到些安慰，因而摆出同情的样子？马桑也很感激葛双。早两年，葛双在马桑租住的房里时常看见豺狗子。她不知道豺狗子来干什么，马桑当然也不会说。葛双只知道豺狗子是马桑的表哥。那时豺狗子才开始吸粉，用鼻子，还没发展到用针管的程度，他还像从前那么强壮，刀条脸上满是一个男人应有的坚毅和果敢。葛双见豺狗子头面的时候就莫名地对他有好感，再听马桑说起豺狗子的义气，更是陡增爱慕。她向马桑打听跟豺狗子有关的任何情况，甚至直截了当地跟马桑表白："马桑，你看，我们是姊妹，豺狗子是你表哥，那么我可不可以和他亲上加亲啊？"马桑告诉葛双，豺狗子有时也会吸粉。葛双并不在乎，还豪气地说："把他交给我看管好了，只要不打针，就还控制得住。"两个妹子还很天真，不晓得毒品有几多厉害，而且那时还坚信爱情予人的力量。

马桑自是愿意豺狗子和葛双走到一起。虽然葛双也在干小姐，和豺狗子一比，两人搭配得上。她跟豺狗子提起葛双，说葛双对他有意思，豺狗子竟然不识好歹，歪着嘴巴一笑，说两人合不来。那一阵，豺狗子每次来要钱时，马桑就跟他提此事。豺狗子只好告诉她："说实话，你那个朋友我看不上。她眼神不善，眉目里头有一股阴狠的劲。你要提防着点。"马桑说："狗哥，你怕是有年有月没照过镜子了，都到这地步了，还好意思挑剔人家。"豺狗子当天微笑地说："妹子，你小看我了。就算我是只蛆，也不是每一堆粪都去爬。你说是不是？"

马桑只好失望地说："真恶心。"

佴城。来之前葛双在电话里这样描述：稀巴烂，到处都稀巴烂的一个鬼地方。这给了苏小颖一片泥泞的印象，仿佛这个小城一直处在四五月的雨季，年久失修的街道，破碎的缝隙中泛起了一层层泥污。

苏小颖没有把这次的出行计划讲给葛双，她喜欢突如其来。苏小颖总是喜欢突如其来，去朋友家总是不愿意事先打电话，径直走去，敲门，如果有人当然好，如果没人她也乐意空走一趟。所以，她活该把王为一捉奸在床。她记得那个女人安之若素的样子令她震惊，也许因为职业，那女人丧失了对意外事件做出应激性反应的生理机能。王为一并不经常遇到这样的情况，有一刹那他也曾惊惶失措，可是身边裸体女人淡定自若的态度安稳了他，他把眼光看向虚无之处，装作苏小颖不存在，站到窗前窸窸窣窣地穿上裤子……

计程表跳得很快，每公里两块钱，每走333米表面就跳出七角钱。跳两个七角然后跳一个六角。在车上，苏小颖现在努力忘掉那个男人，拼命记起葛双。她已经有七年没见过葛双的面。七年是她 1/3 弱 1/4 强的生命。

兰溪街明显带有城郊的特征。路宽，行道树暂时没有长起来，街面少有人来往。铺面冷清，有很多铺面卷闸门拉着，写着招租和转让的字样，但也有些店面特别地灯火辉煌。司机告诉她到了。苏小颖走进兰茗苑后，感觉不对劲。进门有个总台。她问总台后面的中年妇女："我是来找人的，葛双在吗？"中年妇女问总台后面打着纸牌的那几个女人，葛双是哪一个。有个女人狠狠地摔下一张狭长的纸牌，吼叫一声，然后抬起头来回答："就是73号。金姨，你的记性真是生锈，家里的钱摆在哪里还记得住吗？快来打打牌就好了。"

"红妹，你那张臭嘴，怎么哄得了男人的钱？"金姨嘟囔一声，叫苏小颖稍等，摁了一串电话号码打过去。苏小颖站着静等。一辆墨蓝商务车停在门口，进来一帮男人。他们从苏小颖身边走过，都扭头看了看她。苏小颖在哪里回头率都高，但这时，这些男人毛茸茸的眼神让她马上感到不适。其实他们个个长得庄严肃穆，正义凛然，想必是地方上的中层干部。有个男人在转角处呕吐。刚才打纸牌那个女的起身去扶。那男人的手轻车熟路跑到了女人胯部以上最细的地方。

苏小颖忽然闻见一阵香水味，这气味闷头打脑，像被人劈头浇了一瓢洗脚水。她扭头就看见了葛双。她问："你怎么来了？"苏小颖说："我来看看你。我一直都想来看看你。"葛双脸上现出无奈，回过神才是喜悦。她说："你永远都这么任性，想干什么就干什么。别站在这里，到外面走走。"

葛双其实还是记忆中的样子。苏小颖现在才意识到此行有些仓促。以前通过电话，葛双说她是在售楼，收入还算可以，并说有空你过来住我这里。兰茗苑，听着也是一处楼盘的名称，比如北京最大的楼盘，也是什么苑来着，网络新闻里老说那个苑有民工摆出跳楼的架势讨薪。此时，苏小颖忽然明白，葛双以前在电话里对自己的邀请，只不过随口说说。

葛双在兰茗苑里找个地方，把苏小颖的行李摆好。时间还早，葛双出门，很快骑回来一辆女式摩托。她说："有个酒吧不错，蹦迪也可以。"

迪厅很大，正舞得热火朝天，那些嗑药的和吸食 K 粉的男男女女舞动的姿势很猥亵，也很张狂。葛双问："跳吗？"她只想先坐一坐。"有点累，坐了大半天的车。"葛双请苏小颖喝酒，坐在 L 形吧台转拐的犄角上。在这地方说话费力，两人静静地喝着酒，看着晃动的光和光里包裹着的人。她俩坐的地方不远处有一道便门。苏小颖拿中号高脚杯喝了两杯的时候，有一伙人从她俩身边经过。一伙男人，间杂着个把女人。这个大厅到处都是门，遇到突发情况人们可以四下奔逃。豺狗子看见了葛双，从人堆里分出来跟葛双打招呼。

葛双说："真稀奇，主动跟我套近乎了。"

豺狗子给葛双拨烟，把另一支递给苏小颖。苏小颖当然没接，他便把那支烟塞在自己嘴里。那男人的嘴黑洞洞的，左边耳朵上挂着钥匙扣圈一般大的耳环。豺狗子朝苏小颖抛来一个眼神。该男人的眼白很大，眼仁子很小，抛来的眼神空洞而模糊，搞得苏心颖心里一颤。那个男人眼光自有一种说不出的冒犯。豺狗子抽了一阵烟，凑着耳朵和葛双说了几句废话就走了。

豺狗子刚走出门，葛双的手机就响起来了。葛双看看号码，接通，并让吧台里那个男人把酒再加上一点。"喂……豺狗子，跟我还吞吞吐吐，刚才不说现在打电话哦？我今天没空……不行，你放屁，她不是……去死吧你，哈哈。"她把手机摁停了，那一头的男人也没有再打进来。苏小颖在旁边隐隐听出来，这电话仿佛跟自己有关。

葛双和苏小颖走出迪厅，摩托停靠在楼梯口。一走出来，震耳欲聋的声音终止，交谈恢复正常。掰腿上车的时候，苏小颖问："刚才电话是谁打来的？""豺狗子。""就是刚才找你喝酒的那一个吧？有什话他当面不说，要打着电话说呢？"葛双睃来一眼，把车发动了，缓缓地骑下一道坎。马路宽了起来，车速也变得正常。葛双这时候说："苏小颖，你很漂亮，稍微 open 一点，会惹坏很多男人。"苏小颖耳朵眼里灌满风声。"你说什么，我没听见。""你听见的。"葛双却很肯定。"我真没听见。"葛双开着车，迎着风用力地说："豺狗子以为你也是兰茗苑的妹子，想打你主意。我告诉他你不是。他也不看看自己是个什么东西……不过这个狗男人，你想得到吗，他很讨女人喜欢。"苏小颖听得并不是很清楚，遂赔笑。葛双当然看不见，她奋力地把车头拧得像麻花，和迎面而来的行人一一错开。有个拖板车卖水果的大汉挡了道，她就大声叱骂，那大汉赶紧将板车拖到宽敞一点的地方。

经过一道岔路口，葛双忽然把车停下。苏小颖得以看见前面正发生着什么事，两辆普通面的里冲出一伙人，把马路边正走着的另一伙人纷纷摁倒在地，还给他们上手铐。人被摁在地方以后身体会有些变形。苏小颖头一次看见那么多人同时被摁倒在地。苏小颖还看见那个戴单边耳环的男人也被摁住了，他奋力地把头翘起来，摁住他的人就朝他后脑门扎实敲了一下并叱骂着"老实点，你讨死啊"。他脑袋耷拉下去时那颗耳环扬了起来，像是一颗白铜顶针挂错了地方。苏小颖这时想起来他叫豺狗子。葛双正要靠近一点，一个站着的便衣男人向她挥挥手，示意不要靠近。葛双认得便衣男人："何所长啊，出了什么事？"便衣男人也认出葛双，他说："你管那么多，赶紧走。晚上事情多，少到这边乱逛。"

葛双只好把车开向别处，并告诉苏小颖："这帮粉哥粉妹，要是查出来身上带毒，又要进去蹲上一阵。他们日子就是这么过的，不停地被抓，不停地被放，抓的和被抓的一概成了熟人。""那你们怎么也成了熟人？""哧，你说呢？"

苏小颖感到累，想早点休息。葛双带她去了附近一家宾馆，门厅简陋，但总台后面的墙上挂着几块石英钟，钟下面分别标着北京纽约巴黎伦敦的字样。两只钟死了，两只钟步调完全一致。价牌上写的有豪华套间，标价388。葛双指着价牌问这种房一晚多少钱。总台的妹子答复说120。葛双说："能不能少点？我在兰茗苑，经常他妈的来你这里。"总台的妹子答复说："打六折，88块钱一晚。"

苏小颖对这宾馆本不抱什么指望，对所谓的豪华套间心生疑窦，担心厕所里的马桶锈迹斑斑，甚至是个蹲坑。进去以后，发现一切比自己的预想好得多，真是套间，真有马桶。马桶质量不错，雪光锃亮不说，品牌标记下面还贴有长城质量认证标志和全国联保标志。葛双漫无目地看了几眼，最后注意到门锁，一把简单的暗锁，没有防盗的金属挂搭。"门不是双保险的。如果有贵重东西，还是去寄存一下。"葛双提个醒。苏小颖说："没关系，一个相机，一个笔记本，都用旧了，值不了几个钱。这家宾馆的治安还好吧？""是何所长的小三开的，她以前也在我们那里干过，漂亮。漂亮总是有用的，都挣了一个宾馆。这地方，大鬼把门小鬼不敢进。""那就行！"

"既然你累了，早点睡，我还要回去忙事。"通常，这个时段她忙得最起劲。苏小颖到了房间里就感觉自己变得清醒，她希望葛双陪自己坐一坐。她从省城过来，所要无非就是一个可倾诉的人。葛双看看时间："有什么事吗？非要现在就说？"

"……我失恋了。"

葛双哧的一声笑起来，问她是第几次。得到回答，葛双装出很惊讶的样子："才第一次，我的天，你都26了才第一次失恋，还有什么好说的。……今天周六，来的人特别多，每个妹子都应付不过来。我们那破地方规矩也多，有事要提前请假。你说来就来，我事先也没跟金姨打招呼，旷工不好。而且，金姨是个扒皮狂，她最痛恨我们先斩后奏。"

苏小颖不好再说什么，只能怪自己唐突。葛双走后她一时也睡不着。她看看这个套间，在城郊破破烂烂的地方，这样档次的房间是令人欣慰的。她坐在床头，清晰地记起当初和葛双生活在一起的情景。那时候她们读的中学是市里最好的中学，学校建在市郊，校方要求学生全部寄读。苏小颖父亲觉得学生宿舍条件太差，就在校外民房里租了个套间，又跟校领导打招呼，这样苏小颖得以破例。她叫葛双也一同住到校外去，彼此搭伴。葛双得不到校方的特批，总是要等熄灯查铺以后再偷偷地爬出来。她身体矫健，翻墙的时候全然像个男的。苏小颖在墙底下接应，葛双每一次跳下来落在她面前，她心里都会感到一份踏实。两个人住在一块，苏小颖才感觉到安稳舒适。她还特别记得，她喜欢冬天夜里和葛双拥抱在一起相互取暖的感受，那才是不折不扣的闺密。外面的雪落得越大，两个人共用的被窝就越发显得温暖。两人时常抱得彼此不分，把头藏进鸭绒被子，还能听见雪压断树枝的声音。冬夜的漫长，使彼此依赖的感觉在被窝里发酵——那种两个女孩的气味掺和并发酵而生成的新的味道，经久不息。当时苏小颖不停地想，如果葛双是个男人的话，那我只有嫁给她了。这么想着，心中漾起一阵轻盈甜蜜的幸福感。

苏小颖和男友王为一分手后，忽然发现，在省城，自己竟没有可在晚上尽情倾诉的朋友。然后她越来越频繁地想到葛双，想到以前两人生活在一起的情景。她觉得那样的情景还没有消逝，和葛双一起完好地保存，甚至是封存在某个地方，等着自己去打开，取出来……到了俩城，事情远不是她以为的那样。葛双显然变得陌生了。苏小颖和她已经六七年没见面，彼此待在不同的城市，从事不同的职业，每天和不同的人打交道，如果这次碰了面竟然一切如昨，那才是不可理喻的事。

毛大德的饭店叫毛大德砂锅斋，在江滨路上，一溜七八个门面用水幕玻璃墙隔着，生意很好。他也算得是怪才，大学读的就是法律，读到大二倒倒盗版教材本想赚几个烟钱，没想几个月下来就对做生意产生了浓厚的兴趣，懒得再去教室听课。大三时因旷课太多被开除了以后，他也满不在乎，手头赚到的钱够他盘下几间门面做生意。十多年下来，他生意越做越大，忽然又买来教材自学，或者雇人代考，打通关节，考取了律师资格，关系挂到通赢律师事务所，闲时接几个官司，就图庭上辩论能逞一时口快。很多电影里连篇累牍地表现律师庭辩时那种得体与气派，毛大德看了眼热，他也知道，当了律师对自己的生意也更有好处。今年他花了一坨钱，变成了通赢律师事务所的股东之一。他跟人说："这样很好，我不能难为人家，不能让别人搞不清喊我老板还是律师。我当了股东，现在一概叫我老板好了。"

毛大德经常请客吃饭，在砂锅斋，他有一个豪华包间是替自己留着。他知道，在佴城这种小地方，赚钱最多的人往往是请客最多的，是走到街面上谁看了都面熟的那种人。他有心把自己一步一步打造成那个样子。这天他照样请客，请法院的几个科室主任。这是例行的请客，联络感情，没有具体的事情商谈。例行的请客，别人也都乐意来。他电话一打，法院来了三辆车七八个人，坐下来满满的一桌。他拆了一条好烟，正要给每人散一包，电话响了。是郑来庆打来的，说有事跟他汇报。毛大德问他在哪里，对方回答说就在砂锅居门口。毛大德便不屑地笑了。郑来庆是他高中时的同学，农村来的，在城里无依无靠，复读两年只考起个专科，出来没被分配工作。去年他考得了法律工作者的资格,在通赢里面混着,除了小案子让他跑腿,这个人还可以打杂,蛮好使唤。毛大德说:"你还没吃饭吧,来得早不如来得巧,进来一起吃个中饭。"

郑来庆走进来,毛大德就跟桌上的众人介绍说:"他叫郑来庆,以前我们同届不同班。他是我看着长大的。"对面一个主任就笑了,说:"同学之间,哪有谁看谁长大的道理?"毛大德手一挥说:"秦主任你就不晓得了,别看现在他这么高高壮壮,以前读书时比我整整矮了一个头。我看着他慢慢长高一个头,这是事实。要不你问他自己⋯⋯来庆,你是不是我看着长大的?"

郑来庆连声说是的。他不好说毛大德因病留了两级,所以读高一时他显得高,高二大家都长起来,他才找不到鹤立鸡群或者一枝独秀的优越感。

毛大德把那一条烟发完,发到郑来庆这里没有了。他懒得再开一条,就说:"你不是不怎么抽烟嘛,我另外给你个东西。"他随手往衣兜里一掏,掏出个布偶。他记起来,是昨天在坐火车时,吃了对面漂亮妹子一记眼神,稀里糊涂买下这玩意儿。他把布偶递给郑来庆,说:"这是从挪威买来的最有名的醉鬼布偶,你给它喝点酒,它就能在桌子上跳舞甚至翻斤斗。"郑来庆接了过去,他又说:"我给你的东西你要保存好,我要检查的,别走出门就扔掉,知道吗?"郑来庆心里也窝火,所以他脸上笑得更油。他说:"哪会,我要弄个神龛把它供起来,烧香化纸,猪头肉茅台酒敬它。""好的,你嘴上长喙,硬起来了。"毛大德拍拍这个老同学表示满意。

吃完了饭,才一点半,这帮人三点才上班,中间一个半钟头也不愿意放空,要毛大德再请洗个脚。有个主任一边掀牙一边说:"要你只请肚皮不请脚,服务不到位,我对你没意见脚对你有意见。以后要办事,脚才是用得最多的哟。"毛大德赶紧说:"那是,那是。"走到门口,毛大德转过脸来对郑来庆说:"你就不要去凑热闹了,你那脚一抽出来全是解放鞋的气味,妹子都怕赚你这份钱。你有什么事,就在这里跟我说。"郑来庆这才说起正事:"那个妹子找不到了。"毛大德想不起他说的是谁,问:"哪个妹子?""还能有哪个别的妹子?就是她要告她老师对她性骚扰。"毛大德想起来了,那妹子是他接的一桩事后分账的官司,他对这种官司很感兴趣,没有收取那个女孩一分钱代理费,反倒投入了一些活动经费。他脑袋转得快,旋即就用指示的腔跟郑来庆说:"两件事情,你去做。一,找到那个妹子,找到了就不能再让她消失;二,查清她为什么要躲起来。"

后面那帮人已在催毛大德不要磨蹭,毛大德赶紧上车。郑来庆开着那辆破烂的皮卡车,头皮发麻。伲城虽然不大,但要找一个存心躲起来的人,又谈何容易。郑来庆开车穿过江滨路来到正在翻挖修整的小马路,四处扬起的灰尘让他心情进一步黯淡下去。手头这件事情,说来有些滑稽。伲城职业技术学院的一个姓文的女学生有一天跑来事务所,说她的班主任性骚扰了她。问她是怎么性骚扰,她说班主任钟老师摸了她手,还把她左边屁股拍了几下。大家说这不叫性骚扰,顶多只能算是吃豆腐。吃豆腐的事每一秒都成千上万件地发生着。文妹子长得胖大黑粗,和她稍微聊上一阵,就发现她逻辑极其紊乱,脑袋肯定有点不正常。再看她一身穿着,也拿不出什么钱。别的律师都对这事不感兴趣,毛大德偏偏来劲了。他一打听,职院正在招考副院长,而文妹子的班主任,正是重点候选人之一。他觉得这笔生意能做,就启发那妹子要往严重里说,不能这么不痛不痒。他不要代理费,这个官司打下来,他保证妹子能拿到两千,剩下的都是他的。两千块钱对文妹子来说是不小的一笔钱,她自是愿意全力配合,毛大德就捉着文妹子教导一番，教她怎么说才管用，不能仅仅说是摸了几下碰了几下，也不能仅仅说是手和屁股，女人身上，总有别的部位更重要，更有说服力。文妹子终于听明白以后，毛大德带她到钟老师面前，问这事是私了还是对簿公堂。毛大德满以为，在竞争副院长的节骨眼上，钟老师应该识相点，息事宁人是他最好的出路。但钟老师不但不识相，性格竟还比较冲动，没打几句商量他整个大脑袋就充起了血，仿佛也在增大增粗。他一手指着文妹子严厉地说："你这个臭婊子，再到外面造我谣，我找几个人搞死你？"文妹子听得直打哆嗦，毛大德却听得很认真，还提问题："你说要喊人搞死她，'搞死'的意思是杀死呢还是……找人把她通过性虐待的方式弄死？"钟老师睁大了眼，答非所问地对毛大德说："滚，滚，滚！"

头一次交涉未果，毛大德先带着文妹子撤走。谨慎起见，他通过关系把钟老师的背景摸了一遍，发现这小子没什么关系，却敢无头无脑地狂妄。他放了心，叫郑来庆再把文妹子找出来，去跟钟老师进行第二轮交涉。毛大德这番已准备得很充分，见面时，他要把几个利害关系先摆出来，把这钟老师呛上几口，待他不再那么横了，再晓以利害，给他指明出路。毛大德此番胜券在握。

郑来庆按照毛大德给的地址，却没找到文妹子。那个地址是城郊用于出租的农民房，文妹子和她的母亲以前一直租住在这里，但郑来庆找上门时，房东说那两母女前几天刚搬走了。文妹子去了哪里，房东也不知道。郑来庆估计那伙青皮头是钟老师叫来的。他查过钟老师的底，这人以前在少管所教政治，后来才调到职院。很多青皮头也是他的学生，他们有师生之谊，虽然以前钟老师教他们痛改前非重新做人，但某些时候，他又会跟他们说，总有很多事情不能以常规的方式解决。

郑来庆开着破车茫无目的地走在佴城的街道上，佴城的街道分工非常明确，除了那两横三纵的主街建筑整饬，秩序有人维持，一旦拐进小街小巷，就脏污不堪，充斥着神情淡漠的年轻人和满脸皱皮褶皱的老年人。他不知往哪里去找，这也没法请示毛大德，只得信马由缰乱走一气。他看看表，才四点。他只想回到自己租住的小房间里上网。在网上他就变成了另一个人，可以放开胆子跟网友乱吹。他乐意把自己杜撰成一名成功人士，有时候，牛皮吹得顺嘴了，他自己恍惚间也信。

熬到五点半，郑来庆在路边炒了个最便宜的盒饭，炒好后他叫老板把饭菜分盒装起来。老板咧嘴一笑，说五块钱的盒饭不分盒，六块钱的可以分盒。郑来庆不吱声，接过盒饭回到自己的房间里。郑来庆一边吃盒饭一边打开网页，盒饭里面一汪颜色可疑的油，他打开美食网站，搜出一些素淡菜式的图片，看一眼扒一口。时间还早，网友大都在吃饭，没有上来。网友"腰长腿短"发来短信，问他要电话号码。他没和腰长腿短通过视频，两人在一个电影爱好者论坛认识的，聊电影聊了一年多，之后也聊些别的事。和腰长腿短经常聊得入港，所以他没跟她吹过牛，在她面前，他尽量少谈自己的状况。

他敲出一串数字，回复给她，并猜想她为什么突然想到要自己的电话。猜不出个所以然，郑来庆的脑子却跑开了，他在想她会长什么模样。敢说自己"腰长腿短"，透着自信，没准是个美女。网名就是这样。他自己的网名叫"结结结巴"，其实话说得很溜，所以想去当律师，发挥自己的专长。

下午，葛双带苏小颖逛佴城。只要愿意找，景点总会有，每个城市死活都会弄出几个景点。要不然，如果来了客人，本地人只能请人家吃饭唱歌和泡脚，钱花得多，客人还会觉得不爽。苏小颖当然不愿去诸如游乐场、名人故居、森林公园之类的景点，每个景点苍白得留不下任何印象，故居里供奉的名人她此前闻所未闻。那两个沉闷的下午，两人坐着车，走着，站着，爬着山，苏小颖总想找个话头和葛双痛快地说上一通，但葛双有意无意地把话岔开，或者前言不搭后语，搞得苏小颖无以为继。苏小颖不知是怎么了，在省城，她想找个人说话，身边所有的人交谈起来总是不能很好地集中精力，心思总串搭在别的地方。如果可以选择，甚至更愿意选择去K歌，用别人写好的蹩脚的歌词表达自己的心意。

又到天擦黑的时分，苏小颖和葛双坐在冷饮店里。苏小颖吸完一塑料杯芋奶，看看葛双又看看她背后的门洞以及外面天光，知道她又要赶去兰茗苑了。她问："你是不是马上要走？"

"是啊，我已经陪你玩了大半天。晚上你早点休息，我还要去上班。钱又不是变出来的，自己口袋几下子就掏空了，别人口袋才永远掏不空。不是吗？"

"……能不能再陪我坐坐，说说话？"苏小颖直截了当地提出请求。面对葛双的心不在焉，她没有别的办法。

"说什么？你还是想倾诉第一次失恋的痛苦？"葛双盯着苏小颖，她仍然感到莫名其妙，在她看来这确实没什么好说的。但她还是善解人意地说，"好吧，你说说看，我听听。……抓紧时间，把你和他的事说说。"苏小颖忽然不知道往下怎么说，吸溜着滑溜溜的芋奶，她脑子有点空白。苏小颖的心思一直缠绕在这件事上。她已经理出些头绪了，之所以遭受重创，是因为自己猝不及防。一直以来她和王为一的恋情就是不对等的，她年轻漂亮，王为一年过四十大势已去，怎么看王为一都只有等着被她蹬开的份，没想他却抢先一步和那个女人结了婚。而且那个女人是个小姐。

在葛双面前，苏小颖避免说起那个女人的职业。葛双偏要问："那女的，她是干吗的？"问了两遍，苏小颖只好说："也是个……小姐。"话一说出口，她就知道也字用得特别不是地方，怎么就脱口而出了？葛双倒不太过敏，她翻着眼皮，惊奇地说："你的男朋友竟然让一个小姐抢去了？真是毫无天理。但这个世道就是这样没道理，人爱吃肉，狗吃屎，各有各的胃口。"她又问到底是怎么分的。

"这事还是与我自己有关。出了那事，我其实还是给他机会，让他来认错。他头两次来，我没给他开门，要他站在门外边认错，多做些反思。我当然不能轻饶了他，但最后总是会原谅他。在门口站几回是应该的……"

"我知道了，你摆冷脸的时候，那个女人却热脸相迎，于是你那个男的就奔她那张热脸去了，是这样吗？"

"他是赌气才跟她结婚的。王为一这个人本来就有点缺心眼。"

葛双又问："你，你和那男的做那种事多吗？你们谈恋爱的时候，一般是多久时间来一次？"苏小颖没想到她会问这个方面，她嗫嚅一阵，像病人就诊面对医生一样跟葛双说："……不多。大概是一个星期一次。见面有两三次，但只做一次，而且一次一个回合。"葛双说："肯定不够，那还不如不做。这样的频率只会搞得他老是处于饥饿状态。你老是把问题归结于冷屁股比不过人家的热脸，其实问题远没那么简单。"葛双脸上此时微笑着。在葛双背后的墙上悬挂着一张八尺左右的机印画，一片沙滩，四个比基尼女郎的背影扭成统一的S形。苏小颖的眼光在葛双和画面之间摇摆不定。

葛双又说话了："如果他回心转意，你依然会原谅他是吗？但我要告诉你，那女人能让他这么短时间内结婚，自有她的一套手段，你想都想不到。你的条件样样出众,但她有你没有的东西,而那个男人,恰恰需要。"苏小颖虚茫地看着葛双,她忽然发现她懂得太多。葛双继续着无所不知的语调:"我还敢进一步断定,那个妹子有几手床上耍的绝活,男人一碰,要么嗲声嗲气,要么鬼喊鬼叫,忽高忽低,忽紧忽慢,把男人每个毛孔都伺候得很舒服。你那悖时的男友对那女人已经上瘾了,像吸粉。你呢,只是像一截甜甘蔗,好吃但不上瘾,吃多了还腻。你不要不爱听,你虽然漂亮,也很大家闺秀,但在男人眼里,多少显得有点死板,缺少风情。现在的男人,特别是有几个臭钱的男人,很需要这个。我问你,你们做的时候,你发不发出声音?"

"……尽量,不发出来。"

"往喉咙里吞?"

"……对,难道还能往耳朵里吞?"

"就是嘛。我真没想到,这么几年没见面,你才第一次失恋。这事情就像马路上踩着了西瓜皮,跌上一跤爬起来悄悄地走人,用不着跟别人讲,更不能爬起来朝天骂娘。知道吗?当然,我不是别人,你知道跑来跟我说就对了。"

葛双把苏小颖送到宾馆,转身又要走。苏小颖拉住她,到总台那里再要了一张门卡,送到葛双手上。苏小颖说:"你晚上要是没生意做,那就过来睡好了。我们睡在一起,就像读高中时候那样。"葛双接过门卡,说:"要得咯。"

苏小颖走了一下午有点累,斜躺在床铺上想事,发呆。她看得出来,葛双表面是有些变化,说话的味道跟以前不一样了,却像个热水瓶,外面故意摆出冷清的样子,内里还是又热又烫。葛双在冷饮店说的那些话,腔调乍一听有些刺耳,现在反刍一番,竟然让自己感到豁朗敞亮。

晚上十点钟样子，葛双又来到苏小颖的房间里。她一时没生意，兰茗苑里面的牌桌又没有空位，她就走过来看看。宾馆和兰茗苑离得近，步行五六分钟。她打开门，苏小颖没有睡着，看见葛双来了就从里间走出来，烧水。她对宾馆里的烧水壶不放心，自己随身带着一只质量好的烧水壶，那种壶不是用电热管直接杵到水中加热。葛双随手打开电视，俫城电视台正在重播当天的新闻。她看见是那个播音员，就没往下搜台。苏小颖坐下来看，她也想趁机对俫城多有些了解。播音员是个消瘦的男人，他有点口齿不清。切换到新闻画面，换成一个女播音员的声音，就好多了。新闻画面暂告段落，男播音员又冒出来，用浑浊的声音播报着。

"俫城怎么就挑出这么个播音员？他说的普通话在俫城是不是就算好的了？"苏小颖没法不产生疑惑。葛兰笑着告诉她，该播音员是市常务副市长的公子，他对别的不感兴趣，从小立志向赵忠祥学习成为一名播音员。他父亲不忍拂逆小孩的理想，跟电视台台长打了招呼。招聘面试时总评委、副市长的姘头某女力排众议，认为这小伙子虽然口齿有点怪异，但语气颇得赵忠祥的神韵，这样他就顺利地到电视上面播音。时间一长，俫城人民也听习惯了，亲昵地称他为"狗观众"，因为他每晚上说"各位观众"，别人老是听成"狗观众"。

"你知道得真多。"

"俫城的人都知道。"当然，还有一些俫城人不知道的事，葛双也没法告诉苏小颖。狗观众有一阵天天来兰茗苑找她，甚至有点离不开她，手指着天发誓要娶她为妻。狗观众虽然是市长公子，脑袋却也一根筋，不太转得过弯。葛双毫不为他的真情感动，这也是她佩服自己的地方。她好几次拒绝了狗观众，并坦诚地告诉他："你喜欢我什么啊，你告诉我我改正行不行？要是我敢答应你，你那个爹花钱找个人干掉我怎么办？我这种人的命很贱，也许你爹花五万块钱就摆平了，甚至还用不了这么多。你爹那么能贪，他一天赚到手的钱，能让我死上两三回。"面对狗观众的求爱，她只是答复说饶命。这事情，兰茗苑的妹子都知道，所以都对葛双高看一眼。能活得这么明白，自会得人尊重，葛双在兰茗苑里日子还过得不错。厅里有一台大电视，每当狗观众出来播新闻，或者常务副市长出现在新闻画面，她们就扯着嗓子跟葛双说："葛姐，快来看你老公和你公爹。"

电视里，狗观众播报说，俚城吊井巷派出所昨晚抓捕一个吸毒团伙，关留置室待验尿样，该团伙成员偷偷撬开留置室门锁，趁看守闪神打电话的时机悉数脱逃。派出所给电视台提供了脱逃人员的影像资料，现在正在逐一播放。葛双连派出所的事也知道，她一边看一边告诉苏小颖，这些人一被押进派出所时，警察按规定给他们拍摄有影像资料，为的是免生争议。因为数年前，俚城有个瘸了二十年的老赌棍，放出来后声称自己的腿是刚在派出所里被拗断的，此后有一个星期，他躺在政府门口滚钉板告状，要求严惩拗断他瘸腿的凶手并要求酌情给予国家赔偿。瘸子是滚钉板好手，他年轻时候跟马戏班子四处流窜表演滚钉板混饭，磨出一身的茧皮，偏跟人说这TM叫硬气功。这事闹一阵以后，派出所就学乖了，安排个平时没用的人到电视台学学摄像。昨晚的影像资料今天用上了，那帮脱逃的粉哥粉妹——在电视屏上亮相。

苏小颖不经意地看了几眼，觉得吸粉的这些人面相有着惊人的相似性。随后她又看到那个戴单边耳环的男人，葛双把他叫作豺狗子。电视屏里，豺狗子不但不低头耷脑，而且冲着镜头淡定微笑着，那神情，仿佛预知这段影像会得到公映。苏小颖看着电视里豺狗子的脸，因为那种微笑，他的刀脸进一步拉长，看着邪乎，但不得不说这男人有种不合常规的英俊。

"这不是昨天跟你打招呼的人吗?"

"对,他跟我打招呼可是冲着你哟。"葛双脸上依然在笑。葛双以前是个爱发愁的女孩,现在她竟然随时都绽放着笑脸洋溢着春光。

葛双和苏小颖在床上躺了一会儿,没什么话可说,苏小颖很快入睡,而葛双还要回到兰茗苑里继续干活挣钱。子夜时分,兰茗苑仍然人来人往。苏小颖这一觉睡得不错,失恋后,她在省城,在公司里,在自己租住的套间里,在别的任何角落,一颗脔心总是纠结得紧。现在来到了俚城,忽然就豁朗了几分,郁结多日的心情得到开释。

第二天她睡到自然醒,还赖床,这个陌生的城市给了她自在感受。起床以后她发给葛双短信,说今天如果忙的话就不必过来了,她会找别的熟人。葛双正在打牌,她回复了一个字以及一枚标点:噢!苏小颖将笔记本电脑随身带着,但房间里没有网络插孔。她去到外面,宾馆门口就有一家破敝的网吧,生意却很好,许许多多的大人小孩都坐着玩游戏,看电影,上QQ泡妹子,并吧唧吧唧地吸着烟。苏小颖走进去,烟臭味昏头打脑,熏得她几乎睁不开眼。她还是强忍着坐了下来,打开自己的MSN。"结结结巴"已经回了一串数字,是他的电话号码。苏小颖知道,在俚城除了葛双,还有这个认识一年多的网友,彼此聊得不错。如果葛双能像以前那样陪着自己,她就不会找结结结巴了。

郑来庆听人说在兰溪街一带看见过文妹子,这天中午就开着破皮卡往兰溪街来。这是城西结合部,房屋杂乱,居民复杂,是藏匿人的地方。郑来庆顺着街巷漫无目的地走,果真就看见了文妹子。她正在农贸市场一角卖菜。她体格粗大,虎背熊腰,正用一把刀把豇豆不停地切成细小颗粒,唰唰唰,她的刀法娴熟,唰唰唰,没几下,刀边豇豆粒就堆起岗尖的一小堆。郑来庆走过去，文妹子还埋头问他要买什么。

"文新梅，我是来找你的。"

文妹子抬起头，一看是郑来庆，脸色有点变，问他来干什么。郑来庆痛心地说："干什么？毛老板为你这个案子跑前跑后，费了好大力气，你却躲到这里卖酸豇豆。"文妹子无奈地一笑，说："我不打算告了，他毕竟是我的老师，再说他又没在我身上留下什么可以提取DNA的东西，告也告不响。""什么？"郑来庆听这妹子说出DNA之类很专业化的东西，就知道她肯定又被另一拨人教唆了。毛大德好不容易要她背下的词，肯定被另一拨人的恐吓打消了。他感到难以交差，就跟文妹子说："不管怎么样，你跟我走一趟，见到毛老板，你自己跟他说。"

"我在卖豇豆。"

"我买了，一共多少钱？"

"现在还不能卖，要放到闷坛里沤酸了才能卖。"

"那就按沤酸的卖好了，我不会亏你的。"

要摆道理，文妹子讲不过任何一个人。于是她就不吭声了，放下刀，弃下自己的菜摊，要离开。郑来庆于是拽住了她。他的手刚碰到她的手肘子，她就发狂似的大叫："强奸啊强奸。"而且，她转瞬间就哭起来。她哭得真快，情绪像是用开关控制，嗓门像是用发条驱动。郑来庆觉得十分荒唐，他想，她这么五大三粗，谁敢动强奸她的心思……没等他想清楚，脑门上突然挨了几下。一个块头更庞大的中年妇女不知从哪里钻出来，操出一块四方的小砧板朝他脑门上敲来。他一看，是文妹子的妈。文妹子和她妈两个人猛扑过来一边打郑来庆一边扯着嗓子一齐喊："强奸啊，有人强奸我！强奸，我被人强奸啦……"

此时文妹子脸上没有恐惧，只有无边无际的兴奋，仿佛她所说的事情正在发生。郑来庆还没回过神，就被一圈人围住了。他们七嘴八舌地议论起来。一个老头还语重心长地教导说："小伙子，农贸市场不是强奸人的地方。前面不远拐个弯有一家兰茗苑，你可以去那里。"郑来庆点头哈腰，不跟他们解释。钻出人堆，发现文妹子和她妈已经走得不见人了，摊位上只有砧板菜刀和豇豆。

苏小颖拨打结结结巴的电话。葛双不能陪她，她只能找这个人聊聊电影，或者他会请自己看一场电影。

郑来庆站在街心，脑袋仍然发着蒙，刚摸出电话想打给毛大德，就听见那只电话主动响铃了。里面传来一个女人圆润的声音，问他是不是结结结巴。他反问："你是腰长腿短？你在哪儿？"他估计这个女人来了佴城。

"你一点都不结巴嘛。我在你们佴城。兰溪街，'又一家'宾馆你知道吗？"

郑来庆一抬头，就看见粗黑体的"又一家"招牌，招牌下面一个女人正在打电话。他吓了一跳，没想到"腰长腿短"竟然是个非常漂亮的女人。他忽然想到自己头上有伤身上有血，赶紧扭过脸看向别处。他说自己正在上班，五点半下了班以后，再请她吃饭。打完电话，郑来庆赶紧爬上破皮卡，把车往大街上开。一个下午的时间足够他改头换面。他摸摸头上的伤口，并轻声地对自己说：塞翁失马，焉知非福。

苏小颖收起手机，她看见百十米开外有个家伙满头是血，钻进一辆皮卡磕磕碰碰地开走了。她心里又是一凛，赶紧回到宾馆。佴城这地方乱糟糟的，没有本地人陪着，还真是找不到安全感。她回到自己的套间，心里安稳了下来，在这房间里待上几天，一切渐渐变得熟悉。她泡着速溶咖啡，坐在绵软的沙发上发呆。耳畔有各种声响，但她慢慢听出了寂静。

到晚饭点，结结结巴就把电话打来了，说在宾馆门口等她。她走出去看见一辆出租车，那个男人穿得很正式，还戴一顶礼帽。帽檐压得很低，仿佛提高着警惕。她正要就此想起周润发，但是转眼却想起周星驰，便忍不住笑了。他告诉她自己叫郑来庆。他本来想把她带到毛大德砂锅斋，如果到那里吃饭，毛大德可以给他一定的折扣，还可以签单。签单的话，毛大德可以从他工资里面扣，反正郑来庆打官司挣来的钱都要经过毛大德的手。他乐意在她面前展示签单的样子，令她误以为自己在这地方混得很开。他字写得好，但那些字写得丑的人总是不停签单，这让他很痛苦。字写得丑却可以抵钱，自己的字写得好只能抄抄狗屁文件，这世道就这样毫无道理。看看苏小颖，他又稍有开怀。这么漂亮的一个妹子突然横在自己眼前，当然也是毫无道理。

她不愿意去那里。她听他说起那家店名，就说去别的地方。车在开，她随手点了一家路边店子，说就到那里吃。司机噢的一声把车停下来，那是一家再普通不过的火锅店。俚城的人爱吃火锅，下重辣，上了年纪普遍患有便秘的毛病。郑来庆点了小份牛杂，因为就这东西她没吃过，她记得以前父亲常买牛下水喂狗喂猫，现在，弄干净了人吃又会是怎样？

她看看他。他不是自己想象中的样子，竟然清瘦，颧骨一撑，那张脸就跟踩了高跷似的拉得老长。她说："你能不能不戴那顶帽子？你脱发？"他有些不情愿地摘下帽子，里面缠着几圈纱布，布面上当然浸出点点血迹。

"怎么啦？不会是被狗跳起来咬着的吧？"

"呃，也差不多。"

一锅热腾腾的火锅，两瓶淡啤，两人吃着说着，聊一些不浓也不淡的事，比如人生。但人生其实没什么好聊的，闭着嘴仿佛还有很多见解，一张嘴却又无从说起，于是又聊起新近看的电影。他俩习惯了互相推荐，然后下次网聊又有了核心的话题。她其实很享受坐在这个破火锅店的感觉，这是一次再简单不过的碰面，两个网友初次相聚，不至于见光而死，也不会发育出旁逸斜出的枝节。她知道事情无非这样。打她主意的男人多了，脸上随时挂着比皱纹还要密实的骚情，但对面这个男人倒是表现得老实安分。她和他网上聊得久，知道他本来就是这样的人，不是装出来的。她感到放心，牛杂又意外地对她胃口，就多喝了几杯。

他在说着一部老电影。她走神走得厉害，根本听不见他说些什么。天一黑，她脑子里想的全是葛双。这个时候，葛双在干什么？她要是在做生意，那么，一个什么样的男人和她待在一起？老的？少的？丑人？秃子？或者是个瘸子？葛双不能挑，这仿佛是她的职业道德。读高中的时候，那个酸腐的语文老师经常灌输教材以外的知识，他曾摇头晃脑地说起古代文人心目中十大败兴之事，花间喝道是的，树上晒裤衩是的，妓女挑客也是。听到"妓女挑客"这一条时全班都笑了。苏小颖在笑，她看见葛双也笑。那时候，这些听来是多么遥远的事情……

她眼睛忽然有点酸，知道泪腺分泌得旺盛了，怕对面的人看见。她只好仰起头防止眼泪滚落出来。

"是不是汤太辣了？"他好心地问她。待她把脸摆正，他发现她下牙齿咬住了上嘴唇，而且眼里忽然迸出一丝怨毒。他不知道自己哪里做错了，哪句话说错了，只得问，"怎么了？"

"没什么。"她顿了一顿，抬高了声音问他，"你找过小姐没有？"此时，她吐字其实格外地清晰，他只好去怀疑自己的耳朵。

"什么?"

她严厉地,再次地发问:"你,嫖过娼没有?"

郑来庆听得再明白不过,以致不好意思直接回答"没有"。就像问一加一等于几,小孩答得出来大人总是不知所措。他一时口拙,强作镇定,扭头看了看别桌的人。店子里十来张火锅桌半数有客,每个人都在说自己的事,谁有心思听别桌的人说了些什么?他灵机一动,突然想到小学三年级时就被老师教导说有一种反问句。

"你想听真话还是假话?"

"当然是真的。"

"真话讲出来总是讨人嫌,我今天还是告诉你假话吧……"

"……"

他把脸凑近了,压低着声音郑重地宣布:"这假话就是:我嫖过!"

苏小颖没想到就被他那么蒙混过关了,松了一口气,这才觉得刚才自己有些失常。她不由得感谢这个人的容忍与机巧,让局面不至于尴尬。他又问到底是怎么了。陌生的环境适合倾吐,这个男人也确实显得可靠,但苏小颖还是咬紧嘴唇,没跟他说起葛双的事。

她又问他:"那么,再给我推荐一些片子……"

"关键词?告诉我,我帮你推荐。我家里有碟,可以直接找出你要的给你。"

"关键词?就一个:妓女。有没有?"

"有关妓女很多,很多都是三级的。说实话,我一个光棍,三级片也买了很多。"

"我能理解,不看不正常。但我要的不是三级片。我要那种,怎么说呢,正儿八经描写妓女生活的。"

"真没办法,又要是妓女又要正儿八经。不过,你的意思我算是明白了。"郑来庆掐着手指回忆着自己藏的与这个词相关的电影,《茶花女》《饥饿海峡》《啊,野麦岭》,还有国产的《杜十娘》,诸如此类。

"别跟我假正经,我就要现代的,不要这些演员都死掉了的老片子。"

"我找找,哪时给你?"

"你这几天有空吗?带我到你们这地方玩玩。我今年的年假一起休了,就这几天,也不想去别的地方。"她懒散地说着,希望得到他肯定的回答。

他当然是求之不得,马上想到,明天正好以脑袋上的伤为理由向毛大德请假。因为是被文妹子母女打伤的,这可以算是工伤,毛大德舍不得开医药费,准几天假应该是没问题。他满口答应下来。

接下来的几天,郑来庆开着那辆破皮卡(他难得地把车洗了一遍,某些地方还补了些漆,所以看上去不那么破)忠心耿耿地陪着苏小颖在伢城里转来转去。苏小颖乍一眼看去觉得那辆皮卡有点眼熟,却又记不起来。她笑了,皮卡都是这个模样,眼熟有什么好奇怪?就像每晚七点整都会在 CCTV-1 里看见一颗球滚动而出,这有什么好奇怪?

伢城确实没有什么值得一去的地方,既然有车,郑来庆就带她往周边的每个县里走走,车程都在一小时多一点,早上去晚上回来。郑来庆喜欢钓鱼,周围那些县份,犄角旮旯里的山塘水坝他都去过,一路上,哪里有风景他脑子都记着。

苏小颖喜欢这种清静的出游,就两个人,一辆破车,郑来庆安全可靠的脸晃荡在左右,捏着一只很小的相机,不停地拍拍照片。她看着显屏,他拍照片很呆滞,谈不上有技术。他也老实承认,平时自己基本上不拍照片，工作的时候，有时为了取证才掏出机子拍下证物或是与案件有关的蛛丝马迹，以便于庭上说明问题。她相信他就是那么个人，程序化地接待着来这里的朋友，用廉价的相机拍出千人一面的表情款待朋友，那种热情缘于他认为这是他应该做的，义不容辞。很多景点都很荒僻，少有人来。有些景点是政府领导喝了酒后脑袋一热，拍桌子决定上马的，花了一把钱，景点弄好后实在没生意，甚至供养不了一个卖门票的，只好敞开了门任人进出。苏小颖偏喜欢去到那些破败的地方，因为安静，风景就总有一种寂寥的美。她喜欢看这时节衰草一蓬蓬胡乱生长的样子，不喜欢被修葺得规整的灌木和错落有致的盆花。郑来庆这就很放心，甚至不带她去所谓的景点，直接去自己曾经钓过鱼的地方。他还教她钓鱼。两人长时间在岸沿坐着。

"你在想什么？"

"什么也不想。一开始钓鱼的时候老想着鱼上钩，现在不这么想了，你想也好不想也好，咬钩是鱼的事情，你急不来。"

"你有女朋友吗？没有吧？"

"你看得出来？"

"什么年月了，你还等着鱼自动咬钩。别的人根本不钓鱼了，他们撒网，扳罾，布拦河箔，甚至下毒，用电杆打，用炸药炸。"

"你知道的真多。他们无非多吃到几条死鱼。"

"你吃活鱼？"

"不，我不吃鱼。钓鱼钓得久了，常常不爱吃鱼。你觉得鱼咬钩是它逗你玩，像一只宠物那样逗得你开心，还有点调皮。谁会吃逗自己开心的东西？"

她这时又想起了葛双，掏出手机，这个地方没有信号。

"……没有信号。"郑来庆在一边说，"有鱼的水湾子通常没有手机信号。这真是很奇怪，我早两年就发现了，好多次找地方钓鱼，都要掏出手机来测一测，如果没有信号，就下钓竿，非常起作用。"

"你总能找到一些稀奇古怪的事情。"

"找不到钱，只好找一找这些不要钱买的乐趣啊。"

她四顾看去，这里的清寂让她心思活泛了很久，胸膛此时竟有些潮热。郑来庆老实可靠，但不免有些枯燥。她记得在公司的时候，男同事在自己身边总是有些骚动，本来沉静的人禁不起她两个眼神就活跃起来，甚至放开手脚耍宝。晚上喝了酒，她偶尔也跟一些外公司的熟人419。这时她忽然希望郑来庆能够扔掉手中的鱼，眼睛恶狠狠地瞪着自己，并且伴随一些情不自禁的举动……如果这样，她不知道自己会怎么处理。——或者，先是摆出吓蒙了的样子却又不坚决反抗，等他越来越肆无忌惮，关键时候再在他脸上轻轻刮一巴掌，迅速闪开，再咯咯地笑？现在，她知道这些不期而至的想法都很正常，无须回避。只要不上瘾，她依然算是个正常的女人。

苏小颖问他这几天怎么这么得闲，整天地陪自己。他呵呵一笑，又指了指自己头上的创口，说起文妹子的事。他一时不慎，说起那天就在又一村酒店前面的农贸市场发现了文妹子，没想到文妹子母女都有如此严重的暴力倾向。他只有当是被狗咬了，医药费都只能算在自己头上。她想起来了，那天看见的满头是血的人竟然就是他，不由得哈哈地笑。她说："那天我见着你了，你就站在我面前，还和我打电话。你肯定认出我了，不好意思马上走过来，还说自己在上班。"他呛了一口，觍着脸，只好认了。

"没关系，我说不定会帮你。"

"你怎么帮我？"

郑来庆用那辆破车把苏小颖送回兰溪街，经过农贸市场时，他指了指一个摊位,告诉她,文妹子以前就是在这个摊位。现在,那个摊位上有一个皱纹细密,皮如包浆脸如出土文物的老汉在卖手切烟丝,他一边切一边抽一边跟凑上来的人谈价一边还和旁边那个卖畚箕的人扯着闲话。苏小颖说:"你有那个,文妹子的照片吗?"他想起有的,把手伸进衣兜,一摸摸到一个软囊囊的东西,没想起是什么,第二下摸到一张照片。毛大德就是这么叫他按图索骥地去找文妹子,居然让他给找到了。她只看了一眼就把照片退回来。她说:"我有印象,这妹子我碰见过,真没想到会被人非礼。你们佴城真是一个藏龙卧虎的地方。"

到了宾馆门口,他才想起上一次她嘱咐的事。他用心去办了,把自己以前淘的碟片重新筐了一遍,又到碟店补充了几张,全是跟妓女有关的。他把那一沓碟片递给她,说:"够你看好几天的了。你要看这个搞什么?"

"你别管那么多了,你走吧。"她揣着那一把碟片,看着他把破车屁颠屁颠地开出这条街,转拐以后消失。

苏小颖一觉醒来,发现今天是葛双的生日。她善于记生日,父母的、同事的、朋友的,到那天,隔得近送一份小礼品,隔得远打一个电话,比平时请客吃饭联络感情管用得多。她很多年里把葛双的生日忘了,但到了这天,她脑海里突然蹭出来葛双的生日,就像三八是妇女节六一是儿童节一样毫不含糊。她忽然想,也许,来的时候就隐隐意识到某桩与葛双有关的事情临近了,现在才明确原来是她的生日。桌上散乱地摆着那些碟片。昨晚她看到半夜过,片里的内容让她心情越来越暗淡。好在觉还睡得爽朗,梦里面是另外一些内容。一醒来竟然就到了中午,这几天,她每天都能睡到自然醒,这是平时享受不了的奢侈。打开电视，很快俚城新闻就冒出来了，狗观众面无表情，用依然咿里唔噜的声音播报着今天的主要内容，其中有一条是一个副市长被逮捕的消息。配合新闻画面，那个副市长斑秃，突然愤怒地冲着摄像机的方向喊叫着什么。但通过技术处理，他只能露出一张老脸，声音被整齐地剪切掉了，一个音节也不会漏出来。苏小颖觉得那个副市长长得像狗观众。她这么想的时候，就提醒自己，反了反了，是狗观众长得像副市长。

而在另一边，兰茗苑宽敞的大厅里，两桌牌同时摆开了，早起的妹子开始了搓麻，把脑袋搓热了，才有心思去洗脸刷牙吃早饭。巨大的液晶电视里同样播放着俚城新闻。打牌的妹子不约而同放慢了甩牌的速度，她们用惊诧的口音跟葛双说："你看，你的公爹被抓了。还是你小老公发布消息。你的小老公真是个铁面无私的人。"

"他反应有点迟钝，台领导要他念他就念，晚上等他回到家，才会想到自己不该念这条新闻。"葛双对狗观众多少有了些了解。

"看样子，你的公爹抽不出空找人来干掉你了。说不定，过几天狗观众就会带着戒指来向你求婚。"

葛双则高瞻远瞩地说："此一时彼一时，落魄的凤凰不如鸡。现在他爸出事了，他也脱不了干系。他现在想娶我，我懒得天天去安慰他痛苦的心情。"

妹子们不停地起哄，拿葛双不停地开涮，甚至想象着，在狗观众娶葛双的那一天，她们会怎么样把洞房闹得鸡犬不宁。一帮妹子一起开动想象力，那是很可怕的事，一旦过上了嘴瘾就没个完。葛双有点烦乱，肚皮也真饿了，让了牌位往外面去。她在街边随便地吃了两个凉裹卷，仍然懒得回去打牌。她想起来自己已经几天没去看苏小颖了。苏小颖倒是说过，如果忙就不要去陪她。一连好几天没见面，葛双心里有点不好意思。她和苏小颖已经找不到共同的话题，曾经亲密无间的感觉早不知丢到哪儿去了。此时，葛双无缘无故地想：苏小颖是不是走了？

她去到"又一家"宾馆，上到四楼，拧开门，苏小颖还在看着片子，她眼里很湿润，看那些片子，她总是要把自己的情绪带进去。

"怎么了？"

苏小颖不说话，指了指笔记本电脑的显屏。葛双先是站着看，但显屏有着变幻莫测的折光，稍微偏些角度就只能看见一片片暗影。她只好坐下来，和苏小颖挨得很近，看那个片子。桌前摆着几袋纸袋包装的小食品，苏小颖这时才意识到那些东西的存在，一一拆开让葛双拈着吃。

葛双平时并不看碟片，不但她，兰茗苑里所有的妹子都没有这个习惯。但是，眼前正在放着的这个碟，不知为何，葛双一下子就看进去了，场景很随意，一幢简单的民房，那几个演员样貌普通得就像是街子上随手拎出来的。葛双看见显屏里，一个女人敌视地看着另一个很无辜的女人，忽然心里一动，打算看下去。她意识到，那个面相委屈，表情孤立无援的女人也是个小姐。

故事很简单，小姐寄住在一家家庭旅馆，做生意，也不时地被旅馆老板父子俩占便宜。旅馆老板有个女儿，她当然很恨这个在自己家里做生意的小姐。但慢慢地，她们彼此熟悉了，接近了，有了交流，成为朋友……

"女人就这样。"看到这里，葛双突然有了感触。

苏小颖附和："是啊，女人心总是软一点。"

"心软一点，意志还坚强一点。我觉得我们女人总是比男人坚强。而男人，他们脆弱得连孩子都不敢生，最要命的事情全留给女人做。"

葛双还要说，碟片里的故事也发展到了更高潮。她只有闭嘴。其实往下的发展，她大概已经猜到了。苏小颖看了那么多电影，当然也猜到了。她把头轻轻地靠在葛双的肩头上，此时显得异常温顺。"不要这样。"葛双有些不适应。苏小颖则更用力地搂住葛双，冲她说："乖，不要动。"

葛双无奈，继续看着碟片里的故事。果不其然，一天，那家庭旅馆里只有两个年轻的女人。小姐在接客，旅馆老板的女儿在看着无聊的电视。来了一个住宿的男人，她把他带到空房间。男人问有没有小姐。她去看了一眼，那小姐忙不过来。"那么你呢？"这个嫖客问。她想了想，点点头。她接完头个客人，当然，对方根本不知道。她走出去，外面是海滩。那个小姐坐在海滩上面等她。她走过去，两人坐在一起，什么也不说。

葛双看得心里有些紧张，苏小颖的脑袋还压在自己一侧肩头。她只好耸了耸肩，说这个片子放完了。

"你说有这样的事吗？"

"我觉得，后面那个嫖客太帅了。比刘德华还帅的男人，怎么还去嫖娼呢？要是换一个，可能她就不接了。"

葛双对电影的评论令苏小颖有些意外，她觉得葛双总是不能和自己想到一块。"你真是答非所问。"她有些失望，这时想起那件事。她又说，"葛双，今天你生日。"

葛双掐掐手指，发现真是这样。这么多年，她自己的的确确把生日忘了，反正从来也不过，意识到自己增长一岁总是在别的某个日子，被一些莫名其妙的细节触发。她没想着苏小颖还记着。

"那又怎么样呢？"

"晚饭的时候，叫上你几个玩得好的姊妹，我们也像男人一样，去酒店摆上一桌,也喝喝酒。我请定了。"

"你现在就有点醉了。这几天,谁跟你在一起啊?"

"管这么多,葛双,难道你是我妈吗?……快给你那些姊妹打电话吧。"

她们一伙女人走进那家门面不太起眼的小馆子,问有没有包厢。那个矮胖的女服务员有点呆,她说没有也就完了,却说:"有,但已经被人订了。"葛双就笑。今天她生日,26岁,但感觉自己已经很老,经受了风雨历练。她说:"真看不出来,你们这么个破店还要预订。"她硬是要一间,那个妹子也拦不住,而且,老板对是否预订也不太在乎,来的都是客,花的都是人民币。兰茗苑的一伙姊妹都有些酒量,坐下来就要酒,啤酒白酒都点,兑起来喝。到了这季节,光喝啤酒越喝越凉,光喝白的,小口小口抿进去憋得慌。苏小颖跟她们不能比,她表示不能喝,那些妹子也不多劝。吹蜡烛前喝了两件啤的,吹了以后又喝了一件,那六七个妹子已经东倒西歪了。

苏小颖跟葛双耳语:"叫她们先走吧,我们坐下来,再聊聊。"葛双点点头,她说:"也是,你来了以后我一直没有跟你好好地说话。"她站起来,分配着那几个妹子,兼精搭肥,微醉的和大醉的互相搀扶,送出门口。看得出,葛双在这一帮妹子中说话很有分量。她来的年头多,见过的场面也比别的妹子多,再加上生就一副热心肠,谁和客人扯起皮来,葛双闻见声音总是第一个冲过去,不管什么原因,先将自己身体横在中间。

别的妹子走了,马桑不肯走,她还要陪葛双再坐一会儿。苏小颖又点了葡萄酒,撬开瓶塞,排开三支高脚杯,拿酒往杯里倒,那酒有点黏,血似的。

"你酒量不行,洋派很多。"

"一点葡萄酒就洋派了？"苏小颖不想纠缠这些细枝末节，她心里早就想说些什么了。刚才喝那一通酒，虽然没别的妹子喝得多，也达到她自己的纪录。现在她很想说话。"过了生日，以后有什么打算？"

"能怎么打算？你不会是和我妈一样，想劝我嫁人吧？"

"己所不欲勿施于人，我对男人挺失望的，怎么会劝你往陷阱里面跳？我是说，你也不能老待在这个地方……"

"那能去哪里？"

"换一个工作，也换一个环境。要是你愿意，跟我一起去省城看看。省城毕竟比这里大，机会也多。真要去，暂时可以坐到我那里——那也是个小套间。我们又能像以前一样，住在一起，白天干活，晚上回来说说话。"苏小颖说着说着，眼睛就越来越亮，她容易被自己说的话感染。尔后她又说，"你人长得漂亮，能说会道擅长打比喻，还能喝酒，一般的男人都能摆平；我看你组织能力也不错，那些姊妹都肯听你的。"

"那是，换是兰茗苑别的妹子，别说庆生，就是结婚生孩子也聚不拢这么多姊妹。马桑，你说是吗？"

马桑当然点点头。她有点犯恶心，不停地闻着葡萄酒的气味。苏小颖又说："葛双，你不要小看自己。有你这几手本事，进个公司混到中管很容易，现在交际型人才很吃香，何必……大材小用？"

"大材小用？小颖，你到底想说什么？"

"葛双，这次来了，我才知道你是在……要是早知道，我也早就过来了。这几天，我虽然没和你在一起，但是一想到你被……你被那些狗男人欺负，我就很难过。"她顿一顿，又说，"非常非常难过。"

"没人欺负我。我总有办法，让他们服服帖帖。狗观众要娶我，我还不答应。我觉得自己过得还不错，你用不着担心。"

"你真觉得还不错？"

"难道不可以？我为什么要跟自己每天都过着的日子过不去？是的，一开始是过不惯。我要自己开心起来，结果就起了作用。"

苏小颖啜着血一样的酒液，说："葛双，换一个地方试试。在省城，我熟人还是蛮多，老总副老总认识不少。我可以帮你……"

葛双不免叹了口气。她说："苏小颖，你真是一点都没变。你记得吗？你天生就喜欢给别人提建议。读高中那时，你就给了我不少建议。还有那次放了假，你要去我家，我就带你去了。你到我家没两天，就提了一大把的建议，建议我家搞特色养殖发家致富，建议我爹承包村里林场经营木材，还要我妈别再用灶头的鼎罐烧开水，你说那叫千滚水，会造成亚硝酸盐沉淀，要专门买把烧水的壶……亚硝酸盐，那时化学课刚刚学到，你就用上了。你真是活学活用的典范。"葛双清晰地记起当时的情景，面对苏小颖提出的成把的建议，她父亲一开始还觉得有趣，慢慢就有些窘迫。一把烧开水的白铁壶要十几二十块钱，哪是说买就买？她记得自己的父母，阅尽沧桑地，慈祥地冲苏小颖笑笑，敷衍地说呃好的，不急嘛，到时再看看。后来苏小颖还要去她家，她总是拒绝。

苏小颖头涨脑裂，听出来葛双有些不悦，也就不再说起。她记不起以前竟然提了这么多建议。她说说也就忘了，但别人竟还记着。她心头得来一丝懊恼。

酒没了，葛双还想喝。苏小颖也不想停。这个晚上在降温，啤酒喝得肠胃发凉，葛双就叫了醪糟酒。醪糟酒用竹筒装着放在大锅里加热，喝起来发甜，像是饮料，其实蛮有后劲。喝到一定量，就像是被人放了药，说倒就倒，昏睡不醒。苏小颖也是第一次喝，觉得不错，热酒下口，能感到它在肠道里的流动，一线下去都是暖暖的。

"我对不起你。"葛双说,"你都来好几天了,我也没好好地陪你,陪的时候也在想别的事情,没有好好跟你聊一聊。失恋这回事,我知道……"

"不要提那事了,我现在真不在乎。"苏小颖眼睛周围已经潮红起来,说话时舌头也粗了。她还挥挥手,进一步说明自己的不在乎。

"你怎么会不在乎呢?你这是第一次啊。"

"葛双,我要感谢你。这次我过来,你已经给了我很多东西。"

"我给你什么了?"

"……怎么说呢?我现在都懒得恨那个人。你很坚强,我从你身上学到很多东西……"苏小颖此时隐隐地意识到自己嘴巴有些失控,脑袋像是被水泡着了,不清爽。但她憋不住地继续说,"葛双,来这里我确实是想找你说话,你劝着我,我早点摆脱那种心情。这几天,自然而然地,我就不想他了,我老是想到你。天一黑,我就想到你正被……被那些男人任意摆布。我会想起那种情景,就好像正在自己眼前发生。我甚至要扑过去……"

"怎么又说到这上面了?"

苏小颖吞了吞舌头,说:"不说了不说了,和你一比,我失去了一个本来就应该失去的男人,又算得了什么?"

葛双此时把脸转向另一边,看着窗格子,手里一直捏着那只酒杯,时不时自己喝上一口。苏小颖见她那一副懒得说话的样子,闭了嘴,把酒杯递过来找碰。马桑已经不喝了,她两人继续喝了好几杯。

苏小颖又说:"等下,你还去上班吗?"

葛双看了看手机屏上显示的时间,说:"时间还早,哪能不去?"

"今天是你生日,给自己放个假好了。"

"我哪有这么娇贵,找个借口就休息。对我来说,赚钱就是过生日。"

"葛双,今晚别去了,陪我睡好吗?就像高中时候那样。那时候我们天天晚上都睡在一起。"

葛双歪着嘴一笑,说:"你怎么老是说到高中时候的事?说实话,我已经不大记得起来了。这几年对你来说很短,但读高中对我来说,是上个世纪的事。上个世纪的事,老还拿出来说,有什么意思?"

"我知道你日子难过。可是,我今晚想和你待在一起。你放心,我也不会让你耽误赚钱的工夫。"苏小颖眼睛亮起来,逼视着葛双,一字一顿地说,"你一晚上能赚多少钱?"

葛双有些警觉,她问:"你要说什么?"

"钱我翻倍给你。这几天,我都翻倍给你。你别回兰茗苑了,陪着我多待几天……告诉我,你一个晚上最多能赚多少?"苏小颖说着,还拿手去掏钱,从一个兜里掏出一把名片。她把名片扔在地上,再掏另一个兜,是有一沓整钱。

她竟然把钱递了过来。

葛双把钱一拍,钱就全都掉在地上。马桑站了起来,弯下腰去捡钱。钱散得很开,东一张西一张。

苏小颖这才闭紧了嘴巴,不再蹦跶出一个字。马桑把钱全捡起来,剁齐,又插进苏小颖的衣兜,还在她肩头拍了几拍。苏小颖喝完了杯中的酒,轻微晃动着脑袋想要思考某些问题,但是脑袋此时一点也不好用,晃不出任何清晰的想法。过一会儿,苏小颖就趴在桌子上睡了。葛双和马桑并不急着走,沉默地抽起了烟,把烟雾喷得到处都是。两人看看趴下了的苏小颖,又相互对视了数秒钟,笑了起来。笑的时候,葛双摊开手摸自己的脸,根本摸不出是哪种表情。

要走的时候,一个胖男人走了进来,径直坐下。葛双看了他一眼,问：“你好，难道我们竟然认识？”胖男人笑了，他说：“我认识你们两个，都是兰茗苑的。我还把你叫出来过，去了七顺大酒店。但是你已经把我忘到后脑壳了。”

"那当然，谁记得住你？你长得又不帅。"

"我坐不改名行不改姓，我叫毛大德。这个包间是我们包下来的，刚才，我看见是你们抢了先，也就不说什么了，另外找一间。"毛大德指了指仍然趴着睡的苏小颖说，"她也是你们那里的妹子？"

葛双想了想，点了点头。

"我说话直来直去。我可不可以把她带走？钱先给你，当然，你也有好处。"

葛双和马桑交换了一下眼神。葛双说：“那好，你先把我们的账结了。”

"当然没问题。我外面有车子，等下先送你们回去。"

"你先去结账吧。"葛双朝毛大德挥了挥手。

毛大德点点头，走出去结账。葛双和马桑赶紧一左一右挟着苏小颖往外面走。另一个男人拦住她们。他说：“我兄弟让你们等一下。他去帮你们结账了。”

"屋子里很闷，我们去外面马路边等。她要下猪崽了。"

苏小颖从来没喝过这么多酒，而且还是杂着喝，很要命。她确实是一副要呕吐的样子。酒后呕吐，俚城人称为"下猪崽"，不知谁最先说起，有着什么样的掌故，反正现在人人都那么说了。那个男人当然不好阻拦。

刚出去就碰到的士，葛双和马桑赶紧挟着苏小颖上了车，要司机赶快开。葛双跟司机说：“有几个狗东西想欺负我们，他妈的。快点开。”司机也很仗义，一脚踩大了油门，并愤慨地说：“那帮狗东西，要是我有枪,我就先打下他们的狗鞭,再打破他们的狗头。"葛双和马桑扭头看见没人跟来,抽风似的笑开了。

葛双笑完的时候,脑袋里突然蹭出一个想法,令她自己激灵灵抖了一下,但马上就过去了。

毛大德和他那个朋友反应过来,跑到门外,那辆的士已经窜出去半里远。毛大德不好开着车追,只好骂几句娘,朝地上吐两口唾沫。

到了地方,马桑帮着葛双把苏小颖扶到楼上。不喝酒时她体态轻盈,喝了酒像个秤砣。出来,葛双还想去兰茗苑坐一阵。现在,她老觉得自己像个劳模,像个三八红旗手。马桑觉得头晕目眩,说不去了,要回住处。葛双见马桑憔悴的样子,也是不放心,又陪着马桑往那边走。马桑还在路边摊随便买些吃食,她想起豺狗子还在屋子里等着她。豺狗子成天不出门,吃的东西都要她带着。

马桑回到住的地方,把吃食往桌上一搁就往里间走,她确实很晕。而豺狗子在外间打电子游戏,任天堂低位游戏,《超级玛丽》,二十年前这款游戏曾风靡大街小巷。游戏卡是豺狗子在街边捡到的,为了不白捡,他又花38块钱去地摊淘来一台单手柄游戏机。他打开饭盒吃里面的炒宽粉,很油,很多辣椒。葛双坐下来看着豺狗子饿死鬼投胎的样子,他脸上下巴颏笨重,吃东西像提线木偶啮动着夸张的嘴。她不知道自己为什么当初喜欢过这个人,现在其实还是喜欢着。

"吃完了吗?跟我走一走。"

"为什么要跟你走?"他手又摸在了游戏手柄上。

"因为今天我过生日。"

"你不会每天都过生日吧?有时候心情好,喝多了酒兴奋起来,也不一定就是过生日,对吗?"

"……你妈当初是不是每一天都在生你?"

豽狗子陪着葛双走在路上，路上空空荡荡，游荡着几个醉鬼，几个架在小推车上的夜市摊，摊主随时准备推车离开，躲避醉鬼闹事。到了又一家宾馆楼下，葛双对豽狗说："上去。"

豽狗子警惕地说："你好像不住这里。"

"你也太自以为是了，好像我随时都打你主意，想骗你失身。你是不是药劲太猛，成天都飘飘欲仙？"她又小声嘟哝，"人不像人鬼不像鬼的，还他妈自恋。"

"你到底要怎么样？"

"跟我走，我要让你看个东西。"

上楼的时候，葛双才意识到，打的时冒出来的念头，竟然已经牢固起来。这是被苏小颖说的那些话激起来的。趁着酒劲，葛双觉得自己这个想法也没什么错。她没想到生日之夜，自己心里的主旋律竟然是委屈。以前读书时，和苏小颖住一间屋子里，她其实也经常觉得自己是个丫鬟。她晃了晃脑袋，问问自己是不是因为酒失去了正常的判断。楼道里的灯昏黄着，葛双没意识到自己一边走一边歪着嘴不停地笑。她在对自己说，干了也就干了，有什么好怕的？酒醒以后我可以把事情赖给酒醉。豽狗子看见了葛双那种坏笑。一路上，他有点好奇，不知自己为何一直对葛双打不起兴趣。其实她长得不错，但是，总让人觉得有哪个地方实在不对劲。

葛双用门卡轻轻刷开了门，里面还亮着灯，伴着灯光，是苏小颖轻若蚊蚋的呼噜声。她把豽狗子拽进去，指了指里面，说："你进去看看。"

苏小颖是趴着睡，豽狗子走进去弯下腰来，才从那挤轧变形的一侧脸廓认出来，就是被抓那晚在迪吧里看到的美女。他清晰记得，之所以印象深刻，是因为当时发现她和葛双在一起。这使他心里起了疑问：难道这个女的，也是在兰茗苑里面做生意的？看着她的模样以及穿着，实在不像，但她确实和葛双待在一起。葛双除了兰茗苑的姊妹，没有别的朋友或者玩伴。当时，这种疑惑像块阴影在豺狗子心头迅速扩散着，所以走了过去，近距离看看苏小颖，心里得来一股锐痛。那一刻他回忆起来，早两年，马桑忽然就去做了小姐。他听说这事前去干预的时候，马桑已经铁了心要卖自己的肉，还担心时不我待，只争朝夕地赚钱。家族那种病在前面不远的地方窥视着马桑，对此她没抱什么侥幸心理。这些年来，马桑就没碰过什么侥幸的事。当晚，豺狗子忍不住还打了葛双的电话，听葛双的语气那女孩好像并不是兰茗苑的妹子，豺狗子这才稍稍放下心来。后来他听马桑说过，葛双来了一个老同学，省城过来的。

现在，那个令自己一眼难忘的妹子就躺在眼前。她趴着睡，只露出脸的一侧，显然是被人灌醉了。他看看葛双，她站在门框处，手绞起来，脸上挂着笑。

"她怎么啦？"

"别装糊涂，你想怎么样就怎么样，想给多少就给多少。她那么漂亮，能让你飘飘欲仙，但实在不贵。"

"为什么要这样？"

"我喜欢过你，知道你不喜欢我。那没关系，你喜欢什么我就给你什么。那天晚上，我看见你眼睛盯在她脸上就舍不得扭头。"

"你真是一位充满爱心的女人。"豺狗又张开黑洞洞的嘴笑起来，像刚吃了死孩子，心满意足。葛双知道会是这样，既然是只豺狗，哪有不吃肉的道理？……要是把苏小颖比作是肉，那是一块什么样的肉呢？天鹅肉？我自己是什么肉？葛双鼻腔有些泛酸。

豺狗子往前欺了两步，拽着葛双的胳膊，把她拉到外间，忽然注意到她的脸,并且说:"咦,你脸上飞得有灰。"

"哪里?死狗子,不晓得帮我揩一下。"她把一张脸盘像旗帜一样扬起来,递到他眼前。当她的脸处在了一个非常合适的位置,他就扬起手准确无误地刮了她一耳光。她有点呆,满眼疑惑忘了把脸藏起来,于是他得以顺顺当当地刮了她第二个耳光。咣,第二个耳光刮出了丰满的声音。

"你狗日的打我?"

"嘘,轻点。"豺狗子更加心满意足,微笑地说,"我觉得我有点打轻了。葛双,她是你的同学,从省城跑来看你。你呢?你把她灌醉了,然后……"

她吐了一口唾沫扑了过来,要抓豺狗子的脸。他只好扭往她的手,反剪起来,把她轻轻地摁倒在沙发上。沙发是假皮的,很丰满富有弹性,上面汇集了很多客人臀部的气味。

"快把我放开!"

"你竟然还能说话。"豺狗子一手捏住葛双的后脖子,挪了挪,葛双一张嘴死死地抵在沙发皮上,说不出话来。过得几分钟,豺狗子才把她的脸弄出来,问她:"你服不服? Yes or no?"

葛双艰难地点点头,她点头的时候,一侧耳廓在沙发皮上擦出沙沙的响声。

"这就对了嘛。"

豺狗子放开葛双,葛双理理头发,在嘴巴亲过的地方坐好,不敢再闹。豺狗子也坐了下来。

"我早就看出来,你阴狠。但以前没想到,你简直不是人!"豺狗子得来掌控全局的快感,他一边说一边跷起二郎腿,还拿手指戳向葛双。

葛双仍然是笑:"豺狗子,一只狗看得出谁是人谁不是人?"

"就算我们都不是人……这件事,为什么要我来干?是不是想到我吸粉,身上肯定有病?你把我当成细菌武器了是吧?"

"豺狗子我是为你好,你这辈子吃多屎了,让你吃回肉。你不要就滚。"

"我不能走,我要在这里看你到底还能干出什么事。你眼睛一眨一个鬼主意,让人防不胜防。"豺狗子掏出一包软包的大前门,又说,"我没看错,一开始我就跟马桑说,你眉目阴青,脸相不正。"

"真没想到你还会看相。算算你哪天被警察抓?"

"反正我不能走,她醒来以前,我管定这事了。你知道,我要管定的事情,一般别人拦不住。"

"你真自信,我摁个110,怕你就落荒而逃了。"

"你不妨试试。你要摁三下,我只要摁一下就够了。"

豺狗子不走,葛双当然也不走,她也在沙发上坐下,两个人呈僵持的状态。那烟劲头足,醒神,把即将冒出来的哈欠一个一个又摁了回去。两人你一支我一支地抽着,烟抽空了以后,葛双很快支撑不住,挪几步坐到豺狗子身边,头软耷耷地搁在他肩上。他没有推开她,也没有搂住她,两人就这么坐着。她小睡了一会儿,醒来,残留的酒精像夜雾一样散去,她开始嘤嘤地哭泣,她哭的时候故意压低,怕惊醒里面的苏小颖,哭声阴沉沉的,豺狗子只好时不时紧了紧衣服。

苏小颖醒来,发现天色很好。一团一团阳光从窗帘缝隙中滚进来。她走到外间,那里空空荡荡,没有人。桌上烟缸里盛满了烟蒂。她看着烟蒂,知道是葛双抽的,这才隐隐记得昨天酒后说了不该说的话,具体是什么话,却又记得不甚分明。苏小颖坐下来,害怕地回忆着,每当快要记起来，又赶紧打住。

她还是记起自己递了一把钱过去，被葛兰一巴掌打散。她扯着头发，后悔昨晚喝酒太多，酒后失言。她坐了一会儿，主动打给郑来庆，问他现在能不能过来接他。郑来庆当然是说没有问题，他仍然在休工伤假。他感谢这次工伤，和那个虎背熊腰却老是声称有人要强奸自己的文妹子。他也有点遗憾，苏小颖待不了几天又要走了。他知道自己不是毛大德，毛大德还有他那一帮天天聚一起喝酒的兄弟，总能轻易地，迅雷不及掩耳地搞定一个陌生女人。他不知道那些人哪来的这一手本事，说不定是从娘胎里带来的。

郑来庆知道，人各有所长，诸如混关系、赚钞票、当老大、飙快车、把暗庄，还有搞女人，这些能力在男人身上都不会是等量齐观，没这些本事，只好耷着脑袋暗自想一想。

苏小颖住的那个宾馆到了，突兀地出现在眼前。他搞不清楚她怎么挑这样一家店子住下来。她已经打扮妥当，挎着手袋走出来。今天她戴着墨镜，走出来时看看天，再看看他。在此以前，他认识的女人没有戴墨镜的。所以，他感觉她总是能带来新鲜的感受。

她上了车，他打个道继续开，走了不远，她透过墨镜看见市场里晃荡着一张似曾相识的脸。她叫他停下车。

"你看那个，是不是你要找的那个妹子？"

他顺着她的指向看去，文妹子果然又出现在这个农贸市场，但不是在以前卖酸豇豆那个摊位，移了个地方，拿着一盏煤油喷灯帮人烧羊蹄。他说："是，就是她。"他准备打开车门下去，她却制止住了他。

"你看，是不是我先下去稳住她？要不然，换你过去，她用喷灯喷你，把你当成一只猪蹄，你看怎么办？"

"呃，我是没有猪蹄耐烧。"郑来庆脸皮子一阵抽搐，仿佛那火舌已经舔到了脸颊。

她打开门下去,往那边走。她完全不像一个买菜的妇女,高跟鞋一路橐橐橐地踩出声音。郑来庆静静地待在车里,看着苏小颖走近文妹子,并且交谈。他听不见她说些什么,只看见文妹子频频点头。文妹子已经烧好成百上千只羊蹄,几乎起身要走了,忽然一个中年男人扔过来一只猪蹄,要文妹子帮着烧毛。烧一整只猪蹄文妹子能赚三四块钱,她当然不肯打脱生意。文妹子叫苏小颖等一等。苏小颖就闪到一边,摸出手机打起电话。文妹子真是干一行爱一行,她仔仔细细地烧着猪蹄,烧透了以后,还像洗脚城的妹子一样反复搓洗着趾间的空隙。

苏小颖说:"办妥了,我叫她上门去烧蹄子,我说我家空运来几只非洲野味的蹄子,太重搬不过来,烧一只虎蹄狮蹄给她五十块钱,烧一只象蹄给她一百块钱。她听见象蹄要我加五块钱,我就说加八块钱。我第一次骗人。"

"你不骗人可惜了。我去找个地方,等下发到你的手机上,一会儿,你打车带她来这个地址。她认得我,我先走。"

"我过一会来,她说还要去拎一桶煤油。她不知道大象的蹄有多大。"

"为什么肯这么帮忙?"郑来庆忽然有些感动。

"投桃报李。你陪了我这么几天,我也帮你害害人。她和她妈打伤了你,我也用不着对她太客气。而且,这妹子看上去像是从摔跤队跑出来的,我倒想看看你们怎么才能制服她。"

郑来庆先把车开走,并打电话给毛大德,告诉他文妹子不能强攻,只能计赚,并要毛大德安排一个地方。毛大德正在自家院里招呼几个兄弟喝中午酒,他想都没想就说:"还要安排什么地方?直接请到我家里来，清水街47号，车可以直接开到我家门口。"

文妹子拎着不小的一桶煤油，拿着喷灯跟着苏小颖上了的士。苏小颖的手机上已经有了地址，她照着说。司机顺着路进去，苏小颖就拿着眼睛找门牌。门牌很乱，前后不搭，司机把车穿通了街，苏小颖要他打道往回走，文妹子仍然没有察觉到异常。她老在问大象的蹄子有多大。苏小颖就只好拿着手凌空比划。

门是虚掩的，苏小颖看看门牌上的数字，确定了，才推门进去。毛大德在屋子里，院子里是他几个弟兄，他们负责阻止文妹子再次逃窜。苏小颖把文妹子带过去，很熟稔地冲一个陌生人说："老李，你带她去烧蹄子，我还要出去一趟。"

那个被称为老李的人就爽朗地答应了一声。

苏小颖走出来，就给郑来庆打电话，问他在哪里。她的声音有点亢奋，她不知道今天怎么就干下这么一桩缺德事，而且自己一点也不后悔。

在毛大德的院子里，文妹子被几个男人围住，毛大德则像一个黑老大似的从屋子里走出来。他批评文妹子说："文妹子，你不应该啊，我费了那么大的工夫为你主持公道，你自己却躲在一边烧猪蹄。虽然为人民服务只有分工不同不论高低贵贱，但是你烧猪蹄耽误了我打官司，这是一种得不偿失的行为。你应该意识到问题的严重性。"

文妹子见到毛大德，知道自己被骗，浑身上下哆嗦了一遍以后，索性拧开喷灯，让火苗喷出来两尺多长，一圈一圈地挥舞起来，别的人一时近不了身。此外，文妹子另一手举起煤油壶，一口就咬下壶嘴，仿佛像个英勇的战士。她作势要往这些男人身上泼煤油，那几个男人赶紧往后退开几步。文妹子就把煤油泼在了毛大德的院子里，还有那些花花草草上面。那些花花草草都是名贵品种，毛大德三百块钱一株

163

五百块钱一蒐聚起来的。

"毛律师，我看你最好是放我出去。"

"要是我留下来跟你说说话呢？"

"那我就先烧一堆火。毛经理，你家院子里柴真多。"

"好的好的……不好不好。不要乱来啊，我算怕你了。真见鬼，竟然有人强奸你，现在我也不信了。我看，就算泰森他老人家憋上十天半个月，站在你面前也未必雄得起来。"

毛大德很晦气，他这时对文妹子已经不感兴趣，钟老师那边的钱敲不到手，真去打官司也未必讨得到便宜。现在，他的一门心思放在了刚才那个一闪而过的女人身上。他已经第三次见到她了，印象深刻得很。她跟郑来庆有什么关系？毛大德心想，她竟然和郑来庆都发生了关系？为什么和我发生不了关系？如果她和我没有缘分，哪会撞上三次，而且这次还是她阴差阳错走进我的屋里？

毛大德家里的大门上安着玻璃，转到适当的角度可以当镜子用一用。刚才，他走出来准备批评文妹子的时候，还没忘了用门框的玻璃照了照自己。

文妹子一手拿喷灯一手举着油壶，这时很像个勇士，要是长得漂亮一点秀气一点，那更显英姿。毛大德懒得和这个女人纠缠下去，做了一单亏本生意，只好自认倒霉。他挥挥手，说："好的，我本来要主持公道，看样子你却是喜欢被人强奸。那我也只好由你去了。"

毛大德的几个弟兄又往后退了两步，让文妹子从容地走出这个院子。文妹子本来拧开了门，又退了回来。她手一摊，跟毛大德说："毛老板，误工费我看也就算了，但你要把煤油钱补给我！"

苏小颖走出来，郑来庆把车开到一个地方接她。她的心情随即又黯然下来，刚才的乐趣没能持续多久。她哪也不想去，叫郑来庆找个茶馆,开个卡座坐里面上网聊天。

"茶馆经常能碰到熟人。"他说。

"你怕什么?难道我见不得人?他们要问,你就说我是你女朋友好了。"

郑来庆心头一热,就带她去平时熟人最多的那家五月花咖啡厅,但是没碰到人。进了卡座,把帘布一扯,苏小颖就坐下来上网。郑来庆安静守在一旁,摆出伺候人的模样,随时听她的吩咐。他侧面看着她,觉得美女反而没有想象中那么高不可攀,经常却是丑女多作怪。

她身上的气味当然很好,他用力地吸了一阵,也有飘飘然的感觉。他很想将手搭在她肩上。

她打开QQ,却不是找人聊天,而是翻看葛双的网络相册。葛双的QQ相册里装着十几组照片,她一一翻看着。有几组,是葛双和兰茗苑的姊妹们外出旅游。看得出来,都是短途的旅游,照片上的地形地貌都和佴城大同小异。葛双和她的姊妹们在那些所谓景点的地方放肆地拍照,穿民族服装,穿古代服装,穿国民党美式装备的女特务装,然后摆出各种让人喷饭的动作。比如,她们穿成女特务的模样,拿着假枪相互瞄准,一只脚还要翘起来老高,仿佛是芭蕾舞剧《红色娘子军》里的截图。另一张照片里,一个妹子伏地乞怜,葛双拿枪比着她脑袋还不过瘾,一只脚实实在在地踏在那妹子后臀上。再往下翻一张,情形又换了过来,那妹子耀武扬威,反过来踩踏着趴在地上的葛双……不管摆出什么样的动作,她们脸上永远都是"到此一游"的表情,焦点渺渺,心不在焉。还有几组照片是喝酒时照的,她们姊妹喝酒,总是喝高。按着顺序翻那一组组的照片,可以看见她们一次次从清醒到微醺到半醉到酩酊大醉的过程,翻到每组照片后面的几张,往往有个把妹子面露哭相,而别的妹子则笑得更是起劲。还有一组照片,是她们在合租的宿舍里玩时装秀,毛巾枕巾全都派上了用场……

苏小颖要郑来庆挨过来一起看照片。郑来庆看着这些照片,大概知道那些妹子是干什么的。这些照片技术不行,看得他索然无味,又不好移开目光。看着看着,他注意到她啜泣起来。

"怎么啦?这个是你的姊妹?"他指着照片上出现频率最高的妹子。

她点点头。

"我看她们都是蛮开心的样子,你哭什么哭?"

"我不知道。也许是,她们一有机会就拼命让自己开心,让自己显得开心,所以我难过。"她关掉相册,身子往后一靠,说起自己和葛双的交往,从高中一直说到现在,说到昨天晚上。

"……当时我醉了,很寂寞,害怕一个人回去睡觉。我又不能把电话打给你让你来陪,你毕竟不是百分百地安全,对吗?所以我要她陪我。她要去赚钱,我就,我就给她钱……"

"那时你真是糊涂了,这相当于在她脸上打了一下,甚至当着别人扒了她的衣服。她肯定是……不太高兴。"

"岂止是不太高兴,简直就是很不高兴。她一巴掌就把我递过去的钱打散了,全都掉在地上。"

"你伤着了她。要是换是我,我也会这样。"

苏小颖点点头,又说:"是,我伤着了她。那你说,我应该怎么弥补?"

郑来庆答不上来,他很想睿智地给她一个答案,越有这种心思脑袋里就越是空白一片。

过一会她转过脸来,很认真地问:"你真的嫖过吗?"她以前问了一次,那次他的回答很油。

"没有,我哪会……"

他心虚，其实他嫖过一次。这也跟毛大德有关。那晚上毛大德喝了很多酒去找妹子，妹子找来他身体迟迟没有反应，而妹子不愿意善罢甘休，伸手要钱。她认为毛大德身体没有反应不是她的过错。要拿不到钱，该妹子威胁说，她会打开窗户朝外面马路喊：大家都来看哪，这里有人嫖娼不给钱！毛大德进退不得，就打电话命令郑来庆过来替自己，而他则搬一张椅子在一边安闲地看。

天黑了，要走的时候，她忽然跟他说："抱抱我。"他就抱着她。过一会她说好了，他就把手放开。她偏着脑袋想了想，说："呃，你说的话，还能信。"

"怎么搞的，白天打你电话老打不通。"

"打了吗？"

"当然打了，这还用得着骗人？"

苏小颖掏出自己的手机，打开一看，没有未接电话的记录。"什么时候打的？""下午两点多就打过，三四点也打。"苏小颖记起那段时间自己是和郑来庆在咖啡馆的卡座里面。难道里面竟然没有信号？

这并不重要，苏小颖看着葛双的表情，暗自放下心来。在葛双的脸上，什么多余的表情也没有，好像昨晚彼此根本不曾难堪过。或者，她已经没把这事情放在心上了？苏小颖暗笑自己多心，同时也相信葛双的皮实。这么多年，屈辱的事她见得多了，要是都放在心里不及予以排解，她准会疯掉。

苏小颖情不自禁靠葛双近一点，握住她的手。葛双仿佛会意，迎合，将苏小颖的手进一步握紧。手这东西，有时候会比嘴巴和舌头管用。两人的手焐热了，葛双问："这几天，你到底是和谁泡在一起？"

"这个你别问了，一个朋友，网上认识的。"

"男的？"葛双关切地说，"反正，你要小心点，你来我这里，要是出了什么事你叫我怎么安得了心？"

"他是个老实人。"苏小颖开心地笑了。此时她脑袋里浮现出郑来庆一系列的举动，这些举动构成一道完整的证据链，足以证明他是怎么样的一个人。

"难道他对你没有那些想法？你知道吗？你很漂亮，男人看见你就像看见一块肥肉。"

"难道我像一块肥肉？"

"别打岔，我只是打个比喻，你又不是听不出来。"葛双摆出老大姐的模样，还在苏小颖的脑门子上搵了一下。苏小颖这时也乖巧地傻笑一下，表示领情。

"我就怕他不打我主意，老实人其实还是有的。……有时候，我还希望他不要那么老实，要不然，我会觉察不到自己还是个女人。"

"你怎么搞的，竟然讲得出这种骚话。"

"我今天还勾引他了……"

"你真是不知道好歹，不知道男人个个水深。……你勾引他，他有什么样的反应？"葛双忍不住好奇了。

"你说他会有怎么样的反应？"

葛双不愿意猜，她意识到刚才自己的好奇并不好，她觉得自己应在她面前摆出对万事漠然的样子。她走过去拧开电视，很快，又是《佴城新闻》。她下意识地要搜看这个节目，不知道是哪时候养成的。毕竟，狗观众当初对她有所表示，曾强烈地满足了她的虚荣心。而对狗观众的拒绝，又使得她在兰茗苑一群妹子中间的声望空前高涨起来。

此刻，电视里是别的一些垃圾购物节目，男女主持人用夸张的表情和声音推销着某种增进男人性功能的产品，还有名人若干在节目里造势。其中某位声称自己性功能最近有了大幅度提高,身体仿佛重返二三十岁状态。事实上,此名人半月前已经猝死,网络里铺天盖地地对他的死提出猜想,死后遗产的分割进一步成为焦点新闻。其人已死,此时电视广里,他音容宛在。

苏小颖又说:"他经不起勾引,我稍微有所表示,他就露出了本性,按捺不住,欲火中烧,扑了过来。"

"啊?"

看着葛双瞪大的眼睛,苏小颖又扑哧地一笑。她想象着郑来庆真的摆出自己所描述的这种模样,又会是怎样?难以想象,郑来庆和她的描述相去甚远,但现在这么瞎编,苏小颖大过嘴瘾。白天涮文妹子的时候,她还只是小过嘴瘾。

"我抽了他一耳光,他就缩头缩脑了。"苏小颖说,"我又告诉他,现在不行,我没心情。"

"你怎么能,这么说呢?"

"所以我说,等我有心情的时候,你就要准备掏钱。因为我和他之间不存在什么感情,当然不是有什么感情,所以,必须拿钱来解决问题。"苏小颖这么说的时候,才意识到自己对郑来庆竟然很有好感。两人毕竟相处了几天,一个男人一个女人,一个未娶一个未嫁,凑在一起几天的时间,感情肯定跟马路上那些陌生人之间不一样。

"你疯了?……他又怎么说的?"

"男人都很虚伪,所以他假装吓了一跳。"

"小颖,你不要昏头。这些话,你在房间里跟我说说没关系。你离开俰城之前,别惹出什么事情,更不要被哪个男的欺负了。"

"我的事,我心里有数。"

《俰城新闻》按时播出了,播音员换成一个中年妇女,她字正腔圆，形象标正，不难看出二十年前一朵花，追她的人肯定排到马路拐角。葛双知道，狗观众肯定被弃用了。电视台的台长肯定早就憋着一口恶气，狗观众的播音风格令台长也被伄城人戳透脊骨骂透心。

葛双像是忽而想到什么，扭过头盯着苏小颖："你不会是，被那天那个碟子教唆了吧？你是不是想安慰我，然后友情客串，卖一回自己的肉？"

"友情客串？"苏小颖乐了，"你居然把这个词用上了，香港电影看多了，友情客串真的是最莫名其妙的一个词。"

"别答非所问。"

"葛双，你知道吗，你是我最好的朋友。以前是，现在也是。"她再一次地把手递了过来。葛双当然也只得接住。两只手都很小，柔滑，偏要拼命地用力地握在一起，让手背的青筋隐隐暴露出来。

葛双从宾馆走出来，走在弥漫着火锅底料气味的街子上，掏出手机给毛大德打了电话。刚才苏小颖的一番话令她更加不快，她知道，苏小颖这几天明明是和某个男人交往得火热，甚至有了说不清道不明的感情，却还偏偏说这些话来蒙自己。明明是与恋人或者准恋人情不自禁上的床，却要骗人家说她是在卖淫。葛双不停地朝地上吐唾沫。她已经知道，这几天和苏小颖打得火热的那个男人叫郑来庆，是个穷光蛋。

下午，毛大德来兰茗苑找到葛双。毛大德走进大厅看见葛双在打牌，就指着她要她跟自己进K歌房。葛双说自己不舒服要出去买药，要毛大德另外找一个妹子陪。毛大德笑一笑，跟着葛双往外走。外面，那几个弟兄都还在，他们中午时候拦不住文妹子，现在，在兰茗苑外面的弄子里把葛双堵死了。葛双手上没有喷灯和煤油，身坯子也不足文妹子的1/2。

"你要怎么样?"

"我这个人吃得亏,不是因为那晚上的事情找你麻烦。"毛大德还算客气地把葛兰请上车,摆出一副打商量的态度。他告诉葛兰,那个妹子和自己手下一个人待在一起,可能是一对恋人。葛兰告诉毛大德:"她叫苏小颖。"

"呃,这名字蛮好。"毛大德发现这妹子的嘴巴这时变得很容易撬开。

"你到底要我干什么?"

"你告诉我,苏小颖和我手下那个郑来庆到底是什么关系?"

"我也不知道,我要去问问。他们有什么关系,跟你又有什么关系?"

"我只是好奇,为什么我好不容易看上一个妹子,竟然和我手底下一个穷光蛋搞在一起。我感到一阵揪心的痛。"

葛双呵呵哈哈地笑起来,几乎笑出了眼泪。她看着毛大德认真的神情,仿佛是动了感情。大多数人动感情的样子都那么的美好,但偏就有某些人,动感情的样子也是他这辈子最令人恶心的样子。于是她说:"好,我去帮你打听打听,看看能问出什么样的好事来。"

现在,在街弄子一处僻静的拐角,葛双打通了毛大德的电话,她告诉他,苏小颖和郑来庆以前是网友,并不是什么恋人,但这几天相处,也许又产生了些好感。这也是拦不住的事。葛兰还说:"据我估计,到现在为止两人还没有上床,但接下来的几天,就说不清楚了。"

电话那头陷入沉默。葛双嘴一歪,不失时机地问:"亲爱的,你是不是又感到一阵揪心的痛?"

两天后苏小颖订好了返程的火车票,次日中午的火车。她待在佃城只剩下最后一天。下午,她哪儿也不去,坐在这个已经变得熟悉的套间,静静地发着呆。窗外阳光依然很好,大片大片地往屋子里涌来,目光触及之处,全是毛茸茸的光晕。冬天快来了,所有的暖光似乎进行着最后的清仓处理。

她终于打了郑来庆的电话,要他带一瓶红酒,买两只考究的杯子。打过电话,她心头仍在迟疑:我是怎么了?照照镜子,脸上却是浅浅的微笑。

郑来庆挂了电话,毛大德就在他身边。

"她已经打电话约你了?"

"呃,是的。"

"真不知是你嫖她还是她嫖你。她打个电话,你送货上门。"

郑来庆不吭声,他心子一阵锐痛。毛大德把一袋药粉递给郑来庆。毛大德对这些药很感兴趣:让女人发骚的,让女人昏睡不醒的,还有让女人欲罢不能爱上施药的男人的……网络上有这些药的信息在发布,他总是抱着宁可信其有的心态,打款去购买。让女人欲罢不能地爱上一个男人,当然是药力难为,但催情药和蒙汗药,他试过了,效果实打实地摆在那里。他把那种催情药拌在狗食里,那只公板凳狗就竟然蹦蹦跳跳地骚扰那只母狼狗,而且第二天走路软脚,像是得了小儿麻痹症。

这包药粉是将催情药和蒙汗药混在了一起,会发生什么样的反应,毛大德搞不清楚,所以拭目以待。

郑来庆没告诉毛大德,苏小颖还叫自己带一瓶酒去她那里。如果他说出此事,毛大德肯定要亲手将药粉添加在酒里。如果他不给解药,自己只好和苏小颖一起不省人事。

这两天来,郑来庆一颗脑袋一直是蒙懂着的。他欠了毛大德几千块钱。前两天,毛大德找到他,要他照自己的意思去做,并说这事情办妥了,旧账一笔勾销。当时郑来庆没有答应,毛大德就抽了他几个耳光。郑来庆很奇怪,都是老同学了,怎么还能抽耳光呢?毛大德笑吟吟地抽出几千块钱,递到他手里,掰开他手指要他把钱捏紧。

"打你是要让你清醒。打你一个耳光补你千把块钱。要是你不要钱,就从我脸上抽回来。你要想明白。很多事情你总是分不清轻重缓急,所以混到这一把年龄还是这副卵样子。"毛大德当天凑着郑来庆的耳朵又说,"把她弄翻了,我先上,之后你要怎么办就是你的事。要是你做了,她醒来,肯定以为只是你跟她的事。你看,我总是把事情想得万全,你一点都不要担心。"

郑来庆往宾馆去,毛大德就去找葛双,把她邀出来,坐在车里。他也可以不邀她,但是他还是邀了,看见这个王婆坐在自己身边,平添一份成就感。

"你为什么会帮我这个忙?我心里一直感到奇怪。那天晚上你们甩掉我打车跑掉,我反而觉得正常。……她以前是你最好的朋友?"毛大德就喜欢捡了便宜说几句风凉话。他悠闲地看着葛双,觉得这个妹子其实也不错,以后可以照顾照顾她的生意。他甚至伸手捏着她的下巴,仔细打量了几眼。

葛双拍开毛大德的手,说:"没什么。她要安慰我,装模作样地要把自己卖一次。她要不说这话还好,但是她要敷衍我,我就打算将计就计。她要友情客串演假戏,我就打打假,让她假戏真做。"

"照你这么一说,仿佛我都是你手里一着棋。说实话……我有点鄙视你。"

葛双笑得发抖,她说:"说实话,你是我这一辈子最崇拜的人。"

天一点一点地黑下来,七点多钟,兰溪街街面上的夜市摊子支撑了起来,灯一片一片地亮起来。毛大德盯着手机,手机安安静静,葛双的手机却响了起来。她拿出来一看,竟然是狗观众。她有点不高兴,心想这孩子这时候冒出来捣什么乱啊?她还是接了。狗观众说他想她了,他在远景酒店等她。远景酒店并不远,出两条街子就到了,狗观众每次找葛双都是去那里。这一带郊区,只有那家酒店还显得有档次,有门童站门。虽然那个门童看上去和狗观众一样白痴,好歹还算是有一个。

"不行,我现在正忙,没空。我先叫一个姊妹陪陪你。你爸倒台了,你手里那些冤枉钱早点花掉,早花掉早安心。我这个姊妹家里有困难,你能给多给点。要是你听我的话,我高兴了,再过来让你开心。"葛双一面哄着狗观众,一面想起了马桑。马桑这几天喘得厉害。狗观众果然不敢不听话,他答应帮忙,并问葛双忙完了以后过不过去。

"当然过去。乖,你只要听话,今天晚上我会宠坏你的。"

她挂了电话,毛大德一脸的稀奇。他说:"我的天,你还有个孩子?"

"当然,哪像你,一看就是一副断子绝孙的样子。"

她要毛大德把车往前开,再拐个弯,去到马桑租住的地方。马桑一般八九点钟才去兰茗苑,这时候肯定还在家里。毛大德照办,把葛双送到她要去的地方。葛双走进去,豺狗子仍然在打游戏,马桑坐在床沿,一脸病态。

"能走吗?有一单生意,你不做都可以,陪陪人家。我叫他多给你一点。"

"有这么好的事?"

"就是狗观众。你先去陪他说说话,像哄崽一样哄一哄他。他心情不好。你陪他几个小时,我忙完了再去替你。"

马桑当然愿意接这样的生意,她也知道狗观众是个好对付的顾客,葛双诚心帮忙,她当然领情。葛双带马桑走出门,毛大德的车就停在外面。葛双让毛大德开车去远景酒店,毛大德认得这个妹子那天和葛双一起放了自己鸽子,嘟囔了一句,把车开走。

豹狗子把那车瞥了一眼,关上门继续游戏。

派出所的人已经埋伏在远景酒店里面,等着抓狗观众嫖娼的现形。上面有指令,刘副市长被拘了以后,他的亲属也进入监控范围。他们看见两个女人走进来,径直去到狗观众订的房间。警察就笑开了,说这个狗观众还有心情玩双飞。但转眼的工夫一个妹子又出来了。

年轻的警察问何所长:"这个妹子难道是当妈妈的?未必太年轻了吧?"

何所长认得葛双。这个妹子有点不懂规矩,有时候马路上碰面了,竟然还冲自己打招呼,何所长何所长喊得几多亲切。何所长不喜欢不懂规矩的妹子,他挥了挥手,示意年轻的警察去跟一跟葛双。"反正这里人手足够了。你跟一跟她,看看有什么情况。反正今天晚上抓嫖,一个是抓两个也是抓嘛。要是她也去做生意,那我们就多罚几个钱喝喝酒。"

年轻的警察得令,一蹦三跳地跟了出去。在酒店里蹲守是闷人的事情。从后面跟着一个扭着腰肢的女人,毕竟多有几分生趣。

狗观众喝多了酒,他感到无比寂寞以及空虚。马桑走进来,他一双醉眼把她看得格外漂亮。他掏出一把钱撂在床上,要她脱衣。马桑呢也就脱。警察过不了多久就闯了进来,他们心满意足地抓到了现形。

苏小颖和郑来庆在屋子里喝酒。苏小颖把灯光调到适合的强度,倚靠着郑来庆的肩头说着话,慢慢地喝着杯里的红酒。每次只倒很少的一点,说一阵话,碰碰杯一口啜尽。郑来庆有些心不在焉,他时不时摸一摸衣袋,那包药粉静静地搁在里面。他发现今晚上苏小颖特别漂亮。她情绪渐高,脸上的绯红颜色一点点地稠起来。他心情却变得稀烂。

他站起来去到洗手间,把水龙头拧开,把药粉倒进了马桶,并冲走。走出来,他一身轻松。他对自己说:其他的事明天再去对付。他看着苏小颖,苏小颖正朝自己举杯,没等碰一碰又啜了一口。

葛双又回到了车上,毛大德烦躁地看着手机,郑来庆还没有发短信或者是打电话过来,他担心这小子靠不住。葛双则说:"毛老板,你不要急,毕竟她不是干这个的,有心理障碍,说不定在和那个傻瓜调情。"

"说不定,那个傻瓜找不到机会把药放到她的水杯里。"

两人这么一假设,又稍稍安下心来。

马桑被抓的事很快传到了兰茗苑。警察对马桑并不感兴趣,他们叫金姨过去捞人,这种业务联系,彼此已经有了很多回,轻车熟路。金姨接电话时还冲那边骂:"你们这次怎么搞的,有行动也不打打招呼?"说归说,她拿着钱包往派出所赶去。

红妹在牌桌边等位子,有谁下桌她要接上,但那四个妹子丝毫没有要下桌的迹象。红妹听说马桑被捉了,就扯脚往外跑。她觉得应该把这事情告诉豺狗子。她知道豺狗子这些天雷打不动地待在马桑租住的屋子里,一天三餐饭等着马桑带回来摆到他眼前。

豺狗子听说马桑被抓了,一股怒火往外冒。刚才他就奇怪,碰到一个有钱的客人,葛双何时拱手让给马桑?现在他断定,是葛双觉察到有什么地方不对劲,所以才拿生意当人情送给马桑。他后悔刚才没有阻止马桑出去。马桑这几天一直生着病。那天晚上的龌龊事,他也一直没有跟马桑说。豺狗子伸出手在自己脸上正反手来了两下,他骂自己怎么没有早提醒马桑,一定要防着葛双。

他带着一股怒气走了出去,本来想去兰茗苑,却在马路边看见刚才那辆三菱吉普。他冲过去朝里面张望,一扇车窗没有关紧,葛双正和一个男的坐在里面聊得起劲。他拍了拍窗,并朝里面说:"葛双,你给老子滚下来。"

葛双问:"豹狗子,瘾发了吧,冲人发什么狠?"

"你滚下来。"

葛双就拧开门走出去。毛大德见这个混混模样的男人来势汹汹,脑壳皮就痛起来。他管也不是不管也不是,不晓得如何收场。

年轻的警察一眼认出了豹狗子,正是几天前脱逃的粉哥,赶紧打了电话。他暗自得意,今晚上真是收获的时节,随便挑一个妹子跟一跟,都能跟出功劳。何所长的车正好在路上跑着,听年轻警察说有情况,闪个眼的工夫就把车开来。六七个警察很专业地呈扇形散开,将豹狗子、葛双以及毛大德紧紧围住。

豹狗子知道自己跑不了了,束手就擒。他指了指葛双和毛大德,跟何所长说:"他们两个跟我要货。"

"哦,是吗?"

"我算是倒霉,被这两个鸟人害了。要不然,何所长,你哪能这么轻易抓住我豹狗子。"豹狗子脸上颓丧,却在庆幸裤兜里塞着两个包子,每个包子里面只有几毫克粉末。这已经够了,他看见葛双和那个陌生男人的脸比自己更烂,充满了愤怒,他就心满意足。

"把他们带走。"何所长也心满意足地吆喝一声。毛大德挣扎着想争辩,衣服的后领子就被人揪住,脸上被人搞了一皮鞭,整个脑袋就耷了下去。

而宾馆四楼的这个套间,这一晚格外宁静。郑来庆和苏小颖在床上激情澎湃地弄了几个回合，觉得足够了，觉得饱了，就拧亮床头灯。时间还早，才九点多钟。

"亲爱的，我要付你多少钱？"郑来庆仍然依依不舍地抱着苏小颖，一边吻她一边想起来，她事先交代过，自己必须掏钱，因为两个人之间不存在什么狗屁倒灶的感情。

但是在她脸上，那密密麻麻的喜悦和疯狂过后的满足，又是什么？

她堵住他的嘴，说："不许说钱，再说钱你就给我一百万好了。"她想了想，又说，"给我个随身的小东西，让我以后记住你。"

他拿来衣服随意地一掏，掏出一只跳舞布偶。他晃晃脑袋才想起来，那天吃饭的时候毛大德把这个东西奖赏给自己，还说要定期检查，他才不敢随手扔掉。

"太好了，我也有一只这种布偶，拿回去以后，正好将它俩配对。"她继续着一脸感激的神情，将那个布偶小心翼翼地摆在床头柜上。

郑来庆走后，苏小颖拿起手机准备给葛双打电话。她本想告诉她，刚才自己赚了一千块钱。首战告捷，她一定要请她找个地方K一顿歌，然后再狠狠地吃一通夜宵。拨号的时候，她忽然又想：跟她说一千块是不是多了？葛双一晚上挣多少钱？要是我说得太多，会不会对她产生刺激？那就说六百好了，六百块钱，也够两人在歌厅里痛痛快快地疯几个小时了。

附 体

1

家庆那年去韦城,已二十一。他感觉兴奋,这是他头次独自远行。他看过一本小说叫《十八岁出门远行》,讲什么记不清了,他总是记不清。他头次出门远行,比小说里的人大三岁。相同的是那种兴奋,想象远方,总有不一样的事情等着自己。是坐火车,买硬座票,88块,是好数字。火车开进夜里,视野偶尔有灯火,有时候巨大的一片黑,里面夹杂一星灯火。他想,那盏灯下,是不是只有一个人住着?有时候眼角晃过一片城市,灯火辉煌,他心里会是一暖。

家庆把窗外的夜色,看了一整夜,巨大的黑,偶尔的灯火,就是全部真相。天已放亮,火车习惯性晚点,拖到中午才到站。没人接站,家庆记得换乘的公汽车次。229路车空空荡荡。时而,窗外一片碧绿,家庆以为是出了城市,到了农村,但转眼间又切换出一片崭新城市。一路都这样,韦城仿佛是个拼盘,城市与田野杂然铺陈其中。家庆感到一阵阵荒凉。

如同熟人们所说，家庆总是一脸很无辜的模样，读初中像小学生，读中专像初中生，现在二十一，看上去就像十四五岁，因为小鸡鸡刚长毛而不断害羞的男孩。其实，家庆已有一把经历。他十四岁去读技校，是父母的意思。他本想往上面读，高中毕业，考考大学。当时大学升学率不足十个点，说是千军万马过独木桥，更准确地说，有点像摸彩票。父母说，你成绩没有姐姐好，别到时两个人都考不起大学，都堆在家里，不好处理。于是姐姐读高中，家庆读中专。对于这些生命中重大的抉择，家庆选择沉默。他是想读大学。父亲跟他说，我有关系，技校毕业就去烟厂，早点上班早赚钱。俚城烟厂当时效益好，出产二十多种烟。主产一种女式雪茄，叫"乔治岛"，据说俄罗斯娘们最是喜欢，一天到晚挟着这细长麻杆的香烟，吧唧吧唧地喷。俚城烟厂日夜不停的机器，其实是在印卢布。厂方还计划生产适销对路产品，打入美国市场，印完卢布，再印一印美元，为国创汇。家庆听过这些传闻，挺当真，心里就想，分进烟厂倒是不坏。读书时候，烟厂子弟个个横着走路，斜眼看人，集体舞弊，打群架人聚得齐，放了学有统一接送的厂车。车身上，喷着毛体大字，"好好学习，天天向上"。几年后，姐姐大专都考不上，在家里哭好几天。伴着哭声，父母又行教导，你看你看，当年好玄嘛。家惠都考不上，你怎么考得上？姐姐高考落榜那年，家庆就从技校毕业，顺利分进烟厂。母亲本来还有担心，说分进烟厂，那指定抽烟。父亲说，不分进烟厂，难道就不抽烟？父亲天生用来说服母亲，母亲只好无奈地看一眼家庆。家庆进到烟厂，十七岁干上了副操作。十九岁，他又经历了声势浩大的下岗。县城效益最好的一个厂，县域经济支柱，说垮就垮。据说当时全省有八家烟厂，政策一变，只能保留两家。八个厂长去抽生死签，最后是最大两家烟厂抽到了。这真他妈像开玩笑，但又千真万确。下岗太早，家庆并不忧伤,心里还小有得意,自己只有二十一,倒有一把人生经历。他老是被人看不上眼,所以,内心向往着一份沧桑。其后的两年,也有烟厂一起混事的师父师兄,邀他一块往福建奔,进到那些埋在鱼塘下面的烟厂,工钱不会低。父亲不答应,说宁愿看你在家里荒废青春,也不让你帮人造假烟,谋财害命,祸国殃民。又说,鱼塘要是有漏眼,水往下灌,跑都跑不脱。家庆心想,这造假烟谋财害命,造真烟未必就益寿延年?纵有异议,表面还是服从。后有一个亲戚开饭馆,生意慢慢有起色,需要帮手。父亲打算让家庆去学掂勺。省内也有不错的厨校,但父亲找了韦城新实力厨校。在韦城,有家庆一个表哥。

在这个世界上,父亲相信血浓于水,有亲戚,好办事。

家庆几乎不怎么见过那个表哥,只一年,表哥回家结婚,他去吃过酒。记忆中,表哥个儿很高,表嫂是北方人,也很高,伥城几乎很少见到这么高的女人。结婚当时,表嫂又穿高跟鞋,身体一直打晃,表哥必须守在一旁,随时将她扶正。按当时伥城人古怪的审美趣味,作为新娘,表嫂两边脸颊还染有两团腮红,很红,很圆。唇膏的颜色要与腮红加以区分,更红,近乎紫。新人逐桌敬酒,穿着高跟鞋的表嫂摇摇晃晃地过来,甚至比表哥还略高,要在一米八五以上。个儿高的表嫂成为当天喜筵最大的看点,她走到每一桌,都会招致赞叹,这么高哇,赞松(表哥名叫夏赞松)真有福气。这是农村人的观点,找老婆要找个大高个儿的,可以和男人平肩挑重物,干活肯定也不赖。但这表嫂,走路都晃,要叫她干活可能勉为其难。这时家庆的父母在一旁窃窃私语,家庆听在耳里,又朝那表嫂看去一眼。无须费力,在整个喜筵大厅,表嫂都是最引人注目的存在,抬眼必然看见。多年以后家庆游台北,不管在哪个角落,抬眼看见 101 大楼,仍会想起表嫂。但是,当时家庆看着表嫂,两团画得很圆的腮红,发紫的嘴唇,不断晃动的身体，中式对襟的婚袍……他忽然想到电影里的僵尸。谁叫当时僵尸片正红得一塌糊涂，电视里也随时跑出僵尸，大都穿清代官袍，不好好走路，就喜欢蹦跳。家庆暗骂自己一句，你怎么能这么想，你对得起表哥表嫂的好日子吗？

表哥表嫂结婚那天，还有人议论，这两口子都这么高，叠在一起能顶穿屋顶，那他俩生小孩，会不会一生下来就有一米长？两个高个儿结婚，看点多多，婚还没结完，人们已经找出了下一个看点。

过一年，表嫂在韦城顺利产子。家庆不能亲临现场，只听大姨带来远方的消息，表哥想拿字辈给小孩取名，表嫂不同意，她怀孕期间，已想好一个名字，叫海程。家庆没忘了问大姨，海程生下来有多长？大姨说，四十八公分。

怎么只有四十八？

就四十八公分，怎么了？

我生下来都有五十三。家庆记得清楚，母亲总提起这事，家庆生下来又长又大，五十三公分，八斤半。每当别人提到家庆个矮，母亲就会用数据说话。

父亲岔进来说，生下来是长是短，能说明什么问题？你看没看过狗生崽？一窝狗崽好几只，最后生出那只往往最小，但长到后头，肯定是最大个儿的一只。

母亲说，你怎么能这么讲？

大姨就笑，说我家以前也养狗，是有这么回事。

家庆想着乱七八糟的往事，公汽猛烈一晃，停下，自动报站的女声说，"终点站机场镇到了"。表哥来接，脸上微笑高高挂起，隐藏不住一丝憔悴。家庆不记得多久没见他，有些生疏。表哥大家庆十七岁，一直被视为家里的骄傲。家庆还小，表哥便考上一家航校，以为是要当飞行员，在这小县城引发一场轰动，不啻于考取清华北大。航校毕业，表哥却被分配到韦城一家工厂，没厂名，只以数字编号，七七一厂，据说生产飞机零件，以及别的神秘军械。某年表哥写信回家，说军工企业要图生存，也产日常物件，新近试产一种压力锅，没有品牌，一如他们工厂，是用数字编号，质量却不是一般好。军工技术，在那年头几乎就是最大的保证，他可以代购。又说，这好事只限亲戚，一家只需买一只。若买两只，这辈子再不操心买压力锅的事，也是闷损人。

表哥接过家庆的行李，一只拉杆箱。他个儿高，手又没过膝，拽那只拉杆箱微微地屈起腰，嘱咐家庆，等会见到你表嫂，主动打个招呼。你也知道，我家里出了那种事，有时候她的反应会有点迟钝，并不是不理你……

我知道。

那好，我就放心了。在韦城，房子不好租，租到也贵。尽管到我这儿住，你来给我搭搭伴。我在这里，一直孤独。走一阵，表哥又说，家里会有两个女的。有个年轻女的，是林黎怀的女朋友小李。林黎怀你还有印象？

见过这个人。

那好，他是我二姑的儿子，比你小。这一阵，他和小李都住我家，我家两室一厅，要住五个人，我来调节，大家将就一点，会相处得愉快。你见到小李，不要错喊成嫂子，是弟媳。

遭遇那事以后，表哥就有些神经质，变得啰里吧嗦，说话细细地讲，看谁都像幼儿园小朋友。来之前，大姨给家庆提了醒，要他及时适应表哥的变化。家庆也无所谓，因为表哥他本来就陌生，有无变化都要适应。至于表嫂，他知道自己不会认错人，并暗自地想，能把这个表嫂也认错，需要天赋。

2

转眼家庆已在韦城一周，每天往返于葵圩和机场镇。新实力厨校在葵圩，他坐229路公交，单趟要两个小时，每天六点钟早起，赶头班车；下午放学又搭车回，到机场镇已是八九点。搭乘229路，家庆看见窗外一片一片灰扑扑的稻田，偶尔会展露城乡接合部的一角，会出现成片的商品房区，会远远看见一片工厂，巨大的烟囱喷出劲鼓鼓的黑烟。汽车继续往下开，又进到田野。所以，这一周里，韦城留给家庆的印象，始终是一片荒凉，实际上他一直未得进入城市，229路基本勾勒出韦城的一段边缘轮廓。而机场镇，几百万人城市的远郊，无非就像摊开了、兑稀了、打散了的小县城。

在表哥的宿舍，家庆只看见表哥和小李。这有些古怪，在这逼仄的屋内，经常看见的一对男女，却不是夫妻。作为女主人，表嫂却一直没有现面。没见着面，本不奇怪，只是，人又近在咫尺。表嫂足不出户，始终待在自己的卧室，房门紧闭。表哥要进去，敲敲门，木木地站着。好半天，锁舌一响，表哥把门推开一条缝，侧身而入，又赶紧关上。

表哥跟家庆解释，你嫂子怕风。说话时，表哥一张苦脸稍微伸展，勉为其难地一笑。这样的解释，他自己也不信。

家庆没多话，小李更厉害，除非表哥问她，她嗯啊作答，能省的字尽量省掉，脑袋也勾得很低，似在示意表哥不要再问。表哥很想调节气氛，尽量多说话，但这屋子里的气氛始终沉闷。家庆找了找原因，他认为还是那间紧闭的卧室，压抑着人的心情，捂住了嘴。表嫂不愿见人，家庆心里想，她总归是要上厕所。有一晚故意不睡，侧着耳听，果然，半夜里有窸窣声。他听着脚步，比表哥要轻盈，应该就是表嫂。这显然是她精心挑选的时间，不与任何人照面。而且，一整天就这一次，就这一次要排解一整天的废物，这是一般人做不到的。于是，家庆想到电视里演的道士闭关、辟谷。什么叫做辟谷，他搞不清，就觉得表嫂的行为像某种神秘的修行。

好在林黎怀过几天就来。林黎怀是个活灵活现的人，家庆不记得以前是否见过。他这边是表亲，林黎怀是表哥的堂弟，按讲也是亲戚，实际隔得很远，形同路人。林黎怀是一天晚上出现，当时三人正沉默地吃着晚饭，门被敲开，林黎怀一脸泛起油光的笑，立时让气氛变得不一样。

表哥介绍说，这是家庆，我小姨的儿子。

啊家庆，你又长高了。林黎怀想摸一摸家庆的脑袋，家庆躲开。

家庆比你大。

是嘛，不好意思，家庆哥，家庆哥。林黎怀又伸出一只肉手，找握。于是就握，林黎怀暗下一把狠劲，捏得家庆手骨直出声。

林黎怀肯定没吃饭，他七点下的火车，再打个车到机场镇，中间留不出吃饭时间。他看看桌面上三菜一汤，眉头一皱，说你们先吃，我坐这么久的车没了胃口。稍后林黎怀独自跑出去，再回到屋内，左手提了一摞便当盒，是在附近夜市摊买来的烧烤。当然，右手提了一打啤酒，用尼龙绳逐只绑起来，绑成一捆。屋里热闹起来，家庆发现自己喜欢这热腾腾的气氛，屋里本有一股阴郁之气，林黎怀正好来冲一冲。林黎怀将烤串一串一串地递出，主打菜是油炸的蚱蜢，在机场镇偏要叫成"炸飞机"，很应景。酒一喝，林黎怀就不递了，把签子直接杵到表哥嘴边，杵到家庆嘴边，再递给小李，一人撸一串炸飞机，匀着分。小李不敢吃，闭紧了嘴，林黎怀也有办法，去捏她的腮帮子。他显然惯于此道，一捏，小李两排牙轻启了一线，一只蚱蜢就活鲜鲜地钻了进去。

……敢吐出来，我就休了你。林黎怀严肃地说，说完便笑，表哥赔着笑，家庆觉得不好，还是笑出来。

表哥的宿舍，属于传说中的七七一厂。这片舍区不显眼，没有围墙，与周边的房舍融为一体。七七一厂的工人宿舍不搞集中建设，都打散了，零零碎碎分布在韦城东南一片的郊区。表哥说，这是基于战略考虑。说起来又是一嘴的神秘，但这房，确实小，当年是按"最少的空间装下最多的人"这种设计理念建成。说来也是有房有厅有厕有厨，全都螺蛳壳里做道场，厕所顶多两个平方，人胖一点就蹲不下去，厨房也好不了多少，只能一个人干活，再挤一个人，就像鲮鱼挤进马口铁变了罐头。刚来那天下了小雨，气温还好，一旦天晴，韦城便热得令人心怵。待在家里，必须时刻开着空调。林黎怀一来，房子更挤，气温更热，但家庆觉着日子比前一阵好过。

家庆每天很早出门赶去葵圩，天黑回机场镇。葵圩那边有住宿，最低的床位每晚三十八块。家庆厌倦了每天奔波，感觉成天都在路上，昏昏欲睡。他去跟表哥打个招呼，此后想住在葵圩。

……这里，很多人要坐一辈子公交车，你也就三个月时间，多坐几趟，你才知道活在大城市是什么滋味。表哥鼓励家庆，又说，再说我们一起住大卧室，也热闹。你来，小林来，凑齐三个人，才斗得起地主。

小李可以打。

不行，斗地主，他小两口对付我一个，吃不消。你住那边一晚三四十，住我这里来回只要四块，三个月下来……这笔账，也不用我帮你算。

表哥苦苦相留,家庆只好点点头。

所谓大卧室,也就七八平米,睡三个男人(表嫂将表哥赶出来,不许他近身)。小李只好睡客厅沙发,没法和林黎怀挤到一堆腻歪。而那间从未打开的卧室,据说里面只五六平米。门上钉着海程从前得来的一些奖状,密密麻麻,一张叠一张,每张顶上只留两公分宽,标注着时间、奖项名称和奖次,以备检索。在这里,每寸空间都精打细算,充分利用。海程得过很多奖状。海程无疑是个乖孩子,身体也一向很好,奖状里有"健康儿童"称号,还有一张是"健美少年"。忽然有一天,海程被查出骨癌,简直毫无道理,却是千真万确。

那扇门一直没开,以致家庆不想往那边看,但房间如此狭窄,只要一走进这屋子,目光就没法绕开那扇门。有时门上钉的奖状被风翻动,鳞片一样纷乱地抖起来。家庆要离开这里,住到葵圩,又多一个理由,但讲不出口,表哥会哀怨地看着他。儿子没了,表哥似乎愿意家里多住一些人,即使拥挤,也可从热闹中榨取一丝安慰。

转眼,家庆在表哥家已住十来天,仍没见过表嫂。他就想,是不是我去厨校上课的时候,表嫂会出来坐坐,这样就一再错过与她撞面?

有一天,厨校放休,家庆决定成天待在屋里,看看表嫂是不是露面。客厅没空调,他们全都挤进大卧室,那台古老的空调黑洞洞的风口吹出凉风,几个男人便打牌。小李不在,到市中心溜达。她罕见地耐热。林黎怀打着牌,嘴也不闲,说自己是个倒霉之人。大学时,他胡乱地找小李谈回恋爱,毕业后想甩她,分配好的单位不去,跑来韦城找工作。小李被分配到俾城一中当老师,韦城离俾城足够地远,小林以为两人就此分开。没想小李也是一条狠人,辞去教职,跑到韦城铆定林黎怀,脸上时刻摆出嫁鸡随鸡嫁狗随狗从一而终无怨无悔的表情,虽然林黎怀根本没打算娶她。

世界上的女人太多,但小李要让我以为,只有她一个女人。林黎怀感叹,这怎么可能呢?

那是你人才好,个子又高,嘴巴还会哄。表哥就夸。

林黎怀说,家庆哥,你怕是还没谈过吧?真想匀你几个。

表哥说,家庆也讨女孩子喜欢,你不知道的。

家庆说,没有。

哪能没有?

真没有。家庆下了一张草花Q。他想起很久以前,杨采妮在一个MTV里面拿着一张红桃K亲来亲去,搞得自己有了最初的梦中情人,在梦中将自己变成一张红桃K。

那天斗地主到天黑,家庆一直分神,侧起耳朵,听听隔壁房里有无响动。表嫂像一只冬眠动物,激起观察者的兴趣。响动没听到,运气却来了,一块钱起底,一炸翻一倍的小彩,家庆也赢一百多。他只能将理由归结于运气,要不然就是骂另两人白痴。家庆执意请客,表哥终于不拦,带他出门买宵夜,当然少不了一把"炸飞机"。家庆想要二十串炸飞机,三斤小龙虾,还买了响螺和串烤时蔬,再要两打听啤。那时物价还没起来,这一大堆东西,也没用完赢头。回到住处,推开卧室门,小林小李备好了嘴和肚皮,等待家庆。酒一喝,有同甘共苦,甚至相濡以沫的滋味。和伻城一比,这城市如此巨大、广袤、热闹、拥挤、荒凉,但在一扇小小的门后面,还有那么几个人,陪你一块喝酒,和你随意说话,这显然来之不易。

听啤喝了半打,林黎怀冲表哥说,要不要请嫂子过来?

不好,她一般都……

还是叫一叫,我来那么久也就见她一两面。小林又说,说事事有例外，万一，嫂子今天愿意出来见人呢？

表哥一想，也是，表弟堂弟来这么久，老婆躲屋里头，招呼还没打。表哥为难地说，我去叫她，她不一定过来，你们一定要理解……

林黎怀说，去叫一叫，什么情况我们都理解。

家庆也说，去叫一叫，不怕一万，就怕万一。

过好一会，门外脚步声重叠，表哥真将表嫂带过来。进门时并无异常，表嫂的神情一如想象，呆滞而忧伤。家庆和林黎怀一齐站起迎接。家庆矮林黎怀近一个头。表嫂脑袋抬高看一眼林黎怀，又低下来看看家庆，眼神立时有变化。她目光不再游走，定定地落在家庆身上。家庆只好勾头看看自己，并无异常，再一抬头，表嫂眼光还沾在自己身上，竟有几分温热。

你是……

是家庆。表哥作介绍，小姨家的家庆。

我是傅家庆。

还记得不？我们结婚时候，他还点点大，喜欢捡鞭炮，被炸伤了手指。

记得……不记得。表嫂眼光终于撤走，忽然噙满眼泪。

表嫂坐下，表哥劝她吃点东西，如有心情，不妨喝一喝啤酒。啤酒分冰镇的和不冰的两种，冷热由君。表嫂白眼一翻，幽幽地说，毛坯松（表哥诨名毛坯），你讲，我哪来的心情？我哪能像你一样，竟然还有心情吃夜宵喝酒！

表哥愧疚地说，那是那是。

几个人喝酒，吃菜，表嫂独自发呆；过好一会儿，表嫂独自发呆，几个人喝酒，吃菜。油炸的飞机，一只只飞进肚皮，冰啤酒一浇，冒出一个个暖嗝。那气味，像是油炸的飞机又在房间中飞舞。空调嗡嗡

189

嗡地响，一刻不敢停，凉意却显虚浮。窗外，不远处那一片辽阔的机场，飞机频繁起落，红红绿绿的灯光，从地到天，从天到地。

3

天没亮，家庆走到公交站，迎面一根灯柱，新贴了讣告，说七七一厂五车间老职工某某去世，相熟的人明日傍晚在此集合，有车送去殡仪馆，多少号厅，追思、悼念，恕乏介催。他看这里环境，宽敞多地，处处方便停柩，但一个规定下来，死人只能摆在特定地方，大家履行程序送一程，开个追悼会，死去的就进了炼人炉。死在城市，悄无声息，仿佛越大的地界，死这回事越小。

家庆踏上开来的公交车，投了币，伴着那一声当啷，背心忽然泛起凉意。

一年前，表哥的儿子海程也那么烧掉。自后表嫂不能上班，成天窝在房间里，伤心又烧脑，慢慢变得痴呆。海程才十一岁，有一天说自己脚疼，又说也不算太疼。小孩爱踢球，要说脚疼也不奇怪，表哥抽时间带海程去厂医院，查来查去，疼的部位拍了片子，医生对着光使劲看，不说结果，建议去市一级医院检查。"当时我心里就咯噔一响，头皮开始发麻！"现在，如果谁愿意陪着表哥说话，表哥就会把相同的话一讲再讲，每个起承转合，都有了固定的表情。果然，到更好的医院一查，查出骨癌。

……为什么一查就是骨癌？为什么前面没有一点迹象？为什么一搞就把人搞上绝路？起初面对儿子的病情，表嫂更多是不相信，不接受,一张口就有一通天问。

没有为什么。忆美,这个世界从来就没有公平,好事落在谁头上谁就笑,撞上坏事只好去哭,不管好事坏事,我们只能面对现实。

毛坯松,你说说,为什么不是你得癌?

忆美,我也巴不得是我。

你是讲风凉话。

你觉得我还有心情讲风凉话吗?确实,你是海程的妈妈,但是,我也是海程的爸爸,只有你或者只有我,海程都不会生出来,不是吗?作为一家之主,表哥既要承受儿子的病痛,也要承受老婆的宣泄。他又说,好吧,忆美,无论你要我说什么,我都按你的意思说。总之,我们要面对现实,我们要坚强!

表哥神情忧伤,但讲起往事又丝丝不乱,绘声绘色,讲自己曾经说的话,是自己嗓音,复述老婆讲的话,就稍微捏起一把嗓子。讲到"我们要坚强",表哥右手还一捏拳头,每次讲到这里都一捏拳头。

面对海程的病情,表哥表嫂倾尽全力,要钱就卖了老家的房,要药就上天遁地到处找,仍不能挽回。据说这儿子极聪颖,又懂事,临死并不惧怕。到最后一刻,海程从病痛中挣扎着清醒过来,冲父母说话,字字清晰:爸爸妈妈,我对不起你们,不能陪你们。赶紧生个弟弟,一定长得像我,来陪你们。

表哥复述儿子的遗言,嗓音捏得更细,眼泪也一次一次夺眶而出。他个子高,脸显得很长,泪滴也颗颗饱满。

家庆记得,海程走之前一月,在俰城,大姨也是进入一种谵妄状态,想将海程挽回,于是什么都信。街边摆地摊的老头抻起一块条幅,上书"专治晚期癌症,三天见效",大姨走过去仔细地问,爽利地掏钱。家庆父亲不经意提起,哪旮旯有个草头医,据说能治晚癌。

大姨要父亲一定想起这人在哪儿,一定要找到。于是,家庆借个车,和父亲、大姨找寻半天,找到偏僻角落那家神草堂,买了三千块钱神药,全都打成齑粉,装袋,塞满两只八磅的水壶,再用 EMS 寄往韦城。街头有 EMS 打的巨幅广告,某短跑名将永远定格在跨栏的一刹那。家庆那一阵止不住地想,这名将一手一个八磅水壶,像寄读生下课抢开水。

在海程活过的十来个年头,也有一两次回到俥城,自然都赶过年时节。家庆陪着父亲去了老家农村,和这表侄错过见面。他只在大姨家里看了海程的照片,一岁的,四岁的,六岁的,开着裆,拿着枪,还是拿着枪,再往下就是坐在钢琴前,鼻梁上架上眼镜。在大城市,每个小孩都不会浪费,会有特长,会得到极好的教育,也更容易成材。家庆在大姨家里看到照片,就很喜欢这个表侄,海程一看就是好孩子,好学生,必然有着远大前途。后面听说海程查出绝症,表哥两口子伤心欲绝,家庆也跟着难过。但这难过,仿佛轻描淡写,表哥一家是在遥远地方承受着苦痛,家庆身在俥城,即使难过,也只是出于礼貌,并不能感受他们的痛苦于万一。他觉得这种难过透着虚伪,只好安慰自己,人不都是这样?欢乐和痛苦,哪能真正分享?

这次他来韦城,见着表嫂以后,再一次打定主意,不住机场镇,就在葵圩找个日租房,把在韦城剩下的日子对付过去。他也跟自己说,不管表哥怎么劝,都是要走,待在表哥家里,那种虚伪的难过就缠绕着自己。

那一晚打牌,家庆又提这事,说还是决定以后一个多月就住葵圩,遇到厨校哪天放休,再赶过来看望表哥表嫂。

那怎么行?表哥把牌一扔,脸色焦急,一时竟无语凝噎。林黎怀也参言,家庆哥,你没看出来,这几天堂嫂的情绪都好起来?

哪能没看出来?这几天,表嫂每天都现面,昨天还进厨房弄菜,等着家庆赶回。小林说,昨天堂嫂随时都盯着门,盯着墙上的钟,坐立不安,等着你回。

表哥搂着家庆肩头,嘴也贴耳,问他,在哥这里住有什么不舒服?

没有,没有!

那好,就算哥我求你,你嫂病了一年多,自从见了你,这几天精神就好起来。你不要再说走不走。你在厨校结业,我都想就近帮你找个事,机场镇房子建得稀稀拉拉,人数不见得比偫城少,毕竟是省城郊区,也好发展事业……

不了不了,结业我要回去,帮毛脸大伯做事。家庆说,这一阵,我每天还住你这里。

那好,说定了,以后不要再变。

家庆重重地点头,心里明白,看这情况,留下来仿佛积德行善,离开就是见死不救,天打雷劈。他又想,待在韦城只有三个月,就当是坐牢,咬咬牙也要挺过去。

私下里,家庆跟林黎怀交流更多。林黎怀虽年纪稍小,这些年到处游走,脑袋里装的事情比家庆多,办法自然也多。某天两人躲在房里吹空调,林黎怀就说,家里遭遇大变故的人,特别是碰到亲人意外离世,就喜欢亲人陪在身边,聊天做伴,是一种安慰。我今年年初就来过这里,早就看出堂哥有这心思,对我越是热情,我就越感到压抑,说实话,我早想离开,但还坚持下来,那一次住了半个月。这次小李跟过来,你也住进来,你感受的压抑,比我上次来要轻很多。我们三个人一起分担。

你是好人!我心里也清楚。表嫂对我的热情,也让我心里面……古怪得很。你说这是什么原因?

我也老在想这事,着实蹊跷。那天晚上,嫂子一见你,眼神就不对。

讲到这里，林黎怀把家庆上下打量一番，又问，你说说，你个子多高？

一米六七。

体检表上的数字吧？把鞋跟刨一刨。

林黎怀目光如炬地看着自己，家庆无奈，报出准确数字，一米六四。

这就对了。海程个高，才十二岁，看上去跟你差不多高。他又细又长，你又瘦又矮，身形有几分像，穿着打扮也撞上了，小翻领T恤，七分裤。

很多人都这么穿。

当然，这也不是穿什么的问题，那天晚上，堂嫂只是盯着你的脸。

那天晚上，我也觉得古怪，她一直盯着我看，我就有些紧张。

为什么紧张，其实你也感觉到了，她看着你，却像看着另一个人。

家庆回忆嫂子那晚的眼神，不甚清晰，既然林黎怀这样说，言之凿凿，家庆就认为他讲得没错。家庆说，你是说，那天晚上嫂子看到我，就像看见海程？

是的，那天晚上堂嫂盯着你看，我就盯着你俩观察，我有这个嗜好，喜欢观察。我当时就有这念头，又拿不准。你和海程长得不像，两张脸，各七个窍，没有哪两窍撞山。海程是捡堂哥的模样，我们这边亲戚家里，还有几个小孩，长得跟海程很像，比如鸿宾，还有鸿石，身型、高矮、气质都差不多。堂嫂要找个小孩寄托哀思，按道理，看外貌，不应该找上你。你也就是身高差不多，上下身比例还不一样哩，海程四六，细腿长身，你嘛典型的五分腿。但那一晚堂嫂一看到你，那眼神流露出来，分明就是看见海程了。

这就是没道理了？

也是，你想想，一米六出头的成人不多，但这个头的小孩到处找得到，要多少有多少。为什么堂嫂一看见你，眼神会这么古怪？

林黎怀一张损嘴，有意无意要来点冒犯。家庆无暇顾及，接着问，小林，你脑子好用，再想一想，到底会是什么情况。

这几天我也一直在想，为什么堂嫂偏偏能从你身上看见海程？如果这情况发生在鸿宾、鸿石他们身上，那仅仅是因为相像，看见他们，自然而然就像看见海程，这并不奇怪。但你完全不像海程，堂嫂偏就从你身上看见海程的影子，那应该是……附体。

附体？小林，恐怖片看多了吧。你说点有用的。

真的，想来想去，暂时还没找到别的解释。林黎怀龇起尖牙，表情一坏，又说，当然，我只是提出我的看法。你要不认可，也来讲一讲。

为什么是附体？

为什么不是附体？

到底什么是"附体"？

林黎怀用力想了想。……在我看来，有些现象用常规的思路解释不过去，就要找出一个词进行模糊的归纳。就像"命运"——我们对很多现象完全没有把握，说也说不清楚，就只好笼统地说，这是命运。同样，发生在堂嫂和你之前的情况，我们也讲不清楚，但要说是附体，本来没道理的事情，仿佛就有了道理。

4

本来，"附体"只是一件无形无体的东西，一个莫名其妙的说法。家庆当然老早听说过，应该是在鬼片里。很久以前，那些粗制滥造的港产鬼片，时不时扯到"附体"，一个人无缘无故变成另一个人，说另一个人的话，做另一个人的事，人不像人，鬼又不像鬼，让身边的人提心吊胆。现在想想，那都是港产片节约成本的搞法，以最少的钱制造出最廉价的惊悚。家庆从没想过，"附体"这种事情有一天沾在自己身上。林黎怀说起，家庆只是随意听听，看他表情，也是半带戏谑，未必当真。当晚，家庆被林黎怀的鼾声灌醒，再也睡不着，脑袋里老是想着"附体"，想起记忆中和附体有关的电影片段，半夜想起这些片段，会比白天多几分惊悚。

窗外很亮，有很多月光或者灯光涌入，照亮窗口不远一面椭圆形的镜子，泛起一片冷光。借这片光，家庆的目光可以看清房间每个角落，除了自己，还有林黎怀。表哥本来也睡里面的，这时却找不见。家庆侧耳一听，隔壁的小卧室里有窸窣的声响，再一听，有隐隐的哭声。表哥表嫂仿佛习惯了在夜里说话，也许这个时候，他们更容易想起海程，或者离海程更近。

家庆变得清醒，明亮的夜晚让他产生丰富的想法。后来他一点一点盯紧那面镜子，看那片椭圆的暗白的呆钝的光。他忽然感受到一股力量，要把自己拽起，牵引自己走到镜子前面照一照。他拼命打消这念头，也在抵抗着这股力量，摁住自己，不肯起身。他害怕走到镜子前面，照一照，变另一个人。

他知道另一个人是谁。这人印象已有些模糊，他害怕在镜子里陡然清晰。镜子散发的光，是一种冷冷的诱惑，他用力地闭紧眼皮。这夜色让他胆小如鼠。

终于睡去，闹钟响起时，他睁开眼，白天的光芒替换了夜色，充斥整个房间，那面镜子不再显眼，只是房间里一件摆设。家庆站起来，走过去，照照镜子。他当然还是自己。

晚上再回这里，表嫂弄了满满一桌菜，等着家庆进门再开餐。家庆晚归，一桌饭菜横在眼前。林黎怀的目光率先递过来，仿佛是说，你干的好事，让我好等。家庆赶紧说，厨校有吃的，白天练手艺，弄各样的菜，晚上必须吃掉，我肚皮都已经撑得滚圆。当然只是借口。在新实习厨校的课堂上，学员练切工用树叶，所以学校周边的树都倒了霉。或用橡皮泥捏了切，切了再捏成萝卜或者黄瓜，反复使用，练掂勺是用河沙，别的项目也尽量找出代用品。如果全用真材实料，那就不是穷小子学厨艺，而是败家子烧钱找开心。

林黎怀说，肚皮翻出来，看看圆不圆。

表嫂说，学校有吃的，少吃一点，回到这里当是宵夜。我们都等你。不等家庆搭话，表嫂一只手又抚摸过来。大夏天，隔着衣衫，家庆能够感觉这手纤细且冰凉。表嫂又说，你还在长身体，不怕宵夜长胖。

林黎怀说，人矮，吃胖一点也好，才有体积。又矮又瘦，太不显眼，走在路上你自己不走丢，别人容易看丢。

表嫂杵表哥一眼，表哥也必须发言，便说，是的，我们一定等你。大家凑齐了吃，这才热闹。

于是只好埋着脑袋吃。表嫂坐对面，自己不吃，频频往家庆碗里挟菜。她恨不得家庆的饭碗大如斗箕，怎么挟都挟不满。家庆一开始还挣扎，脸上挂出苦相，求情讨饶，嫂子，真吃不了，肚皮已经撑起来。表嫂一个劲劝菜，嘴上说，你总是这样，要你多吃点，像是害你。家庆还要坚持，肚皮确已撑着难受，特别在这溽热的盛夏，胃口本来就不振奋。

你怎么总是这样？

我本来就吃不了多少。嫂子，我已经二十多岁，不长身体，没那么多消耗。

你怎么总是这样？我讲什么你偏不听。你怎么老喜欢跟我作对？

我……我哪里跟你作对了？家庆这时听出来，表嫂话音已经异样，抬眼一看，她眼里再次噙满泪水，怔怔看着自己。她委屈、无奈、失望，随时备好大哭一场。在她身旁，表哥和林黎怀齐齐抛来怪罪的眼神。

什么都不说了，家庆赶紧往嘴里扒食，梗起脖子往下咽。

连着三天，家庆都吃得撑，肚皮滚圆，躺床上不好动弹。

这天睡前，表哥进来跟他道歉。家庆，你不容易，但要理解表嫂。她的情绪，始终走不出来那层阴影，容易歇斯底里。

家庆说，知道。

也就几个月时间，家庆，大哥拜托你，一定要帮这忙，不要跟你嫂子犟，不要抵触。你就当她是一个病人，她也确实……

不说了，哥，我心里明白。

表哥已经无语。这一年来，他也下岗，七七一厂不再生产军械，也不造压力锅。表嫂原本在外企上班，海程死后辞职在家。现在两口子有外债，无收入，这样的日子还不知要持续几时。一想想表哥面临的困难，家庆就骂自己，你每天晚上把肚皮撑圆，又算多大的事？

那天临睡时，表哥塞家庆一个小盒，说这东西管用。家庆一看，是健胃消食片。林黎怀还没睡，探头探脑地看。家庆吃了三片，将小盒递过去问，你要吗？

健胃消食片？林黎怀摇摇头说，我的妈，我哪有资格吃。

家庆也不理会。林黎怀说话总是这副腔调，哪天他讲话与人为善，没了尖酸气味，那肯定是被别的人附了体。

其后几天，家庆及时赶回机场镇（说及时也是很晚），吃那顿丰富的晚餐,成了必须完成的任务。每次推开门,看到他们四人等待自己,家庆心底也有感动,更多了五味杂陈。他有一种脱不了身之感,表嫂的眼神,表哥的无奈,小林时时翘起的嘴角,都在这小小的房间里发生某种化学反应。一上桌,这种难以脱身的痛苦,就变化成为一种使命感,往嘴里扒饭,要用力,嘴要张大,还要显得挺享受。即使有空调,家庆额头也不停地沁出汗,用力、张大嘴、显得享受……每一份故意,都消耗着体力,增长了体温。表嫂眼尖心细,守在一旁给他擦汗,一有就擦,还有再擦,擦得家庆甘心情愿淌出更多汗水。

隔得近,家庆也不时闻到表嫂身体的气味,最容易分辨的,是有一股伤湿膏的成分。伤湿膏的气味,是一种异常忧郁的气味。

表嫂给家庆擦着汗,家庆眼睛却看向林黎怀。还好,小林在跟小李撇嘴,因为小李打算将食物喂给小林。

每晚吃饭的时候,表嫂都要问,什么时候,你们那里放假?一个星期?家庆摇摇头,说没个准,要看学校安排。每个月,也就两天休息。大家老远赶来韦城,多待一天,多有一天花销。表嫂失望,说那就等吧。定下来,告诉我。

有事?

我们一起出去走走。表嫂说,整天闷在镇上,不行的。有空我们一起出去走走,包括小林,他倒是随时有空,就等你。

表哥的眼神又杵过来,生怕家庆不配合。现在,表哥总是忧伤又满含期待地看着别人,怕他们忤逆表嫂的心愿。表哥这眼神,已经操持得到位,适时地杵过来,如芒在背。家庆心里也说,拜托学校,早点给个假日。学校说是每月两天休,具体怎么安排却是临时决定。家庆也想到请假,但这念头总是一闪而过。

5

放休的日子,不急不缓地来临。那天表嫂起来很早,敲响这边门。那天林黎怀和小李也待在家,人全部被叫起来。早餐已经备好,整齐摆在桌上,每人一份。饭后,五人一齐出门,小李个儿也不高,整体看上去,是三长两短的格局。

表嫂将这天的行程做了精心安排,动物园、韦城海底世界、大韦山公园……行程安排紧凑,线路和时间表也合理规划过。表嫂恨不能执一面小旗,导游般地引领大家。

出门又是坐公共汽车,赶到动物园,下车。售票窗口前有长长的队列,大都是大人带着小孩,小孩小到可以扛着搂着,或者跨骑在脖子上。而他们五人,全都成了年,看起来颇有些不一样。家庆跟自己说,这么多人都是看动物,有谁又觉得你们五个不一样?你这是神经过敏!

从昨晚开始,家庆便开始紧张,知道放休这一天比上课还累。昨晚上表嫂将行程宣布,他只管听,根本没想到要提些意见。表嫂似乎还征求了他的意见,家庆,动物园去过吗?……没去过?那一定要去,里面有懒猴、老虎、白狮子、山魈、长颈鹿和小熊猫。家庆点点头,他知道自己并不感兴趣,虽然他一次也没到过动物园。不一定每个人一生当中都要去一次动物园,人活着不是为了逛动物园!但家庆什么也不说。

表嫂见家庆点了头,又顺嘴来一句,对,都是你喜欢的。

都是我喜欢的？家庆稍微一愣，马上说服自己，喜欢就喜欢嘛，有什么大不了？于是，又把头点一点。

票自然由表哥买，他高高的个儿，在队列中缓缓向前。表嫂一把抓住家庆的手，拽他走到一棵细叶榕的树荫里面，一绺绺气根垂在他头上。阳光浅浅地涂抹下来，有几个家长抱着几岁大的，娇嫩的小孩在树下躲荫儿。家庆稍用些力气，想将表嫂的手挣脱，表嫂似乎并不在意，但她的手却抓得更紧。林黎怀和小李站在两丈开外的地方，似乎一直盯着这边看，林黎怀嘴角似乎在笑。

表嫂手一扯，他就跟着走。

林黎怀和小李本来在后头，入园后就挤到前面。林黎怀冲着家庆认真地一笑，再郑重地拉起小李的手，前后摆荡，以吸引家庆的注意。随后，两人故意落到后面，拉开一两丈距离，一路跟随。于是，这五人就分成两拨，前面两长一短，后面一长一短。表嫂的手始终拽着家庆，还不时掏出纸巾，擦去家庆额头若有若无的汗水。表嫂指使表哥买冰激凌，说"就要一直吃的那种"。表哥转身待走，坚决执行命令。表嫂忽然想起什么，又说，算了，不能让他乱吃东西。表哥为难地看看家庆，家庆不看表哥。表哥凑近表嫂耳根说些什么，然后过去买了三个冰激凌。他两口子不吃。

表嫂一直拽着家庆。她这天穿了网球鞋，平跟，他仍是矮她差不多一整个头。在动物园，家庆没有期待，没有惊喜，一路跟随表嫂的牵引，她指他看哪里，他就看哪里。他觉得那几只山魈看自己的眼神，也是有些古怪。而林黎怀和小李，似乎兴致不错，他们不看动物，而是盯着家庆。他俩时而交头接耳，主要是林黎怀讲些什么，小李负责吃吃地笑。他俩舔着冰激凌，也舔对方的冰激凌，仍然没闭上嘴。

家庆的头皮忽然就开始发麻。他把剩下的冰激凌一口吞服，一阵凉意冲上耳根,再到脑门,头皮瞬乎一紧缩,仍是发麻。

出了动物园,快到中午,表嫂仍按原计划,去到相邻的海底世界,看完再吃午饭。家庆已经习惯了牵手,他俩时时牵在一起,有时是表嫂捏着他胳膊,有时两人的手像幼儿园小朋友一样拉起来,有时是两人的手指绞起来。她的手颀长,他的手粗短,这些手指绞得再紧,也没有亲密感。家庆感觉有些费劲,绞一会儿就绞出了油汗,把注意力放到别处,这时肚皮就饿出了响声。从头顶游过的那些斑斓的海鱼,让他不时想找一支大号铁钎,穿起来烤。

表嫂严格按照计划好的线路走,当然,也有临时起意的决定,比如从海底世界出来,站台上等着公交,表嫂不经意看见马路对面有一家"伊纯"品牌店。

过去看看。她对众人说。

一路都是她在安排,别的人只管听从。家庆不关心服装,反正任何成品裤装买到手里,都要剪老长一截裤管。他对伊纯这牌子还是略有了解,运动加休闲为主调,算是品牌,价格媲美地摊,半大不小的孩子专享。他心里还说,表嫂心态倒还可以,喜欢伊纯。正这么想,表嫂就在店门口冲他招手,叫他过去。家庆头皮又是一麻。这一阵,他像是被重庆火锅汆过,随时发麻。

家庆走进店里,表嫂行事麻利,挑好几件衣服,全都挂在右臂。她冲他说,这几件都好看,来,试试。

家庆摇摇头,说不用。

怎么不用?表嫂疑惑,又说,你一直都喜欢穿伊纯的衣服。

家庆想说我从来就不穿"伊纯"。话没说出来,左右各有一只手,按在肩上,掐在腰际,都是提醒他,讲话要注意。不须扭头,家庆已然感受到,表哥那两行满含忧郁、满带哀求的眼神又压了过来。他不但头皮发麻，脸皮还一抽一抽。林黎怀弯下腰，扶着家庆的肩，亲密无间的样子，轻声告诫他，你要记住，在嫂子面前，你会突然就不是你，你是另一个人。

那个词，此时在脑海中电光石火般闪过。家庆便告诫自己：这时候，你是另一个人！

于是，他接过表嫂递来的第一件衣服，稍微瞟两眼，就说行。表嫂照着家庆的身背比一比，显大，换成小号。表嫂替他逐件地试，表哥还有林黎怀在一旁不时点着头，说这件合适，这件也合适，仿佛家庆变成一个衣服架子。衣服挑出一小堆，表嫂毫不犹豫，一边掏钱，一边还说，伊纯就是适合你穿。

走出商店，前面铺出一条斑马线，那一头亮起绿灯，还跳秒，剩十余秒。表嫂转身向后，两眼焦急地寻找家庆。看见了，扬起一只手，急促地、用力地一招。家庆来不及想，来不及犹豫，赶紧往前蹿，老早把手伸长。表嫂拉着他过马路，两人一溜儿跑，表哥在前面带路，林黎怀和小李在后面掩护。那绿荧荧的表盘快速跳着字，六秒，五秒，四秒……最后一秒，过完马路，表嫂长长地吁一口气。这马路过得，简直是美国大片屡试不爽的最后一秒拯救。

马路已穿越，家庆用了些力气，要挣开表嫂的手。表嫂回过神还愣了数秒，才将手放开。到这时候，家庆认为自己已超额完成任务，已仁至义尽。接下来的时间，接下来的行程，家庆有理由拒绝表嫂的呵护，独自走路。

再一走，五人就拉开了距离，分了三拨，队列变成：两长、一长一短、一短。

6

厨校很快又放休一天。每月两天放休,有时好久不放,有时连着放。

那天表嫂带着家庆去韦城市区逛了一圈,不管家庆心里对此保留了什么样的印象,表嫂倒是来了情绪,不几天就问家庆,你们学校哪时候放休?

刚放休。

哪时候放休,我们去远一点的秀灵寺,那里面很灵。

我们刚放休。

家庆讲话勾着脑袋,像做错事的孩子。他当然不会跟别人说,那天放休,第二天早起搭车赶去葵圩,心中竟是说不出的松快。早班公交很空,扭头往后看看,背景深处仍有飞机在灰蒙蒙的光线中起落,整个机场镇,此时都缄默地浸泡在清冷的晨雾当中。公交慢慢往前晃,拐个大弯,机场镇消失,家庆感觉是一场逃跑行动。他不想再回这里,但他只是想想,心里念着,毕竟是一天少一天,待在韦城统共也就三个月。

如果日后回忆,三个月的时间,瞬间就在脑袋里过一遍。但在事发当时,每一天都要克服某种心理障碍。

这天放休,家庆照样早起,或许因为做贼心虚,晚上没睡好,起得比平时更早。表嫂帮他弄好早点,牛奶、鸡蛋和自己摊的锅块。他煞有介事地狼吞虎咽,然后出门去赶公交。车一动,他感觉仍像是逃跑。逃跑,以前他一直认为是一枚狼狈不堪的词,专门贴在国民党蒋匪军或者日本鬼子的脑门上；现在才发现，里面竟有很多妙不可言的东西。

赶到葵圩，时间尚早。新实力厨校租用省农机中专的一幢教学楼开办，省农机中专放暑假，新实力才会显得较有实力，扩大招生。家庆赶到时，教学楼大门还没开，又等一等，门一开径直走向自己那班的教室。不光他，还有不少同学待在教室。他们可不像高中生，是温习功课，备战高考。每间教室里都开起好几桌牌，有的还买来塑料麻将，铺层报纸也能搓出哗哗的响。放休时的厨校，比平日更多几分热闹。家庆不常来，来了同学们也欢迎，打牌不愁人多，就怕凑不够数。家庆上哪桌都是一样，在这里打牌，虽然也有彩头，但输赢都很小，每手进出块八毛，一天下来进出不过几十。这点钱，相较于一个刚从苦难境地逃跑而来的人，实在是微不足道。甚至，家庆还感谢有那么一帮同学，适时地陪伴着自己。学厨师大都是读书成绩不好，家庭状况也不好的人，大家凑在一起，有那么点同甘共苦的意思。

家庆选择了三打哈。四个人抓两副牌，铺八张底牌，抓完叫分当庄，换那八张底牌，一人对付余下的三家。家庆脑子不是很聪明，打牌也不事声张，却打得很稳，多少还能赢几块。赢多了也没意思，要管盒饭，同学间打牌，主要是为了消磨时间，再就是一团和气，增进友谊。家庆多少也有算计，既要赢几块，又不能赢到管盒饭的地步，要把握好这个度。打牌便在一种欢乐祥和的气氛中进行，教室里有此起彼伏的叫嚣声，有人把牌砸得很响，有人输了会朝天骂句脏话，都无伤大雅。

这时，表嫂悄无声息地出现在桌边……当然，这么说并不准确，表嫂确实是不声不响地往外走，但她作为一个女人，长得像竹竿一样高，到哪里别人都不会熟视无睹。她一进来，很多同学就注意到了，家庆却没看到,他一门心思在把握赢钱和管盒饭之间的度。别的同学看到这个女人走到家庆身畔,他们都没看出这两人什么关系,家庆手中的牌被表嫂一手撸了过去。

……你骗我!

她无尽失望。她又伸出长长的手,一抹,桌上叠起的牌全被抹了下去。她冲另几个发蒙的学生说,你们怎么能这样?你们把他带坏了。

没人吭声。这女人个儿高,来历不明,表情凶狠,气势咄咄。这一帮二十来岁的愣头青,哪知道是什么情况。

表嫂!

家庆叫一声,别的人就更恍惚。这高个儿女人,女朋友不像女朋友,也肯定不是家庆的妈,没想竟是表嫂。一想又不对头,一个表嫂哪会操这份闲心?其中必有隐情,年轻的头脑都喜好想象。平时在班上不显山不露水的傅家庆,此时忽然成为关注对象。而家庆,他没有任何选择,站起身往外走,又是一次逃跑,逃离同学们的眼光。他享受不声不响地活在人群当中,这一个多月时间,他也基本达到自己的目的,但这一下,表嫂让他昭然若揭,前功尽弃。他走出教室,走出教学楼,直冲着校门而去,要把表嫂甩在后头。但这也不容易,虽然他频率很快,但他的腿短,表嫂跨一步几乎等同他跨两步。快到校门时,表嫂已经赶上他,手一伸,就抓住他一条胳膊。

他不敢用力挣扎。

你怎么能这样?

我怎样了?

你怎么能这样?明明今天也放休,你还偏要装得有课,起得比平时还早。你当我这么好骗?我只要给你们学校打个电话,什么情况就一清二楚了。

我过来找同学玩一玩,我不喜欢和你们待在一块。这有什么错?

不喜欢和我们待一块?表嫂挑挑眉,审视着家庆,操起愈发严厉的声音,你一直都不这样,你不能被那些野孩子带坏了。你一直都是最听话的。

我一直我一直,我一直怎么样,我到底是什么东西,你根本就不知道。家庆佘了佘嘴皮,没忍住,继续说,我又不是你家夏海程。

你不是……我知道我知道,你是毛坯松的表弟,你叫家庆。表嫂恍然大悟似的,而那张狭长的脸,像捏皱了的卫生纸,且在进一步变皱。家庆看着表嫂脸色变化的过程,忽然又涌上来一大片羞愧。他觉得自己对不起表哥,对不起表嫂,更对不起海程的在天之灵。再过一会,表嫂就抽泣起来。家庆想到两人还没有走出校门,站在这个位置,同学们趴在教室外的栏杆上,能清晰地看见。家庆赶紧挽住表嫂的手,想把她拉向外面。

当然,此时嘴也要予以配合。家庆说,我错了,我……

你有错没错,其实不关我事。表嫂停止了抽泣,身体随着家庆的牵引而动。只消几步,走出校门,再转个弯,家庆就放心了。

我跟你回去。

不要让你为难。那帮野小子还等着你回去,接着打牌,赌博,不务正业,荒废青春!

不,我跟你走!

你为什么跟我走?

因为,因为表嫂关心我。

这就对了,你是个明白人,我感到很欣慰。表嫂把手搭在家庆肩上,搂着他靠近自己。家庆很配合,像个孩子似的依偎着表嫂。他的脑袋几乎就在她腋窝下面,他的脸好几次撞到她的一排肋骨。表嫂很

207

瘦，那排肋骨隔着单薄的衬衣，也能显露它的锋利。

两人刚走到公交车站，229路车就晃晃荡荡地来。两人上了车，除了司机和售票员，就他们两人。这个时间真是不早也不晚，赶得巧，公共汽车都变成他们的专车。即使车内宽敞，座位到处散落着，她还是要半搂着他，似乎只有一刻不停地搂抱，她才感到安心。

7

离机场镇还有三站，表嫂把家庆肩头一掰，示意下车。这一站名叫"枧湖东"，下去走几百米有一片湿地公园，水中是莽莽苍苍的芦苇，岸边每一棵细叶榕都撑开巨大的伞穹，围着树干有一圈用角铁固定的木椅。表嫂又把手伸来，家庆接住。他已然适应了牵手，若表哥在一旁，尤其是林黎怀也在，心里多少会有疙瘩，而现在，只有他和表嫂。正午，阳光肆虐，湿地公园弥漫着一股水腥，视野之内只有他俩，没别人。两人在公园转了一阵，家庆看出来，表嫂一直在努力回忆着什么。当她走近一棵树，便眯起眼睛仔细打量，觉得不对劲，又挽着家庆走向另一棵树。终于，她找见了记忆中那棵树，尽管在家庆看来这些树本就长得跟国旗卫士一样雷同，还经过修剪，不让任何一棵树显露出特征。

表嫂坐下，无须指示，家庆也贴着她坐下。树荫浓密，湖面还有风吹来，竟是丝毫不热。

……以前，你表哥喜欢带我来这里，那时候我们还没结婚，其实我有很长时间没打定主意嫁给他。

表嫂看着湖的远处,讲起往事。

……追我的男人很多,甚至有矮我两个头的,也敢来追我。当然,也有很多比你表哥优秀,你表哥毕竟只是一个工人,但那时候,我们都很单纯。

她陷入往日的情绪,讲起初恋(并不是和表哥),她皱巴巴的脸就现出一丝甜蜜,甚至有了一抹红晕。转眼,她的表情又变了沉重,告诉家庆,后来海程也喜欢陪我来这里,他很喜欢这个公园,有时候,还能到水边翻出一两只螃蟹。他喜欢螃蟹,所以他从不吃螃蟹,大闸蟹也不肯吃,他是一个充满爱心的孩子,但为什么是他死得这么早?

表嫂眼角又噙起泪滴,翻滚欲出。

家庆坐直身子认真听,像是回到读书的时候,抢当好学生。表嫂絮絮叨叨地讲述往事,一下子是甜蜜的爱情,一下子又跳切到爱子不幸的经历,一下子又说起别的毫不相干的事。她似乎并不需要家庆的呼应,只要他作为一名听众,沉默地听下去。家庆既然坐在一旁,不搭几句下茬就会心虚,担心表嫂以为自己没有用心听。于是,他嘴里不断发出这样的声音:噢……哟……是嘛……噢……

风景纵使不错,在大太阳底下亮得团团发虚,盯着看一阵也累。无论家庆下了多大的决心,要将表嫂讲的话认真听下去,他还是不断走神,听着她讲表哥,家庆脑子里或许浮现某部恐怖片的场景,听着她讲海程,家庆脑子里没准出现的是《动物世界》里某种憨态可掬的动物。

很快,家庆就累得不支,想挺过去,愈发没有精神。没有办法,无论谁看着单调的风景,同时听着纷乱杂沓的叙述,都会很快进入睡眠状态。这或许是人必须具有的某种趋利避害的本能。家庆左右为难。睡,还是不睡?这真是个难题。表嫂此时情绪很是饱满,嘴皮一刻不停，还不知要说到什么时候。

你是不是累了，想睡？表嫂瞥了家庆一眼，知冷知暖地问一句。

家庆不敢跟她客气，顺势点点头。

是的，你一般到中午都要睡一会儿。

家庆仍是点点头。他没有养成午睡的习惯。他还年轻，这几年下岗闲在家里玩游戏，除了没钱就没别的压力，凭什么中午还要睡一把以补充体力？他体力富有余裕，真想给那些成天忙得连轴转的人卖一些。

既然想睡，就睡，不要勉强自己。

家庆脱了鞋，要在长椅上睡下。表嫂又说，来，把头枕到这里。她还拍拍她屈起的长腿。

不了，就这么睡。家庆将手指交叉往后脑勺一兜，就成了个便携枕。他把两眼闭紧，似乎想抢得先机。但表嫂不是一个好糊弄的女人，她冲他说，你今天怎么搞的？

什么怎么搞的？

以前你最爱枕到我腿上，我好帮你撵蚊子。这里蚊子多，毒，一叮一个肉嘴，几天都消不了。

嫂子！家庆认真叫了一声。

又怎么了？

每个人有每个人的习惯，我不喜欢睡在别人腿上，也从没睡在别人腿上。我会感到很别扭，再说我脖子很短，枕高了，容易扭着脖子。

表嫂看着他，良久没有吭声。他意识到，人必须得清晰、准确、充分地表达自己的意思，这可以减少不必要的麻烦。总结完经验，家庆再次郑重地将眼睛闭上。凉风，蝉噪，适宜睡觉的环境，家庆却好一会没有睡。他慢慢放松了警惕，头脑中的意念刚开始转化为梦，果然，耳畔一声炸响，再过十数秒，家庆确定自己吃了一巴掌。

……真的有蚊子。

表嫂摊开手掌，证据确凿，这一巴掌绝非寻衅滋事。

嫂子。家庆怔一会儿，又说，我们回去！

不行，你刚睡下。

表嫂一边说，一边贴着家庆脑门顶坐下，不容分说捧起他的脑袋，往自己一侧拨了拨，像是拨一棵大萝卜。于是，家庆顺这股力道挪了挪屁股，脑袋再往后一枕，准确地落入表嫂计划好的位置。这一切行云流水，仿佛彩排了很多次，以致家庆没能拒绝。表嫂的腿有够长，且不粗，拿来当作枕头，弹性也正好，基本算得上舒适。家庆就这么躺了上去。小叶榕的叶片挤挤轧轧，密密麻麻，但仍漏下几丝光线，有绿豆大的一个光斑，正好贴到家庆左眼皮上，表嫂先是用手遮挡，然后将腿微微挪动，不让那点光斑干扰了家庆睡觉。家庆一睁眼，表嫂的目光正居高临下流泻下来，慈祥地沐浴着他。家庆只好再次闭上眼。

大多数时候，表嫂身体向后靠紧椅背，但她显然没睡。夏天，飞虫如此之多，表嫂提高警惕，随时驱赶，不让任何一只侵犯家庆的身体，哪怕仅仅是降落到家庆肩胛上稍作停留。当她身体往前倾斜，胸脯就顺势堆在家庆脸上。平日看上去，表嫂仿佛是个没有胸的女人，其实不然。当她这么坐着，身体再前倾，胸脯就随着自然下垂的力量，滚动而出。表嫂时而后仰，时而前倾，她的胸脯不时地贴过来，家庆感到一阵阵暖热。

反复几次，家庆再怎么闭眼，脸上的触觉已经变得敏锐。家庆等着感受那一份弹性，更多的，却是闻见伤湿膏的气味，汹涌而来，漫无边际。家庆知道，此时想要睡着，几乎不可能。他不动声色地展开联翩的浮想：既然表嫂一定把我当成她儿子，如果她一念恍惚，掏出

211

一只乳房，递过来，喂给我，这如何是好？

　　这样的想法，纠缠着家庆，且有极强的自我繁衍能力。过得不久，家庆发现自己下身有了反应，脑袋嗡的一声就炸了。他穿了短裤，绷在肚脐眼下面。要是下身彻底地反应开，撑起来，这短裤遮挡的作用有限。更要命的是，他躺在表嫂的腿上，表嫂两眼探测灯似的盯着蚊虫，同时也紧密监视着家庆。如此一来，到时家庆想出手相救，将那东西掰弯了塞回去，也困难重重。家庆提醒自己，马上处理这个问题，刻不容缓。于是，他岔开心思想别的事，而且尽量要想难过的事情，以浇灭身体内这股不期而至的邪火。难过的事情倒有现成，家庆去想那个海程。在表哥家里待这么久，他并没看见海程的照片，估计是故意收了起来，以免表嫂不经意地一瞥又翻起旧痛。因为记不清海程长相，家庆再怎么费力，这事情仍跟自己关系不大。人的欢乐容易传递，能说会道的人，讲讲笑话，很多人会捧起肚皮，前仰后合。但是，痛苦的感受却相对私人化，难以交流。比如谁得癌症，再怎么跟旁人描述他的巨痛，别人嘴上安慰，心里面还嫌他啰嗦。

　　家庆发现自己的阴茎在长，一点点生长，像一颗泡发的种子，遭遇适度的空气和温度。他思考良久，仍是不敢伸手去掩饰，他就让它这么长起来，身体的一部分，和整个身体形成了直角。他闭着眼，静静感受表嫂是否发现，有什么反应。她从未睡去，时不时又往前一仰，胸脯滚出来，然后，胸脯滚回去。

　　过了很久很久，家庆仍是未睡，但能感觉表嫂已经睡了。他微微睁开眼，表嫂是往前趴着睡着的，她用一截前肘，阻碍了家庆的脸和自己的胸发生直接接触。表嫂的不少发丝垂在家庆的眼前，家庆看得清楚，表嫂的黑发与白发缠杂在一起，花花麻麻，几乎各占一半。他眼角一抽，仿佛又看见几绺头发瞬间变白。

不久，表嫂就找到了事做。她已经辞职一年多，待在家里，什么也不想干。如果她想干活，有人等着聘她，因她看着像是打篮球的，其实是高级会计师，干份兼职也能赚钱。表嫂找到事做，倒不是挣钱，她去那家公司离葵圩近，上班时间又自由，早上跟家庆一同出门，下午掐着时间搭公汽赶往葵圩镇，接家庆放学。

她第一次是径直走到厨校里面，家庆的班级门口，听一个姓蔡的师傅用嘴讲各式牛排的煎烤要领。这没有实物，也没有替代物，只能纸上谈兵，所有人都昏昏欲睡，但表嫂站在窗外听得很认真，慢慢地，睡着的同学都睁开眼，齐刷刷往外面看。有人就冲家庆说，家庆，你妈接你放学。

家庆睁眼一看，笑一笑。这也没什么可解释。

回去的路上家庆就和表嫂商讨，请她不要再来，他已成年，无须有人接送。表嫂脸色为难，说正好成天没事做，从机场镇坐车来葵圩，一路看看两侧的田野山岗白云清风，心情会好很多。她不说是接他。家庆没辙，只好说那你就到学校外头，我到时走出来找你。

经过讨价还价，这事两人各让一步，每次放学在厨校大门一侧的烧仙草店门口碰头。表嫂每天都穿不同的衣服。她以前就爱买衣服，都堆在衣柜里，现在每天一换，把从前的自己找出来。她还去染了头发，全都染黑了，乌黑油亮，并扎成两条辫子，每一道都很粗。她往脸上描淡妆。所有的努力都不会白费，表嫂正一天一天变得年轻，本来凹下去的脸颊又弹回了原位。她时而哼起老歌，她喜欢哼"跑马溜溜的山上"。

于是，家庆心情也相应起了变化，某一天他突然发现，自己还是蛮享受表嫂来接放学。虽然这让自己显得小，毕竟是有人关心。他远远地看着表嫂耸立在那里，朝她走过去，心里偶尔会想，以后有了女朋友，她在某个地方等我，我走向她，心情又会是怎样？

如果时间早，公汽一路没挨堵，表嫂便会在"枧湖东"下车，去到湿地公园坐一阵，等到太阳落山，再带着家庆回家。这时节白天挺长，两人在湿地公园经常待上两小时。表嫂时而关切地问，累不累？家庆一般都说不累，偶尔心子一颤，说自己累。于是，他又可以拿表嫂的腿当枕头，睡一小会儿。表嫂的胸脯仍然会汹涌而来，弹在脸上，又退潮般消去。家庆早已适应，有时候会睁眼仰看表嫂，而表嫂回敬以慈祥的笑容。那个念头也反复出现多次：表嫂将外衣和乳搭子捏在一起，往上一搂，乳房就蹿出来。吃，还是不吃？这不重要，只要想想这个动作，家庆心底就会激起层层涟漪。

当然，家庆懂得自制，每次枕在表嫂的腿上，想象贴着表嫂的身体蔓延开去，稍过一会儿他脑袋便受冷似的抽一下，同时提醒自己打住。他跟自己说，女人的乳房，无非是一大坨肥肉上面点缀一丁点瘦肉，为什么老想噙在嘴里？即使有这想法，世间万千女人，我怎么能冲着表嫂来？即使她主动递过来，谁又能承受她如此忧伤的乳房？

道理一讲都通，家庆好不容易说服自己，打消脑袋里丑陋的念头，同时也悲哀地知道，只要跟表嫂在一起，只要还枕着她的腿睡觉，这些想法必然再次冒出来。

8

这天晚上林黎怀请客，不是买一堆油炸食品和听啤，而是要拉大伙出门，打车到三十里外的阆角古镇吃臭鳜鱼。

林黎怀提前一天就打招呼，家庆哥你明天早点儿到，翘课也要早点儿，八点准时出发，喝个痛快。这是一场为了告别的聚会，林黎怀晋升为公司总部的销售主管，要去三百公里外的宾城坐办公室，从此有小秘端茶倒水或者投怀送抱，再来几个小弟，当成狗一样呼来唤去。林黎怀自己讲的，这就是他人生理想，庸俗，但那些高雅的东西，就像小李一样，天生跟他尿不到一壶。此次升迁，显然离他的猪栏理想又近了一步。小李不这么看，她坚信林黎怀有着高尚情操，只是理想未成之时做些玩世不恭的模样。林黎怀暗自跟表哥和家庆说过，看出来了吧，这个小李，她天天想着怎么挽救我，我逃出了老家，还是躲不开一个妈，你们说我日子苦不苦？

　　林黎怀要走，小李当然无怨无悔地跟上。虽然林黎怀一张臭嘴时而伤人，但他此时要走，家庆心里也是舍不得。有林黎怀在，有小李在，表哥家里的阴郁气氛就多几个人承担。

　　这天，表嫂照接家庆放学，两人跨进屋，七点半刚过。表哥和林黎怀、小李早已候着，等人来。马上要去夜宵，表嫂说累，不想去。表哥也不多劝，说我们几个出发。事实上，表嫂不在，晚上喝酒肯定更有气氛，林黎怀可以尽情使坏，说话毫无忌口。表嫂往那儿一坐，眉眼中的悲哀幽怨，对别人的情绪总归是一种抑制。林黎怀拉开门，众人正要往外走，表嫂跟家庆说，你留下来陪我。

　　家庆不吭声。

　　表哥说，林黎怀要走，家庆跟他也相处这么多天，兄弟一样的，是要送送。

　　表嫂说，他还小，不要喝酒。你们不要把他带坏了。

　　林黎怀说，家庆比我大，我老老实实叫他哥。

　　表嫂说，都走吧，都走吧，留我一个人在家里。

表哥说，忆美，你也可以跟我们一起出去吃。

是啊，你天天都可以吃吃喝喝，我没有心情。

你最近一直都很有心情啊，今天怎么就……

我有什么心情？毛坯松，你家来这么多客，我强开笑颜，好好待他们。你摸着良心说说，海程一走，我哪还可能有心情？

忆美，你是不是累了？早点休息，我和他们出去一会。

家庆留下来陪我。

家庆为什么要留下来陪你？忆美，你要讲讲道理。

毛坯松，碰到你这么个通情达理的男人，我要太讲道理，简直让你没有发挥的余地！

小李赶紧插进来说，不去了不去了，今天我们都早休息。

林黎怀把小李一扯，说这儿有你什么事？说好的，为什么不去了？

他这话当然不光是讲给小李听。表哥一脸无措，搂着表嫂的肩，好说歹说把她哄进那间小卧室，关上门。两口子一阵密谋，房内的声音时而要爆响起来，却又一次次压下去。林黎怀、小李还有家庆，在门外面面相觑。此时，这屋子里气氛太沉闷，不出去喝喝酒消解掉，实在难以过夜。

终于，门开了，表哥径直冲着家庆说，家庆，你好好讲，你想不想去宵夜？

想！

看吧看吧，他自己就这么说，是你理会错了。

门虽然开了，家庆看不到表嫂的脸，也不敢看。

阆角的夜晚熙熙攘攘，是韦城著名的旅游景点。家庆也看不出有什么好，说是古镇，水面流溢着油彩，空气中有幽微的腥臭，还不能理会，越理会这股气味越是沁人心脾。再说，每一处古镇仿佛都是这样格局。

但是这夜，换一个地方，几个人心情一齐得到放松，喝酒也快，转眼啤酒喝下一打。表哥状态来得最早，酒嗝时不时喷出一个，难以自控。再有一会表哥脑一歪，趴桌子上便睡。趴着睡，也喷出鼾来，表哥的鼾声和臭鳜鱼的臭味相得益彰。本来这点臭是恰到好处，诱人食欲，但伴以鼾声，家庆老觉着这臭味是表哥鼻孔里喷出来的，自然就把筷头一甩。林黎怀要发动，便和他碰一杯。

家庆哥，我们一走，就剩下你一个人陪着嫂子了。

什么话？小李说，还有堂哥，你们三人。

是啊，你们一家三人，现在聚齐了，多我两人还碍手碍脚。我俩也该离开了，要不然真是自讨没趣。

你怎么这么讲话？

你心里巴不得我走是吧？林黎怀招牌似的坏笑，在酒精作用下更多一层夸张的效果，嘴角几乎能扯到耳根。

小李嗔怪地说，林黎怀，你又喝多了，人家为什么要巴不得我们走？

为什么？你们女人，真是看不出事情。林黎怀说，家庆哥，现在经常和嫂子去枧湖公园逛一逛吧？

你怎么知道？

要想人不知……呃，不是那个意思。我只听堂哥说，以前海程喜欢去那儿玩，表嫂就经常带他去。以前带海程去，现在带着你去。家庆喝了些酒，瞪着林黎怀，脸色渐变。林黎怀赔着笑脸，尽管是坏笑，且及时地端酒找碰，并说，不要不好意思嘛。附体这种事，一开始总有些不适应，你毕竟是你，忽然要变成别人，有一个接受的过程；但一旦适应过来，发现当另一个人，就有另一个人的趣味，你就慢慢能够适应了。

　　家庆没再吭声。林黎怀讲的损话伤人，但又不无道理，他的阴损在于他有一种古怪而犀利的眼光，将人看穿。家庆知道，林黎怀和小李的离去，确实让他有了矛盾的心情：既感到孤独无助，又有一种说不出的轻松。不知不觉间，他已习惯与表嫂相处，比如在湿地公园里面，他习惯了将头枕在她腿上，在夏日午后阴翳和蝉噪中睡去。他知道表嫂对自己的关爱，出于一种病态，但毕竟是关爱，一种来自女性的特有的母爱。家庆也缠过自己母亲，那是很小时候的事情，后来，天天去别人家打牌的母亲，早就把母爱和钱一样，输了个精光。但表嫂毕竟不是亲娘，家庆和表嫂在一起时，老在疑心有一双眼睛，自某个角落长久地注视着自己，这双眼睛下面隐藏着一口坏笑。这个人，只能是林黎怀。

　　这晚的送别，家庆就始终没搞清楚，自己到底希望他俩走，还是不走。

　　在小李不断催促下，两人结束了喝酒，费尽力气将表哥弄上一辆的士车，回到机场镇。林黎怀所在的公司，指定了司机接他去宾城，这样，所有的行李都可以一并带去，减少转车搬运之苦。他们吃夜宵这晚，公司的司机正好从宾城来韦城。司机跟林黎怀打好招呼，次日尽早出发，赶回宾城还有重要的接待任务。

　　次日一早，林黎怀和小李起得跟家庆一样早，行李早已打点，司机也摸黑将车停到这幢楼下。彼此相处月余，这天分开真不知哪时能见面，有可能这辈子再不见面。家庆能做的，只是帮助搬搬行李。行李打包有五大箱，三人各搬一箱后，剩下两箱，自然成林黎怀与家庆的事情。楼道转拐的地方，林黎怀的嘴又控不住，问家庆，你说说实话，是不是巴不得我走？

我为什么巴不得你走？

你现在有了一个妈，我们不在，你才好放心地吃奶，不是吗？

林黎怀也许是开玩笑，也许知道更多东西。难道他跟到湿地公园，暗中观察我？家庆脑袋嗡嗡地作响，又想，即使开玩笑，有这么开的吗？家庆想想这一段时间，既要承受表嫂变态的母爱，又要躲避林黎怀满是讥讽的眼神，心里忽然布满了委屈。他想，什么他妈的附体，要是海程在天有灵，为什么不附体到林黎怀身上？难道这鬼魂或者幽灵也看出来，就我最好欺负？

在他岔神想事的一刹那，林黎怀抢一步走到前面。天还没亮开，楼梯里布满暗影。林黎怀走到楼梯拐角处，一转身，看出家庆脸色有变。

……兄弟，刚才算我瞎说。林黎怀意识到自己玩笑开得过分，想要缓和气氛，但所有的话从他嘴里迸出来，都免不了一股尖酸的气味。他又说，嫂子主动喂你吃，你不要客气，你就当自己是海程，心安理得嘛。

林黎怀多下两级台阶，整个后脑勺暴露出来。家庆举起拉杆箱，朝林黎怀后脑勺砸去。家庆是个老实的闷人，以前很少将事情干得如此干脆利落。看着眼前一切，家庆也感到不可思议，只是电光石火的一刹，想停手都来不及，已然听到一声闷响。

拉杆箱又大又重，但砸到别人脑袋上面，却只有一声闷响。箱子绷的革面，柔软，不是砸人后脑勺的理想工具。所以，林黎怀一时还不知发生什么事，嚷一句，你怎么……林黎怀一扭头，小个子家庆的脸色藏在晦暗之中，竟有几分狰狞。他又打来一拳，正中林黎怀脸面。这是在楼梯上，要在平地，家庆想比较准确地打中林黎怀的脸面，并不容易。但这一拳的分量不够，更重要的功能，是让林黎怀完全明白发生了什么。林黎怀虽然有些胖,以前打篮球的底子还在,反应灵敏,要来真格家庆不是他对手。不消几秒钟,林黎怀就将家庆双手反剪,轻轻一提,家庆脑袋便低得不能再低,伸伸舌头可以舔着地板。林黎怀将家庆牢牢控制住,家庆稍一挣扎,他就发力,并说,你再用力,我弄断你两条胳膊。

稍后又说,兄弟,不要怪我,这叫借力打力。

家庆没打过架,他以为打架会是电视里演的那样,主角和奸角,总有好一番缠斗,哪方即便赢了,也要付出好多鲜血和伤口。他没想到,林黎怀轻易就将自己搞得不能动弹,丝毫不能动弹。打架这事,原来也跟读书一样,要讲天赋。

林黎怀凑近家庆耳根,循循善诱地说,叫啊,叫啊,只要叫出声,你妈就会赶紧来救你。她多么心疼你!

刚才,表嫂已经弄了早饭,这时候应该在洗盘子。家庆将牙关紧咬,心里说,栽在你手上我认了,要我叫唤,那是休想!林黎怀来了兴趣,一点一点发力,把家庆胳膊关节拧出稀里哗啦的响声,家庆强忍着,硬是不肯叫唤。林黎怀忍不住夸一句,好的,我没看错你。

平时,林黎怀稍微修理一下小李,小李便哭爹喊娘,即使这样,也阻止不了小李死死地跟着他。林黎怀又下了一把力气。他要慢慢加力,因他搞不清家庆骨骼的韧性如何,缺不缺钙,如果将家庆胳膊掰折了,那就不好收场。

还是小李上来解围。小李在屋底下左等右等,不见人下来,就往上走,看见这一幕,不消说,先来一声怪叫。又问,这是搞什么?林黎怀答,能搞什么,舍不得分开,闹着玩。小李一看家庆的脸都疼歪了,知道情况不对,冲过来用巴掌一个劲猛拍林黎怀的胳膊,并说,放开放开,他算是你哥,你怎么这样对他?

是我哥又怎么样？你是我妈，我不照样睡你？

我怎么又变成你妈啦？

不是我妈，怎么天天想着喂我奶？

你要死啊！小李娇嗔着，一溜粉拳砸过去。林黎怀还赶时间，把手松开，并跟家庆说，哎，别忘了帮我拿东西。

9

晚上家庆听得见钟的声音。其实那只钟挂在外面墙壁，不走针，当然也不会发出声音。但家庆就是听得见走秒的声音，他睡在那里，听见了走秒的声音，偶尔又怀疑是自己心跳。拿手去揣揣，节奏不一样，心跳没那么急促。当他要自己想一些事情，以掩盖耳朵眼里的声响，便想起了林黎怀。很奇怪地，这时候他就一个劲想起林黎怀。

林黎怀才走了几天，家庆感觉他已走了很久。他知道，这说明自己想念这个人，时间才会被抻长。怎么会这样呢？他当然知道。林黎怀嘲弄的眼神，讥讽的声音，都抵不上幻听而来的嘀嗒声。

林黎怀和小李走后，表哥、表嫂之间似乎有了缓解迹象。照例，入睡的时候，表哥仍和家庆睡这边，过半个钟，表哥会蹑手蹑脚地起身，敲那边的门，在门外用喘息般的声音喊着，忆美，忆美！门开门关的声音，隔壁还有了窃窃私语。这私语，到底要比嘀嗒声来得踏实。家庆这才入睡。但有两晚，隔壁骤起来吼叫，将他惊醒。表嫂冲着表哥一顿咒骂，接下来便是哭。

死了孩子的女人，哭起来最是瘆人。哭至颤声断续之时，家庆的

221

身躯便被带动，一阵阵抖。

又是门开门关的声音，表哥被推出来，但他没有再蹩进家庆这一间。家庆知道，表哥是睡在客厅，在窄窄的长沙发上，将身子蜷起。幸好，表哥已变得很瘦，仿佛就为了蜷起来睡觉。家庆尽量不夜起上厕，那一晚憋得不行，出去，借着窗外一束冷光，看见表哥蜷起的模样，简直不是一个人的蜷缩，而像是折叠，或者将一个人拆开，再尽量节省地方地堆码一处。只是这时候，家庆忽然想起表哥也是有母亲，他是大姨的孩子。他已成年，结婚，生子，并经历丧子。他有了足够多的经历，所以他母亲即使心疼，也不可能像他幼年时一样，不加掩饰地呵护他。从另一面讲，有如此多经历的男人，也无法再承受母亲的呵护。

再躺回去，家庆便浮想开来，睡不着。夜晚成为煎熬，窗外早已没有航班起落，他只得静静等待窗口发白。每次坐上公汽离开机场镇，都是一次逃离，只是一到下午，又得走上回程。开229路车的几个司机都已认得他，因为很少人像他那样，每天往返于起点终点，在这漫长的夏天不断展开漫长的旅程。有时候家庆上了车，某个一嘴胡须的司机还会冲他说同样的话：呃，你是最划算的啦。某天家庆下课以后，又走向公交点，远远看见那一堆车，还有司机聚在树荫下闲聊。他想起晚上耳朵里的嘀嗒声，想着随时可能迸发的凄惨哭声，心头便发怵。他放缓了步子，盯着草黄的车屁股，心头升起无处逃遁的悲哀。

……其实我已会炒几个菜。他想，其实，在亲戚家的店子里帮工，是用不着文凭。何况，厨校的结业证，也根本算不得文凭。

正这么想，那个络腮胡的司机站起，呷一口茶，远远地冲他招手。他说，就等你了，你上来就开车！于是他加快脚步，心里古怪地一暖。车又晃荡起来，横梁上的吊环在零乱地摇摆，被人拿捏好间距，所以不至于碰撞。车里的人很少,窗外仍是如此明媚的黄昏。

这一晚,还算平静,表哥又进到那间小卧室,没有私语,两人仿佛早早入睡。家庆放松了心情,正待睡去,灯忽然被扭开,他看见表哥狭长的脸贴着门框。

家庆,你起来一下。

于是他就起来,将 T 恤胡乱套上身。

你过去陪你嫂子睡。

表哥是那么说。家庆一愣,却也不意外,像是早有预感。其实,这些日子他躺在床上睡不踏实,胡思乱想,当然是把什么情况都想到了。

我为什么要过去?

你嫂子搂着你才踏实。你知道,她已经失去海程了……

我又不是你家海程。

我知道……但是……

她是你老婆!

我知道……但是……没关系,没关系!

表哥的长脸又扭结出了哭相,眼底那份央求之意,如此明白无误,又满含了委屈。家庆想再跟他交流一些意思,比如说,表哥的老婆,通常情况下,是不可能让给表弟睡的。这话自然讲不出口,再说,两人都心知肚明,此"睡"非彼"睡",表弟固然不能睡,儿子却可以睡。家庆有很多理由,都塞在嘴里,就像很多电影,歹徒将臭袜子塞进人的嘴里。空气沉滞,空调嗡鸣,窗外有飞蛾撞向玻璃。

突然,表嫂就出现,她向前走一步,一把拽住家庆的手。她说,快去睡!家庆就被拽着走,仿佛她力气很大,其实她的身体像纸一样轻飘。他若不被她拽走,她就会被他的反作用力带出踉跄。

表嫂不由分说将家庆带进那间神秘的卧室，除了那种熟悉的伤湿膏气味，还有一股檀香味，还有别的杂乱无章的气味。表嫂搂着他，将他搂在怀里。他的脸贴着她的胸，他感觉到她乳房不大，但很长，像两只丝瓜。她经历了漫长的忧伤，心跳竟是异常缓慢，像是不足每分钟六十。因为他在心里默数一声嘀嗒，她的胸腔内，那颗心子还没跳动一下。现在家庆对一秒钟的把握很精准，他每天晚上都听怕了这个声音。她的心跳，一次接不上一次，仿佛随时会偷停。他不敢贴着表嫂的胸，脑袋往后挣扎，越是这样，表嫂搂得越紧，还说，你怎么又不听话？好好睡，明天还要上学。

天毕竟热着，这间房又不开空调，很快家庆的脸和表嫂的胸襟都捂湿了，一股咸涩的气息混入本就杂乱的气味当中。表嫂扇动扇子。家庆看不见，但感觉得到那是一把古董似的蒲扇。

扇了一会儿，表嫂说，睡不着是吧？妈妈给你讲故事。

家庆不应。表嫂又说，《白雪公主》听过吧？

听过。他赶紧说。

《海的女儿》呢？

听过。

《三只小猪》？

《三只小猪》听过。

《小蝌蚪找妈妈》？

听过听过。

你怎么都听过？你有什么没听过？

……没听过。

这就对了。她徐徐地松了一口气。

于是讲了起，小蝌蚪不停地找妈妈，这个不是，那个也不是。家庆就奇怪，海程死的时候也十二了，他不可能再躺在母亲怀里听这些故事。表嫂此时魂不附体，到底游离到她人生哪个阶段？家庆本就累，听这样的故事更是心力交瘁，很快脑袋里幻化出一些事物，却又不是梦境。他仿佛看到了一群蝌蚪，去找妈妈，就像一群精子，轰的一声往前蹿跳，去寻找唯一的一枚卵子……这样的比喻，显然不恰当，为什么脑袋里会生成这样的画面？家庆想要弄清楚，伤湿膏的气味再度袭来。

……睡了吗？

表嫂的声音从遥远的地方飘来。家庆仿佛回答一句，表嫂便没有再问。

家庆很早就醒，很奇怪自己竟一直睡着，但这一夜分明没有睡踏实，他还思考了许多问题。他很少在一个晚上思考这么多问题，这一夜应是效率畸高，醒来时家庆感觉自己有了一种通达的态度，但已想不起来那些问题到底是什么。只有一个问题，醒与睡时都一样明确，就是今天必须要走。

他没有任何理由不走。

表嫂和表哥都起得更早，在厨房里弄起早餐，听见煎蛋的声音。他们用很多油煎蛋，家庆得以听见煎蛋在液体中翻滚的声音。又听见表哥说，今天你一定要去检查一下身体。表嫂说好。表哥说，早点走凉快。等会家庆去上学，我就带你去医院。表嫂说，我一个人去就好。表哥说，反正我也没事。另一只鸡蛋又下了油锅，蛋腥味活力四溢，钻进这间卧室，让伤湿膏的气味显出了疲沓。

家庆再次坐在229路车上，心情是前所未有的轻松。此时他想到的不只是逃离，而是越狱，也突然明白自己何以如此喜欢看和越狱有关的电影，比如说《基度山伯爵》，还有《肖申克的救赎》。但他此时

225

还不敢掉以轻心,三站之后他在一个叫石埠的小镇停下,钻进一家早餐店,磨磨蹭蹭吃了两个小时,喝了几杯豆奶,一走路肚皮沉甸甸,豆奶仿佛结成了豆腐花。他趁一家超市开门,进去买了两三个盒子,有牛奶,有营养麦片。父亲跟他讲过,离开表哥家的时候,一定要送点礼物,是个意思,毕竟在人家屋里打扰了这么久。

家庆拎着盒子,又搭上229路返回机场镇,上车正好看见那个络腮胡。络腮胡还夸他,好家伙,今天敢逃学。络腮胡盯了盯家庆手里拎的盒子,又说,好家伙,今天是要相亲。其实并不好笑,两人同流合污地笑起来。

家庆找定一个地方,坐下来。这个地方正好看见表哥家的楼道口,同时又能保证从楼道出来的人,看不见这里。家庆发现自己喜欢这种感觉,一躲进暗处,就仿佛能操控局面,而不是被人玩弄于股掌。他一刻不停地盯向那边,九点刚过,果然,表哥表嫂就出门。阳光已然狠毒,表哥撑起阳伞给表嫂,表嫂不要。表哥要帮她撑,表嫂推开他,自己一个人走在前头。表哥心疼地跟在后头,阳伞又不好给自己打,就歪斜地举着,让伞穹夸拉在身体一侧,让自己一同接受暴晒。

两人已经在路头一拐不见,家庆还嘱咐自己要小心,小不忍则乱大谋。他数了一百只羊,又数了五十只狗,站起身子,往那边走。洒在脸上的阳光,仿佛现出六边形的棱角。他上楼,准确找到那扇油绿的门,用钥匙打开,走进去。自己的衣物和行李都散放着。

家庆把买来的几个盒子放在客厅茶几上。走到自己睡觉的那间房,他没心思把衣物折叠,一个劲塞进皮箱。他瞟了一眼镜子,觉得有点狼狈。他知道其实自己可以从容一点,可以把每一件衣服叠得方整,在箱子里摆得丝丝不乱,这会给"越狱"增加成就感,就像他的偶像蒂姆·罗宾斯,不但要逃出去,还要逃得漂亮,逃得荡气回肠,逃得令人叹为观止。家庆心里这么说，但手脚还是没有放慢。他将最后一件衣服塞好，还从床头找出属于自己的几本书。他将书也放进箱子。

门锁一响，表哥走了进来。

你怎么又回来了？

今天……不要上课。

表哥走过来，看看家庆的箱子。他是有文化的人，知道不能随意揭开表弟的箱子。但是他可以往周围的地方瞟一圈。这一段时间的相处，表哥知道家庆的东西都是在房间中散乱放开的。于是，表哥明白了。

你要走？

是的，我学会炒几样菜，够用了。家庆觉得也用不着骗他，又说，早点回去，早赚钱。

你怎么能这样？

我为什么不能这样？

家庆拎着箱子，朝门口走去。此时，他心里想到一个词，夜长梦多。他知道，许多的电影都是这样，在事情眼看要成的时候，会岔进来一个捣乱的，要不然，电影就没那么多故事好讲。表哥却拦在了门边。

你这么走，我跟你表嫂怎么交代？

我走我的，跟她要什么交代？

不告别吗？我们再请你吃一顿。表哥又拖出哭腔说，好歹我们在一起那么久，不能说走就走。

家庆就摆明了说，现在就走。我怕看见表嫂挽留我。我做梦都怕。

你有什么好怕的？她又不是坏人。

对的，她当然不是坏人。家庆说，可是，我也不是海程。

表哥一愣。这正是家庆预料中的一愣，趁机往外走。表哥只是发愣，并非痴呆，动作忽然就快起来，从后面抱住家庆。家庆猛烈地挣扎，稍后，两个人便倒在地上。表哥手上不敢用劲，但可以用身体压住家庆。他虽然瘦，但骨架子毕竟有这么大。瘦死的骆驼比马大，表哥压得家庆不能动弹。于是家庆只有吼叫，放开我，放开我。

门没有关。有邻居拎着菜篮路过，此时停在门口，循声往门里张望。邻居看见伏在地上的两个男人，一个压着另一个，眼里有了惊恐，不敢多管闲事，捋回自己的目光继续下楼。

家庆渐渐没有力气挣扎，但还余韵徐歇地让身体颤抖一阵。后来，家庆变得一动不动，表哥的身体也得以放松。再后来，表哥坐起来，问家庆，家庆你说，你走了，我怎么办？

你也走。家庆很铿锵地说，你欠她的，早就还完了。你是个人，你还可以另外找个女人，给你生孩子。

表哥喃喃地说，怎么可以这样呢？怎么可以？

怎么不可以？

我怎么能对不起忆美？

来你家这么久，鬼都看得明白，有谁对不起谁？家庆又说，那是你们的事，反正我要走。

家庆又走向公交车站，像往常一样，他看见好几辆229路公交车首尾相连，停在那里。又是络腮胡，站在车门处抽烟，朝他招手。太阳在那头，家庆看着公交车，看那个司机，皆是逆光的效果，有些睁不开眼。这样很好，他往有光亮的那头走去，像是一步一步回到了人间。

10

……韦城的机场镇,也可以去玩一玩。他跟妹子说。

妹子将手绘的韦城旅游图翻找一遍,噘起嘴,说这上面根本没有提到机场镇。他就说,地图是死的,我是活的。我在这里待了好一阵,哪里好玩哪里不好玩,我比这张地图清楚。

机场镇有什么好的?

有一种小吃,叫"炸飞机",很有名。家庆说,当时是我同学带我去机场镇,吃"炸飞机"。我敢说,那是我这辈子吃过的最好的东西。

到底是什么东西?妹子的兴致毕竟吊了起来。这几年央视有一档节目,叫《远方的家》,给无数观众反复灌输一个道理:走到哪里,一定要吃到哪里。这妹子也已形成这样的观念,各地特色美食,走过路过,千万不要错过。

到时你就知道了。他把她胃口进一步往上吊。

家庆再来韦城,算一算距学厨正好十年。那时候往后想十年很长,现在往前捋十年很短,时间就这么个玩意儿。他刚结婚,妹子是他老婆宁雨婷。他在旅游区有个门店,什么好卖卖什么,即使这样,钱赚的也不是很多,但日子毕竟还好打发过去,大钱没有,小钱不缺。人面上往来,有的叫他傅老板,有的叫他傅总,他也习以为常。结婚以后,小宁说要去旅游,没有理由拒绝,去了新马泰,又去台北,返回时先在广州落地,小宁在那里读的大学,要约一伙闺密。之后,家庆就想到韦城。广州和韦城通了高铁,只两小时路程。他想当年从伊城到韦城,路途遥远,在绿皮火车上要坐一整晚。现在倒好,两个小时也就一顿饭的时间。

小宁说,韦城有什么好玩?确实,韦城是个不起眼的城市,从没听说,哪个朋友的新婚旅行往那里去。去那么个冷僻地方,回来跟人讲都像是笑话。于是家庆跟她说,你是在广州读书,我是在韦城。小宁说,三个月的厨校你还肄业,现在想起来要回母校看看?家庆说,时间不在长短,是有感情。小宁便笑,说倒要看看,到底有多少感情留在那里。

高铁站是在葵圩,葵圩变成热闹的地方,以前读过的那所学校已经并入一处巨型的楼盘,旁边还有以摩天轮为标志的儿童公园,找不出一丝旧日的遗迹。家庆也并不在乎,他对厨校早已没有记忆,当年一块打牌的同学,也从未联系。229路车还在,公汽起点站位于交运枢纽大楼,随了无数标牌指引,才上到车里。车也是全新,走在宽阔的马路一点也不晃荡。马路扩了,车速提了,一个多小时就到机场镇。机场镇却还是老样子,位于整个韦城发展规划的反方向。七七一厂古旧的楼群仍在,有的已经修葺,至少是重新粉刷了外墙,依然住满了人;有的楼房太旧,住户已悉数搬离,但尚未拆除。家庆感到意外,十年后还能看到整个区域不曾变动,在当下,简直有如奇迹。他带着她在古旧楼群里穿梭,她不停地问他,你来这里干什么?你到底想干什么?他总是回答,等会你就知道了,你会不虚此行。他神秘地瞥她一眼又一眼。

这样,两人在一幢幢旧楼之间穿梭,家庆没有看见任何一张熟悉的脸。忽然他想,他其实也不是来寻找熟悉的脸,他来这里,也许根本就不是怀旧。那是什么?他自问,没有回答,反正生活当中总要有些说不清道不明的事情。街灯已然亮起,不是同时点亮,而像一种传染一盏一盏地亮,很快蔓延了一条街。跟十年前一样,夜市摊就在这个时候搭起，摊主在路边支起支架，盖上毡顶的雨布。

你到底要找什么？

……好了，现在应该有地方吃"炸飞机"。

小宁奇怪地看着他。以她的了解，家庆绝不是一个有趣的人，更不要说有情趣。他又带她往回走，说是想找当年那家夜市摊。家庆说，我记得那家夜市摊是叫"怪难吃"。

小宁说，敢取这个名，一定好吃。

哎，你就是有眼光。家庆见缝插针地夸。

把她胃口吊起，终归是要给个说法，好在现在家庆已经有很多办法，他不再是当年那个不知所措的小孩。到机场镇以后，他一直在想，为什么要来这里？为什么？仿佛是鬼使神差。这些年，很奇怪地，他对韦城那两个月的记忆犹深。这么多年过去，最美好的事情，和最痛苦的事，他都已淡忘。当初在韦城的两月，既没有快乐，和日后的一些遭遇相比，也算不得如何痛苦，但不知为何，那段日子在他记忆里闪烁着某种金属质地的黑色光泽。

天已黑，家庆仍然在找那家"怪难吃"夜市摊，当然找不到，这是他现诌出来的。他还装模作样找了几个路人打听，竟然有一中年男人回忆一番，然后答说，那家摊子好久就关掉了。

关掉了？

嗯，关掉了。中年男人很肯定地点点头。

关掉了呀。家庆万分无奈地看看小宁。

后来，家庆像是随意挑拣了一家夜市摊，其实正对着当年住过的那幢楼。他看得清楼道，楼房已是十分残破，楼道口相应也有盏昏黄的灯。两人坐下，家庆就一直盯着那边。他知道，其实表哥两口子都已离开这里。

231

那次家庆离开以后，不到一年，表哥表嫂就离了婚，事情还出在表嫂那头。她上网，搞起网恋，后来嫁到杭州。据说嫁得不错，男人是个老板——可不是家庆这种，空有老板之名的。那老板很疼她。他很矮，每次饭局都把她带出去，让她穿上旗袍或者别的显身材的衣物。两人并排地走，她比男人高一头有多，男人倒觉得这正是财富和体面。男人需要的正是这些，而前表嫂也甘之如饴，经常用手机给表哥发来照片，主要是让表哥看首饰、坤包上的标识和手中牵着的血统高贵的洋狗。

后面表哥回到佴城定居，养上一年，脸色就好看起来，熟人见他就夸"脸上有肉了"。在一些离了婚的女同学看来，他仍是当年那个帅哥。围着他的美女不止一个，也不止两个三个，她们不会叫他"毛坯松"，而是叫他老夏。大姨跟他说，你也不小了，不要老想再找个年轻的没结过婚的。这几个条件都好，有能耐，搭个伴的事。表哥不吭声。两年后他挑了一个并不起眼，但身材近乎粗壮的妹子。妹子年纪稍大，但没结过婚，生孩子肯定没问题。小孩很快生下来，又是男孩，在妇保站生产时量一量身高，也是四十八公分。表哥眉头一皱。头几年里，表哥一刻不停地把这小孩抱在怀里，别人偶尔抱一抱，他就寸步不离，守在一旁，额头沁出汗。久而久之，别人不敢再去抱这小家伙。

家庆只有一次和表哥聊到表嫂。当时表哥正犯神经性皮炎，痒得死去活来，每晚入睡都想扒掉自己的皮，后来服用了激素类药物才缓和。表哥看上去胖了些，气色就显好，其实是激素给他闹的。

……忆美嫁给一个有钱的男人，个儿矮，比忆美矮差不多一头。

那就是和我差不多？

比你应该还……高一点。表哥用手在家庆头顶比划，开心起来。

两人在阳台，看着屋里鲜蹦乱跳的小家伙，闲扯开来。表哥换了过来人的语调说，难得有那么个男人喜欢她，我也就放心了。

离都离了，有什么不放心？你牵肠挂肚都习惯了。

你不知道，忆美严重性冷淡，一想起那事就会恶心，绝对不能用来上床。男人确实是喜欢她，不为别的。

家庆不这么看，也许表嫂在表哥面前表现出性冷淡，拒绝同床，但被另一个男人激发，可能会有完全不同的表现。当然，家庆不会明讲，因为他知道表哥未必不知道。这时，他十分具体地记起来，表嫂胸前那两只状如丝瓜，富含忧伤的乳房。于是，家庆又改变了看法。他暗自想，在那个有钱的老男人看来是遇见了爱情，而在表嫂看来，会不会又是一次附体？附体真是一件毫无道理的事情。

表哥把儿子抱到五岁，仍舍不得送幼儿园。他没有工作，靠那点下岗补助过活，父母仍要贴补他生活费用。朋友都劝他，小孩要跟别的小孩在一块，这样才能健康成长。表哥又想了一年，终于送儿子去幼儿园，直接去读大班。但没过几天，小孩被别的小孩打，破了皮，哭得死去活来，不愿再去幼儿园。表哥便下了决心，儿子由自己带着，一刻不停地带在身畔。儿子去幼儿园的几天里，他也是坐卧不宁，虚汗要湿透几条内衣。

"炸飞机"弄好，放在不锈钢的盘里，端上桌。小宁一嚼，粉末满嘴乱钻，干巴无味。小宁只吃半只，便往外狂吐。她说，你敢说，这是你以前觉得最好吃的东西？

家庆解释，老板不一样，味道也不一样。

再不一样，也不可能一个地下，一个天上。

以前"怪难吃"那个老板，他的蝗虫是自己去抓的，纯天然无污染。现在可能都是冷鲜货，用料就大不一样……

我打死也不相信，油炸的蝗虫，能好吃到哪去。

萝卜青菜各有所爱，我觉得还是不错的。

小宁赌起气来，又买二十串。以前一串有五只，现在只有三只。幸好现在只有三只，但二十串共计也有六十只。她说，全都吃下去，我就相信你不是讲鬼话。

家庆本想再找个什么理由，继续往下搪塞，一想老是找话讲，也费脑，于是决定把二十串全都撸光，省得多费口舌。蝗虫无肉，只是难以下咽。他将虫子嚼成粉，这不难，难的是一口一口往下吞咽。家庆只好把头抬起来，把脖子仰起来，用力地分泌唾液，或者用王老吉送服。

算了算了。小宁说，你吃得这么难受，不要再跟我装了。

家庆停下来，他实在不想多吃一只。

……今天真是邪门，你带我坐这么久的车，到这鬼地方。小宁忍不住抱怨，新婚旅行十多天，显然这是最失败的一天。她又说，这地方没有景点，油炸的蝗虫不可能是你真正想吃的东西。

都逃不过你的火眼金睛。

当然也不会是邂逅老情人。傅家庆，我认识你这么久，打死也不相信你会有念念不忘的老情人。

那是为什么呢？家庆便也装出很感兴趣的样子。

我说不上来。刚才，我甚至怀疑你是不是被什么附体，完全不受自己控制，才会来到这个莫名其妙的地方。

你说是，那就是。家庆打了个呵欠。

别的东西又端上来，炭烤生蚝、烤鱿鱼、蒜蓉花甲还有辣酒炒香螺。走了这么一阵，两人确实感到饿，再说有前面的"炸飞机"作比较，别的东西似乎都比以前好吃。小宁闭上了嘴，小心地嘬花甲螺上那一点点汤汁。家庆喝着冰凉的啤酒，抬头看向那一侧的天空。和十年前一样，飞机还在夜空中频繁起降，从天到地，从地到天。

掰月亮砸人

砍火畲的村人在河这边山地上看见对河屋杵岩下面，鹅卵石和芭茅弄成的那矮房里窜出火烟。村人打几声吆喝，扯嗓子冲对面河喊，是狗小吗？河谷把村人的声音间得稀疏，一字一顿，飘飘摇摇传了过去。隔好一阵，才听见对河回应一声。村人又嚷了一句，狗小你哪时回来的？狗小咿里呜噜答些什么，村人没听清。村人只隐约听见狗小答话中间杂啜泣的声音。被风一吹，河谷里诸多的声响枝枝蔓蔓，浑浊不清。砍火畲的村人还要看顾火势，不让火苗窜入别家的沙地。收工后村人告诉一路上碰见的人，叫花子狗小又回来了。听见这话的人哦了一声，然后又自顾走路。

　　田老稀的婆娘瞧见男人扛了篙回来，手里提着酒和卤包。这时天色像一块旧抹布抻开了，灰黑灰黑，看着有几分脏。婆娘说，今天营生还好？田老稀说，拉了两个官，说是南京城下来的大员。韩保长今天跟在后头走得勤快，大员拿他当小马弁用。大员听不明白乡话，韩

235

保长给翻转，但韩保长官话讲得寒碜死人，听得我屁眼都痒了。婆娘说，净说怪话，又不是拿屁眼听。大员下到我们这地方做何事？田老稀大概知道大员是要去铁马寨子探查巫蛊一类事项的。撑船时候他问那个挑脚客盐拐，盐拐这样告诉他。搭船的人客里头，除了韩保长他就认得盐拐。据说这挑脚客专爱偷嘴，一次主家雇他挑巴盐，到地方复秤，仍是短去两斤。主家无奈地说，看来，以后只有让他挑粪了。田老稀当时问盐拐，盐拐子哎，今天偷了几口？盐拐苦着脸说，挑的全都是洋铁皮的匣子，找不到地方下嘴，要不然牙都要崩脱。说着，盐拐用挑扛磕了磕那行李，发出丁丁丁的硬响。韩保长就在船那头骂了，说，博士的仪器匣子是你们狗东西当响器乱敲的吗？韩保长骂人也操起了官话。

婆娘问南京城来的大员什么样，博士又是哪一品级。她这一辈子县城没去过，比保长甲长大的官没见过，见见保甲长，还得是秋后派租谷公捐那阵。田老稀也说不上来，只是说，穿六个兜的衣服，盘帽大得像铁锅倒扣着，不过是瓷白色的。婆娘在自己身上比画，想不透衣服上六个兜怎么摆放。田老稀就指着胳膊，说，这上面也有，八成是放鼻烟的，抬抬胳膊就能扯一鼻子。城里人净想出些懒主意。婆娘给田老稀端来饭甑。饭甑一直在灶火前焙着，还热。田老稀扒了卤包里的菜，倒半碗酒，摆开架势吃。田老稀问，稗子批了吗？婆娘说，批了。又问，草灰沤进粪窖吗？婆娘说，沤了。问完，田老稀才动起筷子。

婆娘又想起个事，说，叫花子狗小今天回来了。田老稀说，晓得了。婆娘说，我不讲你怎么晓得？田老稀说，我最早看见他的。他眼瞎了。这狗日的，做叫花子都还没到头，以后就变成了瞎子狗小。

清早田老稀接了口信，扛着篙去河口接人。刚走到岔道口上，看见老远飘来一个人。那人脚在地上碎步移动,而瘦长如麻秸一样的身体则向两边荡开,像挑重担的人踩着晃步。但那人肩上分明没压挑子,只是拄了木棍。那人穿一件不贴体的白衣,布钮没扣,两片衣襟就摆起来。田老稀在村上活几十年,确定村子没有这种走相的人。天色仍然暗着,田老稀看不分明,于是他放下篙点一块烟。那个人就飘到了眼前。田老稀猛嘬了几口烟,看清了来人。他说,狗日的,原来是你啊叫花子狗小,吓我一跳。狗小茫然转过脸来,说,老稀麻子,我回来了。田老稀说,发财了吧,有一身细布衣服,啧,不会是讨来的吧?嘿,还拄一根文明杵。你以为你是老爷?说着田老稀在细布衣服上摸了一把,吓了一跳,说,怎么瘦得像柴屑一样?你发了财也不晓得吃几坨肥肉,光买身衣服给别人看?狗小辩解地说,不是文明杵,半路捡的破棍子。老稀麻子,我差点,嗯,死在外头了老稀。他的声音很细,还发梗。停一停,狗小又说,老稀,我的眼瞎了。田老稀不信,狗小两只眼分明还忽闪忽闪。他叉开两指做势往狗小眼窝子里面插。指甲都划着狗小的眼皮了,狗小还不晓得眨动。看样子,是瞎了。田老稀就说,反正,活着回来就好,死在外头的话,别人也不晓得你死了,那就麻烦。

　　那头船客还在等,田老稀没问个究竟,只在狗小肩头上拍了一下,然后往河口赶去。狗小继续摸索着,循屋杵岩的方向走去。田老稀扭转头,看着狗小那身白衣在黏湿的早雾里飘摇,活像说书人口中白无常那形象。

　　扒完了甑里的饭,田老稀问,骡崽回来了么?婆娘嗯了一声,说,早睡下了。又问,那桑女呢?婆娘这才说,还没有。田老稀燃上灯檠,在油灯下破篾。他要再做几个抓篓子。平日熄灯的辰光,桑女才跫身进门,捧起灶台上那只碗,咣唧就喝下半碗凉水。田老稀问,怎么这么晚？桑女说，牛进了鬼打墙，伏大伏下帮我找了半天，才找见。田老稀说，又把牛赶去屋杵岩了？桑女说，嗯，那里的草旺势，搭把手还能拣砍一捆柴块子。田老稀说，我都跟你讲无数八遍了，莫到那地方去，那地方，恶。还有，狗小今天回来了，就更不要去那里。桑女说，是的，今天我也看见狗小叔了，穿细布衣服，吓，瘦得跟柴屑一样。田老稀一张苦荞脸愈加地挤皱起来，说，女娃家的要有个忌口，不要净说那个……屑字，不好。桑女难堪地舔了舔嘴皮子。田老稀烦躁得很，说，要死啊，不要净拿舌头嚅嘴皮子。怎么他娘的跟牛一样？桑女不敢答话，仰脖子把另半碗水喝了，拿起饭甑跑屋外吃去。

婆娘抱进来一捆麻秸，用鞋底板碾破了再用棒槌锤起来。她说，桑女没个忌口，还不是你张口闭口讲得多了，她就学了去。田老稀说，怪我啊，你生的几个女，都是柴头柴脑宝里宝气。桑女早点打发掉才好。婆娘讷讷地说，你狗日的怪我啊。田老稀不再说什么，往碗里又添半碗酒，喝了起来。桑女是他一桩心事。年前弯溪的麻家退了亲，找个借口说桑女爱嚅嘴皮，不是好兆头。后来田老稀听说，有相面的点拨麻家的人，这种女娃长大以后定是口不把门，长舌滋事，轻辄败门风，重辄罹祸事。田老稀想他娘的这是哪门子相法。这毕竟给麻家落下个口实，把婚退了。田老稀能做的事，是死活不还那份彩礼，当天挂不住脸，差点把讨彩礼那人打了一顿。

抿一口酒，田老稀又记起来，以前，大女荞花没送出门时，也老往屋杵岩去，劝也劝不住。狗小这家伙讨饭走过些地方，能讲出一大堆古里古怪的故事，放牛那帮崽女就喜欢围着他。荞花虽然脑袋不灵光，样貌却生得蛮好，提亲的媒婆来了几拨，田老稀一直不松口，就图着攀一家剩有余谷能放租的，年年青黄时节也周济一点。荞花自己不想过门，她和狗小挺有话说——村里柴头柴脑的崽女们都和狗小有话说。狗小当时就三十几岁了，光棍一条。田老稀留心过狗小的样貌，半长不长的刀脸，皱纹过早拧巴在一起，就是鼻头特别显得大。一直有个说法，男看鼻头女看嘴。相表知里，田老稀琢磨着，狗小穷得不可开交，以致脑子里关于男女之事这一窍，老也开通不了。否则，狗小弄起女人来应该是一把好手。所以，荞花每回把牛赶往屋杵岩，田老稀就悬起一颗心来。为这事田老稀抽了荞花几回，要她别把牛往那里放，可荞花脑子只记得狗小讲的故事，记不住身上的痛。有个晚上，他要婆娘问荞花几句，婆娘就骂他神经，说这没凭没据，怎么问得出口。田老稀就自己去问。他问。荞花，今天狗小给你讲故事了？荞花说，嗯，牛郎织女，王母娘娘是个坏东西。又问，就只讲讲故事？他有没有，摸了你？荞花说，有啊，他摸了摸我的头发，他说我头发真多，黑油油的，好看。田老稀眼皮子就跳了起来，继续往下问，还摸了……哪些地方？荞花想了想，说，没有啦。田老稀放不了心，跑去屋杵岩把狗小打发了一顿。之后，田老稀赶快找了个镇上的裁缝，把荞花嫁了过去。到这时候田老稀想通了，不巴望那点周济粮，只要荞花不败在狗小手里就行。田老稀喝着碗里的酒，想想狗小，想想狗小的鼻头，又想想桑女天天往那里放牛，眼皮子又一次跳了起来。

过两天桑女看见了串亲戚回来的夜猫，告诉他狗小叔回来了，并且两只眼都瞎掉了。夜猫心里猛一沉，心头有种洪水溃堤般垮塌的感觉。

在兜头寨子里面，夜猫和狗小最有话说。夜猫七八岁时就偷偷撵着狗小出门讨饭，一去半个多月，走村过寨，最远到了沅陵，看见了百多丈宽的大河，兴奋得不得了。他觉得寨子里狗小是头一个有本事的人，比那些天天下地弄庄稼的人要强。那次回来以后，他老子杨吊毛就把他吊着打了一顿，说，你狗日的竟然要去讨饭，饿死在家也不能讨饭。其实杨吊毛家的田有好几丘，又只有夜猫一个崽，饭是足够吃的。夜猫被打怕了，他决定等杨吊毛老得舞不动吹火棍了，或者死了，再跟着狗小去讨饭。他还有一个不可告人的大想法：沿着潮白河，一路讨到南京城去。——潮白河一路通得到南京城，也是狗小告诉他的。日近黄昏，夜猫按捺不住地想见到狗小，就往屋杵岩的方向去了。

　　河流一路弯转，找不出十丈河道能扯得笔直。拐到屋杵岩这地方，雾腾然多了，有地势的原因。村人一般不来这里，说这地方恶，偶尔有一些喜好扳罾毒捞的人到这里弄鱼。沿河道走向，老辈人根据地形山势拿出许多小处地名，如屋杵岩、吊马桩、大水凼，有了大水凼免不了有小水凼，诸如此类。也一直有说法，说是某地方好，某地方灵，某地方败，某地方恶。一路拐下来，就属屋杵岩这一片河湾最恶，怎么个恶法却没有人说得出个子丑寅卯。

　　夜猫去到屋杵岩脚下那一湾水潭时，太阳已经完全落掉了。从河谷的缝中往天外望去，红彤色的云还在，那种云块被火烧着的景象折了个角铺在水潭之上，但整个河谷里的暗色堆积起来，更显浓重。夜猫看见对岸，狗小的茅屋里飘出一笔烟子。茅屋没有烟囱，烟子让茅草顶子笼得蓬松，飘到半空以后，又纠结成一股。夜猫脱下一身衣裤用手擎着，游过河，中间趴着河中的大石块换了两口气。到了这边河岸，水柘和洋荆条都长势旺盛，枝头还挂着绒球状的花。夜猫穿上衣裤，拨开了那茅屋枞树皮的门。里面湿热异常，十分晦暗，一时还找不见狗小。撑木上挂一束燃着的艾蒿，熏死了一地的蚊虫。地灶里的火灰堆起了尖，皮头有几颗没燃尽的烰炭。夜猫看得出来，灰堆里埋着吃食。狗小睡在床上，听见有响动就支起身子，问是谁。夜猫说，是我。狗小没能听出来，又问，你又是谁。夜猫说，夜猫。狗小说，哦,夜猫,你狗小叔的眼睛全瞎了。夜猫走过去,想看一看狗小的眼,却看不清楚。狗小的眼隐藏在晦暗的光线当中。夜猫问,狗小叔,怎么就瞎了呢?狗小哑着嘴说,我怎么跟你说呢?反正,是被太阳晒瞎的。夜猫忽然失声哭了,说,太阳怎么就晒瞎眼了?还能好起来么?以后你还能带我出去讨饭吗?狗小说,不要哭,现在到吃饭的辰光了吗?夜猫就停止了哭泣,说,早过了啊。狗小自嘲地笑笑,说,你狗小叔现在看不见天色明暗了,经常摸不准吃饭的辰光。你这么一说,我就饿瘪了。

狗小摸索着到地灶前,扒开火灰堆。里面烀着几棒苞谷。有些苞谷粒裂开了,苞谷浆溢出来粘在缝隙里,香气扑面过来。狗小继续往火灰下面刨,还有几颗肉辣椒,表面有几分焦煳。然后,狗小又折回床前。那床不过是几截木桩支起几块边木板,上面有张篾席。狗小从篾席下面取出一个扎口的小袋,里面装的是鱼子盐。他问,夜猫你要不要嚼盐?夜猫说,不要。狗小自己拣来拣去挑了一颗个小的鱼子盐,放舌尖上舔一舔。他说,这颗盐还是鮈咸的。茅屋里的燠热能把人也烀熟了。天气本来没这么热,只是狗小的茅屋里就挖了个地灶,架上三角铁,上面再置一个鼎锅,就是他全部的吃饭家当。烟子飘得出去,热气都在屋子里积淤着。狗小和夜猫拿着吃食去了河边的沙地坐着,蚊虫又特别地多,一团团朝人滚来,发出喑哑的鸣叫。于是狗小就说,还是上月亮洞里去吃吧。他要夜猫去房中把篾席拿着,晚上就睡月亮洞里。

屋杵岩远看是一蔸巨大石笋,大约百来个人围抱那么粗,但有两面是和后面那山粘连为一体的。石笋子中空,里面有天然石梯转折盘旋着往顶上面延伸。上面是长宽三四丈的石洞子,顶上面通了个圆窟窿,如屋顶的明瓦一样可窥见天色。石洞另有岔洞子通向紧邻的后山,却不能随便进去,说是那一路天坑地斗密布。圆窟窿上虬得有一蔸枯藤,弯如钓钩。有时候月亮行经顶上这一方天际,恰巧铺满了窟窿,就像是被那枯藤钩住似的。先辈人看过了这景象,也拿出一个贴切的名字,叫金钩挂玉。

夜猫扶着狗小进入那洞中。狗小进入洞中就甩开夜猫的手,自己能寻路上去。狗小把这洞当成自己的另一间房子,夏秋两季睡在里面,远比自己茅屋舒适。两人进到石洞,把篾席铺地上。地上的石头早就被狗小拣过,坑洼不平的地方也填了土石。狗小啃着苞谷,并不时用牙磕下一小块盐粒子,响亮地咀嚼起来。他问,夜猫呵,今晚上有月亮么?夜猫刚才也没留意,往窟窿上瞟去一眼,天际不是特别黑,分明是月亮爬出来的迹象。再掐指算算日期,果然已是月中。夜猫说,有月亮的,现在还没行到窟窿顶上。狗小哦的一声,还抬头仰望了一眼,当然是什么也看不见的。烀熟的苞谷已经凉下来,夜猫慢慢嚼着,嚼出一股清甜。那肉辣椒熟了后没辣劲,嚼起来挺寡淡。狗小就说,那是没有盐。他把盐粒子沾些唾沫,放肉辣椒上来回拭几下,夜猫就吃得出香味来。夜猫脑子里还是那种疑惑,太阳怎么就能把人眼睛晒瞎呢?

嗯,是这样的。狗小咂着嘴皮,想起那件并不遥远的事情,脸上相应浮现出心有余悸的表情。他说,我到竹山煤矿挖煤时,洞井塌了,被埋了好些天。被挖出来时,那帮砂丁忘了遮拦我的脸,结果那天抬出去,外面太阳挺大,我的眼睛好久不沾光了,一下子就,就被太阳晒爆了。狗小喃喃地说着,嚼碎了最后那一丁点盐粒,还舔舔捏盐粒的两根手指。很奇怪地,狗小是个能讲故事的人,但是这讲自己这桩事,又没有多少讲头,轻淡几句就过去了。夜猫说,还能好起来么?狗小说,不晓得,那是要钱的。夜猫说,那以后还能出去讨饭么?狗小说，是要去的，不讨饭我怎么活？再说，眼瞎了，搞不定能讨得更多。说到这里狗小挤出一丝笑意。他竟然笑了。然后，他拍拍夜猫的脊背，说，夜猫呵，别跟我学讨饭，丢人的。趁着年轻，学一门手艺，瓦匠、皮匠、弹匠、封匠都行，同样到处走，还体面多了，搞不定哪时候能骗来个好媳妇。夜猫就不说什么了。

当初狗小挺玄乎地告诉他说，这不叫叫花子，叫讨匠，知道么？在狗小说来，讨饭这行当也是技术活，无本买卖，出门去闯随身工具都不要带。一样的讨，技术好的吃香喝辣，没技术的饿死路边没人发埋。狗小说，这一行当最见水平高低了，不是看上去那么简单。起码要有一双相面的好眼，看出来是善人的话伸手他就能掏钱把你，讨错了人就挨一阵棒子。当时夜猫被狗小绕得晕乎乎的。虽然狗小自己没讨出个人样，但夜猫已向往着混进这一行。

现在，狗小忽然又反口说，这一行还是丢人的。夜猫脑子有些发懵，想说什么，没有说出来。狗小却在那里问，你老子帮你寻亲了没有？夜猫说，没有。狗小又问，那自己相上谁了？夜猫迟疑老半天，终于轻轻嗯了一声。狗小又问，是谁啊？夜猫说，桑女。她长得好看，我想讨她当媳妇。狗小就笑了，说，田老稀肯定会答应的。哪天碰见桑女的时候，要不要我替你向她摆明？夜猫说，不要。

这时夜猫的眼被什么晃了一下。抬头看看，月亮已经拢向了头顶那圆窟窿。枯藤被月光映亮了，果然弯如一柄钩子。落到石洞里的月光是一种暗白偏黄的颜色，斜着铺进了石洞西面的那一隅。夜猫低头看看地面上的月光，觉得那跟嫩苞谷浆凝结后的颜色差不了许多。狗小也抬起了头，准确地面向那一眼窟窿。夜猫就奇怪了，问，狗小叔，你能看见月亮？狗小说，不是。眼仁子上像蒙了层白翳，什么都看不见，但能察觉到有光亮——月亮圆么？

这时候月亮正好被框在圆窟窿当中。夜猫留意地看看，不是很圆。月亮饱满的那半边，轮廓线是清晰的；稍有亏缺的那半边，轮廓线就很模糊。狗小喃喃地说，以前有好多次，肚皮饿了找不见东西吃，就爬进这石洞子睡觉。睡也睡不着，睁开眼就看见窟窿里有月亮。我想那是一张薄饼该多好，我要小口小口地吃下去。我眯上一只眼，再伸出手往窟窿里抓捞，好像差一点点就把月亮抓在手里了。把月亮想成一张饼，看在眼里，也是一件让人快活的事。但是，夜猫呵，现在我连月亮也看不见了。

夜猫应和着，表示他在听。不久狗小就睡去了，没有一点鼾声，像个死人。夜猫嘴角衔着一根草，时不时瞟一眼月亮。月亮很快就要飘出那一眼窟窿，挂在洞内看不见的地方。夜猫漫不经心地看着月亮，脑子里想的是桑女。

南京城下来的两位博士。一位姓丁，浙江宁波人；一位姓凌，广东茂名人。在铁马寨子待了几天之后，两人从另一路经其他寨子，返回县城。这个把月以来，两人携带各种器械，走了远近十余个村寨，考察传言中的巫蛊事项。

两人得来的观点基本一致：佴城一带乡里村寨所言的蛊并无其事，所谓的蛊毒致病，待查实后，俱是日常病症。村人之间遇有纠纷口角，常以蛊公蛊婆彼此诋毁。诸多偏远村寨常将罹患麻风之人诬为弄蛊者，以此借口动用私刑，烧死杀戮，手段卑劣残忍，令人发指。

到佴城后，丁博士将此行遭遇以及调查结果整理成文。文中写道：世界趋进，神明日消；蒙昧低愚，迷信日深。所以苗民僻处山陬穷谷，未有知识；生疾罹病，时常误诊。加之地在巴楚之际，巫风盛称，巫医猖行，病不能治，归咎鬼神，久渐而成诸多巫蛊谣言。余考查史书，巫蛊兴于汉武之时。因其国势强大，版图廓张，号称雄主，重巫信神，当时方士及诸神巫聚于京师。后以女巫往来宫中，教美人度厄，埋木人祭祀。会帝病，江充适时进言，疾在巫蛊，招神神不至，招鬼鬼即来……

这天县府给凌博士转来《觉报》一记者电话，说是佴城苋头寨一男子，日前在广林县竹山煤矿挖煤，遭遇塌方，被困井下有九十余天，挖出后竟然活了过来。记者是凌博士旧交，打听到凌博士这一向在佴城做事，就一个电话挂过来，要凌博士去落实这事，并且，最好取得该男子照相一帧。凌博士听见这事也觉得不可思议，某一年他从某报上看见新闻说，英国北部约克郡某矿山遭遇塌方事故，有矿丁井下存活四十七天。这已经是有记载的井下存活最高时限。没想到眼下，这佴城之中就有这号能耐人，一下子把存活的最高时限翻了个番，着实不简单。凌博士也不敢贸信，但既然是旧友打来电话，肯定有几分根据。凌博士把这事讲给丁博士听。丁博士事从医科研究，对人的体质骨骼肌理病征诸项深有兴趣。凭他经验，隔绝地下存活三月简直如聊斋鬼话，天方夜谭。不过，丁博士倒宁愿信其有。他跟凌博士说，来一次不易，既然来了，一头羊是放，一群羊也是放，倒是希望真有这事。丁博士手中有矮克发照相机，底片还剩一匣。凌博士说，不到半月，乡话俚语学来不少。

去苋头寨子依然走水路。韩保长派个挑脚客前夜就去给田老稀报信，要他次日尽量早起，在河口那地方等着。田老稀听说又是那两个大员，不敢有差错，当夜睡了个囫囵觉，天色还一片昏黑的时候就起床赶路。两个博士跟田老稀算得面熟了，见面时候也不忙叫他走船，拿了一撮土产的白筋烟丝让他抽。田老稀没有烟斗，手卷了一只喇叭筒，燃上。抽起来后，田老稀嚅着嘴皮品味一番，评价说，嗯，真是蛮好，有一股鸡粪烧着的气味。凌博士把记者朋友电话里说起的事大体跟田老稀复述出来，问他知不知道这个人会是谁。田老稀想都不用想，就说，只能是狗小了。以前他跟我讲过的，讨不够饭的时候他会去挖煤。

河谷里是很阴沉的样子，加之天色太早，那阴霾之象更深重几成。抬头往上面看去，两岸崖壁像是一斧头劈到底的，天被崖壁夹成一条线。有时掉落一阵疾雨，不大，河水豆绿的颜色陡然鲜艳起来，饫人眼目。雨后，河道两侧大石下面，那些孔洞罅隙里升上来一笔笔水烟子，并不断往河心洇开来。两位博士看这景色来了兴致，做起对子相互娱乐。凌博士出个上联是：阴晴陡转，河低烟树茂。丁博士脑子不是很快，上下看看左右想想，好半天对了下联：昼夜顷分，月隐晓山明。对上以后丁博士说，这倒是一副藏尾联，送给你蛮好。凌博士表示谢意。

船只能行到大水凼一带，再往上行，河道里大石过多，只有梭船勉强得过。田老稀的方头船即便削掉一多半也挤不进石头跟石头之间的缝隙。于是让一船人找地方靠岸，沿河走势上溯，再行个五里地，能到屋杵岩。丁博士又给了田老稀半块钱，要他前面引路。田老稀想，半块钱可买一斤多咸盐，划得来。于是去了。道路不好走，经常有几丈远的路段被泥水泡稀了，挑脚客和田老稀各背一个博士蹚过去。到屋杵岩时，巳时已过。田老稀一脚踹开狗小那茅屋的门，发现里面没人。火灰是才烧成的样子，显然是昨天狗小还待在自己茅屋里面。田老稀走出屋子，手掌搭在嘴角朝四周里叫了几声，没有人应。田老稀不耐烦了，扯着嗓子大声地叫唤起来，狗小，狗小，日你个娘哎，在哪里咯？狗小应了一声，声音是从头顶上的地方飘下来的。田老稀就晓得，狗小晚上睡在月亮洞里。

田老稀把狗小架着走下来的时候，两位博士看看这个人非常瘦小，身体蜷曲，眼睛还是瞎的。这和两人之前的预想大相径庭。丁博士认为既然生命力如此之强，其人体质应该超出常人许多，必然筋骨强健肌肉夯实。这个唤作狗小的人又瘦又脏，闻着有一种膻臭的气味。丁博士一时竟联想到蛆虫之类的腐生生物。凌博士问他，是不是曾去广林县的竹山煤矿做过工，还被埋在塌井里面？瞎子竟然点了点头。凌博士又问道，是不是，被埋了差不多三个月有余？瞎子的表情有些发蒙。他说，我也不晓得被埋在地下多久，反正，有时候觉得不止三月，倒像是几辈子那么长；有时脑袋昏沉了，又以为自己没待多久。我是被搅糊涂了。不过，现在慢慢记得起，塌井那天天气还冷，我多穿了几重衣服。后面被挖出来，没想到，天气已经这么热了。

　　两位博士交换个眼神，显然，这人正是记者提起的那家伙。丁博士让狗小坐下来说话，在茅屋里根本找不到板凳，只有在河边找了几块光溜的卵石坐上面。凌博士支起个本子，掏出自来水笔，要狗小说一说埋井下的事情。狗小说，没有什么事情，就是被埋下去了，又挖出来。哦，挖出来时我的眼被太阳晒瞎了。凌博士说，不是这些。我是想知道你埋在井下时吃什么，又是怎么方便的，这些个事。丁博士许诺地说，不要慌。我不通眼科病症，按讲你的眼睛可以治好，回头我找一个这方面的大夫。现在，你不妨慢慢想一想，埋在井下那一阵，都有哪些事情发生？

　　狗小听不明白，韩保长又把这意思讲一遍，末了又加一句，放明白点，讲得好撂你几根骨头啃，讲不好老子扒你的狗皮。丁博士大概知道韩保长自己发挥地说了什么话，表情凶狠，就问，老韩你怎么跟他说的？韩保长扭过头谄媚地一笑，说，没什么的，跟他提个醒。狗小很费心地去回想那一阵埋在地底下的日子，于是，一种介于半睡半醒之间的浑噩之感铺天盖地而来，攫住了整个脑门子。毫无疑问，那一段时日里面，说是有一口气在，其实脑子并不清晰，像是连场大梦做着，这梦做得分外痛苦、憋闷。井口怎么就坍塌了？他记得，当时身边原是有几个人，叫老王的，老柴的，还有一个好像叫秧老七，每个都提着灯扛着丁字镐，还有长锹，那声巨响传来的时候，那几个人鬼一样消隐去了。他不知怎么就躺倒在地，脑子撞在一根木桩子上。他摸摸木桩子，有一米多高，上面还支着个木架子。如果没那根桩，上面一大撂黑岩块压下来，自己也变成煤了。他听不见任何声音，直到他听见自己心子搏动的声音，眨眼的时间会有两到三次，无比巨大，他担心心子会突然蹿出自己这具皮囊，血淋淋的，掉在煤矿上，还蹦它几蹦。狗小得时不时掐着胸口把心子摁回去。他挪了挪身子，如果想坐起来，他的脊椎骨就必须抽掉。这样，他只好躺着。不知从哪地方滴着水，有时候水量多一点，形成一注，有时候是抠紧巴了一滴滴地掉下来。水往低凹的地方流去，最后，在狗小指尖大概触到的地方形成一孔水洼，两个巴掌宽。溢出水洼的水不知道浸进了什么地方。狗小就是靠那一洼水活了下来，要不然，他想他会存活五天，或者三天。

丁博士问，那你吃的是什么呢？

狗小记得，一开始头脑还没发昏的时候就意识到，必须找到吃的。里面有很多木桩，他把他能够得着的都聚拢过来，用指甲一寸一寸地试木桩的表皮，果然，有些部位，当指甲掐着的时候就陷进去一块，摸着有粉末。这次塌方应该和木桩用的年头久了，逐渐朽坏有关。狗小这么想着，心里还有些庆幸，因这朽坏的木头用牙嚼得动，捏着鼻子囫囵咽下去，骗住肚子再说。狗小记得以前自己也嚼过木头，嚼出汁液，但不会把木渣咽进去。柘树嚼着有些涩、松木有种奇异的香，枞树嚼着淡得出鸟来……他把朽坏的木头掰下来,放进水洼里面浸泡。水泡过后木头变得更松软。但是,不记得从哪一天起,狗小脑子已经模糊了,不再理智,老是昏睡着。他的肚皮正变得麻木,以前,饿就是饿,狗小找不到吃食的日子一直挺多,饿的感觉一成不变就是痛。但这时候,狗小饿得没法了就睡死过去,睡去以后饿就是稀奇古怪变化万端的梦境,有的狰狞有的阴冷,有的灰暗有的却空灵起来,整个人一阵烟似的朝着某个地方飘。有一次他梦见他在吸他娘的奶,于是隐约有一些奇怪,老想看看娘是什么样子。狗小从来没见过他娘,也没见过他爹。梦里头狗小始终没能看清楚娘的面目,于是痛苦得紧,醒了。醒后发现自己已经挪到水洼边,吸着里面的水,还吸进来几块木渣子。木渣子原来是桩上的疙瘩,根本嚼不烂。还有一次他梦见了月亮,把整个梦映照得明亮起来。他觉得月亮从来没离得那么近,于是伸手去,想掰下一片,就像是掰开一只糠饼。奇怪的是那月亮变成一只肥鸟,长得难看死了。他不费力捉住了这鸟,想要吃肉,但是毛太多,他找不到地方下口。情急之下张开口把鸟脖颈切断,结果咬出一口鸟毛。醒来,狗小发现自己口里头有毛线一样的东西,一摸,原来一幅衣袖已经被自己用牙撕碎了,放口里嚼。那一身衣裤倒是嚼了很长一段时间。还有鞋子,因为是问别人借来的,所以嚼鞋帮时狗小不免心生忐忑。

凌博士插话说,哦,衣服也能吃?说话的时候,凌博士依然运笔如飞地记些什么。他又问,那你解手怎么个搞法?韩保长就翻成乡话说,狗小你一天拉几道?

狗小摇摇头,他不记得埋井下时自己曾拉过大便。按说他也吃了一些东西、朽木、衣裤、鞋帮子,后来也没拉过。这些东西的渣滓不知到哪去了——反正不是拉出来的。后面那一段时间,狗小处于一种谵妄状态，怎么喝水怎么嚼东西，全都不由自主。那个时候，狗小以为死无非就是这样，一开始像是睡觉，慢慢地，每睡一觉的时间越拉越长，越拉越长，到最后，不再醒来。他只知道，脖颈以下的身体已经脱离了自己，他觉得自己正在融进周边的煤层。有一天，他仍是睡着，忽然听见有一种声响，响了不止一下。他竟然被惊醒了，一开始以为是心跳紊乱，再一听，那声音非常巨大，铿锵极了，显然是铁镐錾在硬石上发出来的。于是，狗小扯起嗓子叫了几声。这一来，他仅有的那点劲消耗去了，人又陷入半昏迷之中。当他被人抬出来的时候，他浑浑噩噩地察觉到光正从脚趾一点点铺遍全身。光铺到眼睛上时，犹如有人往他两只眼睛里灌了两瓢生辣椒水。他惨叫一声，当时只觉得烧灼般的剧痛，没想到过后再也看不见事物了。

凌博士记录着狗小的说法，同时，他想起从记者那里得来相呼应的说法。昨日凌博士给记者拨回了一个电话，记者告诉他别的一些情况。记者说，当时他是无意中从竹山煤矿几个矿丁嘴里听来这回子事。说是一个矿丁那天想錾开堆积的岩石寻几根木桩子。那是个塌洞，三个月前出的事，当时挖出了七八条人来，挖出来后那些人都被塌得血肉一团没了人样子。那以后，洞子就废在那里，血气太重，即便有些余矿也没人敢去采挖。那天，这矿丁錾了几镐，忽然听见地底传出幽幽的呻吟。矿丁以为是撞了鬼怪，吓得掉头就跑，撞上别人就把这稀奇事讲了出来。人多了也不怕撞鬼，一伙子矿丁又回转到那地方，用镐一錾，那声音又丝丝缕缕地钻出了地层。有个老矿丁估计底下有个活人，挖上几个时辰，真的找出一个人来。那个人被抬出地面时，浑身精赤，仅五六十斤重，抬在手里就像一团发起来的老面，大家生怕不小心掰下这人身上一块皮肉，或者用力不慎把这个绵软的人拉长成一条蛇。抬进见光的地方，那人皮肤犹如江米纸一样透明，血管呈暗蓝色，埋在皮肤下面，从麻线粗的一股最后分叉到细如毛发，纤毫毕现，让人不敢多看。

狗小讲完了这一堆事，就说，老爷，我都讲半天了，能不能，赏我点东西吃？夜饭的吃食我都来不及去寻了？韩保长说，叫花子狗小，要你讲一通废放也敢讨赏？狗小涎皮涎脸地说，不是讨赏，老爷，就算当我是条狗，叫了半天，也得撂两根带肉渣的骨头吧？丁博士从行李里面掏出两个洋铁皮的罐子，递给狗小。狗小摸摸那两个铁皮罐，苦着脸说，老爷，你把小的当成铁匠炉子了，哪消化得了这铁疙瘩？丁博士一想也是，又从包中找出一块片铁，只几下就把罐口的封铁撬开了。里面散发出轻微的肉香。狗小的鼻子相当利索，罐被撬开的那一刹鼻头就翕动了几下。凌博士把狗小这些个表情都看进眼里，不禁蹙了蹙眉头。

河谷里天色昏暗，云团稠密，一行人怕晚上下雨，准备回兜头寨子先住。丁博士要狗小明日到寨子里去，把身体详查一道。看看狗小的脸色有几分犹疑，丁博士就说，明日早些来，管你两顿饱饭。狗小听懂了以后，说那好那好。他已经不记得有多少年没吃过饱饭了。

回寨子的路上，凌博士颇有感慨地说，倒是不要检测身体器质，今下午跟他一说，看看他那种卑琐样子，就知道个十八九。这跟体质关系不大。丁博士嗯的一声，指了指田老稀，说，他把那狗小的情况大体跟我讲了。这人幼失双亲，讨要为生，经常忍饥挨饿，其求生本能不是一般人可比。换了个人，哪可能活这么久时间。凌博士说，老丁哪，有没有看过明恩溥所写的《论中国人之特性》？丁博士说，倒是没有。明恩溥是谁？仿佛听谁提起过。凌博士说，是个洋人，前朝来华活了几十年，写成这么本书的。其实周树人小说里诸多观点发凡于此书当中。明恩溥认为国人生存能力、繁殖能力极强，纵使外部环境恶劣非常，也能生存繁衍。我读到这样的论断，心里反而有种隐隐不适，觉得这人拐着弯在说国人怕死。赴英留学期间，我常听一句西谚，是说，死是向大多数人靠拢。的确，西洋人生活优越，对死的态度也有一种令我意外的淡然、超脱，想必跟这句谚语有所默契。相对于生人，死者永远是大多数。能做此想，死亡之事就有了一种亲近面目，悲哀之情必然淡去许多。而国人常说，好死不如歹活。跟那西谚之意相比较，就高下立判了。丁博士问，讲了这一堆事理，你的意思是……凌博士说，暂时不要把狗小这事告诉那记者，这则消息还是不刊发的好。说是破了英国人的井下生存最高时限，似乎不能为国人增光添彩——这破纪录之人竟是个卑贱的乞丐，而破纪录之原因又全在于其卑贱苟活的性情。

丁博士附和地点点头，然后说，你我学科不同，对这事，我是从另一方面去想来着。凌博士说，你又找到什么方面？丁博士有些踌躇，燃上纸烟吸几口，说，从成分养料角度来看，布料木材作为食物，决不足以供一个人活上三个月。我倒怀疑，是不是，还有人和狗小埋在同一地方，那人先行死去，然后狗小就……丁博士目光斜着瞟了同行的韩保长还有田老稀，似乎有话不便明说。凌博士早就会意，说，照你说来，怕是这狗小有，麻叔谋那种癖好？丁博士说，也差不多。这么讲似乎不妥，你我搞的是科学路数，凡事凭个依据。但若不作此猜测，我实难相信狗小这人能存活这么长的时间，没道理的。

田老稀竟然听懂了，这两个大员在说狗小是靠吃死人才活过来的。两位博士夹杂各自乡音的官话，田老稀多半听不懂。这两番接触，田老稀渐渐听得惯了，知道他们讲话的字音差不去许多，只是声调平仄乍听起来有些陌生。田老稀小时候就听说书人讲说麻叔谋吃死孩子的故事，说是隋唐那时麻叔谋主管挖造运河，天天要厨子弄出新鲜菜肴，吃着不合口就杀掉厨子。厨子急得没法，某天就捡来个死孩子烹了。麻叔谋吃了以后连呼过瘾，从此天天要吃死孩子，换一种菜他根本咽不下去。田老稀成家以后，家里一堆小孩惯爱疯跑，很晚才见回家。田老稀就吓小孩说，再这样乱跑，小心被麻鬼捉去烹了吃。这里所说的麻鬼，其实就是指麻叔谋。

田老稀着实吓一跳，他想，回去以后便要告诉骡崽和桑女，这以后砍柴放牛，千万别挨近狗小。狗小就是麻鬼变来的。如果骡崽和桑女——尤其是桑女这柴火丫头，要是还敢往屋杵岩那边跑，就把腿骨都打折掉。

夜猫和桑女约好把牛赶到别的地方去，不和其他那些放牛崽子混在一起。他们去了离寨子很远的吊马桩。桑女知道田老稀当天不走船，才敢到那里去。夜猫虚岁十七，桑女虚岁十六，两个人自小在一起割草砍柴，不知从哪一天起心底便滋生起别样不同的意思。夜猫从说书人那里听来一个词，叫青梅竹马。多听了几遍，夜猫大概晓得是什么意思，要用自己话说，又抓瞎说不出来。桑女听不明白这词，因为梅花和马这两样东西，菟头寨子从来没有过。她想当然地说，叫作青牛竹鞭不是更好？她手中用于赶牛的家伙是毛竹鞭。夜猫就笑了，桑女总是不开窍，脑子转得比一般人慢，有事无事爱嚅动嘴皮，笑的时候把嘴咧得老大。但夜猫喜欢桑女缺心眼的样子。

夜猫跟桑女走得很近，两家的牛也前后紧跟。两人这几天都把牛赶往吊马桩，来回要比别人多走上三四里地。昨天有两个割草的小孩看见了夜猫和桑女往吊马桩去，隔着老远冲两人喊，夜猫桑女，吊马桩的牛草是不是挺多啊。明天我们都去吊马桩割草。

两个割草的小孩回去的路上碰见杨吊毛，就说，吊毛叔，你别吊着个脸，搞不好哪天你就当爷爷了。杨吊毛说，崽崽，口里有药不要乱讲话，小心招来蛊婆打你家阴炮。小孩说，吊毛叔，不骗你，夜猫天天跟在那女孩后面往没人的地方走。杨吊毛问，女孩是谁？小孩回答，桑女。杨吊毛的脸就垮下来，之前他听过风声，现在信了。村寨里年轻人的婚姻嫁娶无非来自两种途径，一是媒人说合，一种是放牛搞的。一般认为小孩搭放牛的机会搞到婆娘，算是一桩本事。但杨吊毛不晓得夜猫怎么就看上了桑女。

桑女一看两人的事被别人发觉了，就问夜猫怎么办。夜猫说，怎么办？明天杀个回马枪，他们过来了，我们又去屋杵岩。桑女想起个事，告诉夜猫，说，屋杵岩再也不能去了。夜猫说，又怎么啦？桑女说，我爹听外面的人说，狗小叔是要吃人的，他到外面讨不到饭的时候就去吃人，这样才活了下来。夜猫不信，他说，不要乱说，狗小叔哪像吃人的人？吃人的人脸是青的，眼睛是血红的，板牙两边应该生得有两对獠牙。桑女说，不骗你，我爹是那么说的，还说看见我往屋杵岩去，就打折我腿。

夜猫还是不信，叫桑女帮着把牛赶回寨子，关进牛栏。他要去屋杵岩，拿这事问一问狗小，看他本人有什么说法。桑女把两只牛赶回寨，先去关了夜猫家的牛，再料理自家的牛。两家的牛棚相隔并不远。杨吊毛正好看见了。他蹲在别人家的柴棚下面抽起了烟，没有拢过去。桑女做事的动作还算得麻利，嘴里嘘着声音把牛赶进去，再一根根上门桩，把楔子敲进去。桑女挑着两捆草，她拣了颜色较嫩的那一捆扔进栏里。杨吊毛觉得桑女是个勤快妹子，心眼还不错。杨吊毛想，如果我有两条崽，就会让夜猫娶桑女，但现在只有夜猫一条崽，所以非得讨一个精明点的，能持家的媳妇。

夜猫回来得很晚，杨吊毛问他哪里去了。夜猫说，去拣野鸭子蛋，让桑女把牛先赶回来了。杨吊毛问，蛋呢？夜猫说，烧熟吃了。杨吊毛现在不在乎这个，只是问，你他娘的不要老跟桑女搞在一起，回头要你娘到别个寨寻一门好亲事。夜猫看看爹那一脸愠怒的样子，知道是割草那两个崽崽点的水。他说，别家的我不要，我就要娶桑女。杨吊毛说，不行，她爱嚅嘴皮子。夜猫说，我就喜欢她嚅嘴皮子。杨吊毛说，她缺心眼，看人总是傻笑。夜猫说，她缺心眼，但是她心眼子好。杨吊毛说，还是不行，她长了颗马牙。夜猫这才想起来，桑女的牙床上是有一颗马牙。他没想到，爹看得倒比自己还仔细。他说，那有什么关系呢，马牙长在嘴里面，不开口别人就看不见。杨吊毛说，你晓得个屁，搞不好以后那颗马牙会翻出嘴皮子外面，就成了一颗獠牙。你怎么能讨一个长獠牙的女人当媳妇？别人晓得了，不骂你也骂我当老子的不尽心。夜猫说，那有什么关系？把马牙撬掉就是了。杨吊毛说，不行，撬掉了也不行，生个小孩还是会长马牙。夜猫觉得爹已经在犯浑了，一点不肯讲道理。于是夜猫说，不行你打我一顿。杨吊毛说，打不死你是不是，打了你照样还是不行。夜猫就不说什么了，爬到阁楼里去睡。

　　杨吊毛想起什么，说，夜猫，骂你顿饭都不吃了，跟谁怄气呢？夜猫说，吃鸟蛋吃饱了。其实他在狗小那里吃了一顿饱饭。狗小前几天不晓得从哪里弄来一袋大米，夜猫去找他，他就煮了扎实一鼎锅饭。米是上好的朗山大米，煮好了以后，饭皮子上漂着一层米油。夜猫吃着狗小的饭，狗小还一脸抱歉神色。他说，夜猫呵，早来两天就好了，我这里有两罐铁疙瘩肉，现在一丁点都不剩。夜猫觉得狗小真是蛮好的人，平时吃不饱饭，一旦有饱饭，也不悭吝，能够拿给别人吃。他没有把桑女所说的事告诉狗小。不要问，他觉得自己已经弄清楚了。他告诉狗小，桑女已经答应要嫁给他的。狗小也蛮高兴，说，好的好的。

次日起来以后,夜猫先是去了自家的苞谷地,掰下十来捧苞谷,并且把苞谷秆也砍成尺把长的秆子,用衣服兜着,再去放牛。见了桑女,两人依然去吊马桩那边,却没看到有别的谁来这里割草。那天天色难得地阴下来,河谷里不凉也不热,夜猫和桑女坐在一块整石头上,石头方方正正,像一张床。夜猫告诉桑女,说他爹杨吊毛已经答应他把她娶过来,只是觉得桑女的马牙不好看,要是能撬掉就好。桑女说,是你的看法还是你爹的看法?夜猫诅咒地说,都是我那狗日的爹才想得到的怪理由。

夜猫平躺着,用箬竹叶子吹了《嫁娘子上轿》,又吹出《嫁娘子过坳》。别家里娶亲的时候,唢呐手一律都会吹这两首曲子的。桑女听得起劲,声音却又断了。桑女转过身去搡了夜猫几把,说,再吹《跳火盆》。夜猫忽然闻见桑女身上有股栀子花的香味,狠命吸了一鼻子,结果胯裆里的那鸟就硬了起来。他看看桑女的前胸,翠花布的衣褂子里面藏着的东西已经长到圆茄大小。他说,你让我看看你褂子里面的东西,我才有劲往下面吹。桑女就抓一把石洼里的泥,抹在夜猫的脸上,说,我就晓得你的心思,总是打我奶子的主意,被你偷看去好多回了。夜猫说,没有,你让我看我才看。他没想到桑女把"奶子"这两个字也吐了出来。这一下,搞得夜猫一腔鼻血差不多流了出来。桑女问,是不是哪个女人的奶子你都想看一眼?夜猫赶紧骗她说,不是,我我我就想看看你的……桑女佯作生气的样子,问,你是不是老想着看我奶子,才要娶我?夜猫想了想,说,不是,真的不是。桑女轻轻地说,我们到那边去。那边有一丛茂盛的柘树,半个人高。夜猫心虚地往四周窥去,风吹动着草树,此外鬼也不见半个。牛在山腰吃草。夜猫想,莫非桑女怕被牛看见?两人蹲在柘树丛里,桑女刚要把衣裯子往上面搂,忽然又不愿意了。她轻轻地说,你把手放进来。夜猫抖抖索索地把手放进去,刚触到一团软肉疙瘩,桑女就说,行啦行啦,够啦够啦。并把夜猫的手扯出来,夜猫觉得自己什么也没摸到。这时他看见桑女的裤带是灰的。他不知为何就把手搁了上去。桑女把夜猫那只手拍开,脸颊上忽然泛起了酡红的颜色,像喝下一碗甜酒醪糟。

夜猫忽然想起,差不多十年前,有一天,天气很热,一帮男女崽子跳进河里洗澡,躲过午后那阵太阳。有的女娃子和着衣服跳进河里,有几个年纪很小的也像男孩一样脱光了。夜猫慢慢地凫到桑女的后面,看见桑女张开了两条腿拍着水。桑女下河不多,水性子不是很好。夜猫看见桑女两腿之间有一道缝隙。他知道,那就是屄,有人吵架时,这个字眼就会不断地挂在人们嘴上。夜猫的水性很好,他悄悄游上去一点,然后伸出指头在那道缝隙上柠了一下。桑女的反应竟然很激烈,在水中扭过身子要掐夜猫,结果呛了几口水。夜猫把桑女弄上岸。桑女吐出了水,人就没事了,但有好几天不肯跟夜猫说话。现在,夜猫跟桑女说起这回事,桑女却说,真的么,我可不记得了。

把苞谷秆外面的壳嗝掉以后,白芯子可以嚼出略带甜味的汁液,但夜猫家苞谷地土不够好,白芯子嚼出了咸盐味。夜猫嚼了一截,就不想嚼了。他还是叫桑女赶两只牛回去,自己要把那十来棒苞谷送给狗小。夜猫又溯河往上走,去了屋杵岩。

狗小还没有弄饭,睡在河边草皮上,夜猫捉了两只岩蟹放到狗小的脸上,狗小才醒来,问是夜猫么?夜猫就应了一声。狗小说这几天特别清静,那些小孩都没来屋杵岩放牛了,所以白天也能睡得很死。两人就在河滩上烧起火来,用火灰烀苞谷。夜猫下到河里摸了一堆岩蟹。现在蟹壳还在发软,要到割稻那时候,蟹肉吃起来才香。夜猫忍不住讲起了自己跟桑女的事,还有刚才摸桑女奶子的事也抖了出来,吹起牛皮,说桑女每一只奶子足有他娘的三拳头大小,还说桑女让他摸了个够。夜猫说,我都摸出两手油汗,麻酥酥的,那个舒服,啧。狗小听得鼻子喷出了响,仿佛水快烧开时那声音。一边说着桑女,夜猫还一边不停地提醒狗小,狗小叔,可不要传出去。狗小唔唔地应着,听得很入味。后来,夜猫就问,狗小叔,你碰过女人吗?狗小气得笑了起来,说,你这崽崽,净找人的痛处戳。

狗小床板底下藏的那一小袋鱼子盐只剩三粒,紧巴点吃也就两天的份。幸好去检查身体那天,他跟两位南京城的大员讨要了一口。他想,南京城当官的家伙搞不好这一辈子就只见着那么一回,不讨要点东西就放过了机会。丁博士不但送了他米面,还送了他两块钱。他拿手里一摸,和双毫子差不多大小,摸起来有点凉。狗小吓了一跳,估计这是银洋。

现在,他摸出了其中一个银洋。这以前他只摸过两次银洋,一次还是搭手摸一摸别人的。现在自己一手抓着两个,感觉整个人就有些不同。他准备去茏头寨称一斤细盐,再搭夜猫去箕镇买一副猪心肺。猪心肺虽说煮不出一点油星,总归花钱不多,还好歹算是猪肉。现在手中攥了两个洋,忽然想起来,饱饭这几天算是吃上了,却没有吃上一顿饱肉,想着有些窝心。他想炖一锅心肺汤,上面撒一层细盐,再拍一块子姜搁里面去骚味。只消这么一想,馋口水就挂出了一线。狗小眨眨眼睛,察觉到这一天光线很亮,太阳应是挺好的。狗小泅过了那条河,用棍子探着路往茏头寨子摸去。

狗小刚到寨口一株桐树下,想歇一口气,忽然听见一群小孩的声音,杂乱地嚷着,麻鬼来啦,麻鬼来啦。狗小也听过麻鬼的事情。他小的时候，别家的父母都用麻鬼吓过自家孩子，要他们晚上别出去乱跑。狗小没有父母，他有些羡慕那些小孩子，如果自己被麻鬼吃了，是没人管的。他听了小孩们的叫嚷，不免奇怪得紧，想，大太阳天，怎么见得着麻鬼？狗小杵着棍子循着小孩们的声音走过去，他想告诉小孩，白天是不会有麻鬼的，不要乱讲鬼话。狗小刚靠拢了那一片声音，忽然脸上还有身上就挨了几下，用手一摸，是泥巴。他说，狗日的崽崽，敢打你狗小叔。他虚晃了那根榆木棍子，但小孩知道他的眼瞎了，不怕，又扔过了几块泥巴。狗小张口骂人的时候，有一块泥巴恰好贴进了嘴皮。小孩看得笑了起来。狗小吐着嘴里的泥巴。嘴里挺恼火。他说，崽崽，老子烹了你们吃。狗小还做了一个鬼脸，朝小孩扑过去。小孩四下里跑，有一个四五岁大的孩子脚一滑跌在地上，再想站起来时，狗小已经走到他身边了。狗小勾下腰要把小孩拽起来，小孩扭头看看狗小黑洞洞的嘴巴，吓得直哭，还猛打哆嗦，想叫妈都叫不出来。狗小把那小孩扶起来，小孩又瘫倒在地上，脚一点都支不起身子。跑开几步的那几个小孩一起扯起喉咙嚷着，麻鬼吃人了，麻鬼要把鱼崽吃掉了。狗小一听，小孩原来是杨四家里的鱼崽，就说，鱼崽，你站起来。鱼崽还是站不起来。狗小就在鱼崽屁股上拍了一把，说，你再不起来，狗小叔就要走了。

这时候忽然有人冲着狗小的面门劈了一拳，还搡了一把。这样，狗小就翻倒在后面的草窝子里。狗小不晓得这人是谁，他看不见。然后那个人把鱼崽抱开了。狗小摸摸自己的面门，被那一拳打破了，淌出了血。狗小怨毒地诅骂着，狗日的，全家死绝。但他不知道这诅骂的话应该落到谁头上。狗小骂了几句朝天娘，就爬起来朝前走去。他想，我是来买细盐的。走到韩水光家的南杂铺子，一摸，门板是关着的。兜头寨不大，就开了这一家小南杂铺。

狗小撞着夜猫的时候，夜猫正要去牛栏。他看见狗小的脸也破了，身上净是泥污，就问，狗小叔你怎么啦。狗小把刚才的事讲给夜猫听。夜猫一听大概就明白了，他告诉狗小，是田老稀说了你的坏话。狗小不信，他说，他能讲我什么坏话？夜猫说，他讲你在煤井下面，是靠吃死人才活过来的。……狗小叔，你，你真的吃了人没有？狗小愤怒地说，嚼他娘的蛆，我哪能吃人呢？那地方就埋了我一个，又没有别人。夜猫说，我也不信，哪能吃人呢？狗小叔，你被埋在井下的时候，要是旁边有个死人，你饿昏头了会不会咬他几口？

崽崽，嗯，不是这么个讲法。狗小想了想夜猫的问话，忽然来了些难堪。他说，夜猫呵，我要去找狗日的田老稀评理，你去不去？夜猫说，去就去，评了理我再去放牛，屁事。两人就一前一后，一快一慢地走着。往田老稀家去了以后，夜猫忽然想到桑女。想到桑女夜猫的头皮就发紧。他想，要是田老稀不是桑女她老头子就好了。

夜猫把狗小带到田老稀家里，狗小就用榆木棍砸田老稀家的门。田老稀家也是杉皮门，只不过钉得考究些。砸开了门以后田老稀就走了出来，他说，狗小，你他娘的也敢砸我家的门？恶叫花子讨霸王饭是不咯？狗小说，老稀麻子，你凭什么说我吃人？田老稀眼睛一转，看看后面站着的夜猫，说，奇怪了，我又没说你吃人。你吃不吃人我又没看见，轮不着我说。狗小说，你说了，我晓得就是你讲出来的，现在崽崽们一见着我就喊麻鬼。田老稀心虚地说，管我屁事。他们要叫我有什么办法？狗小拖着哭腔说，日你个娘哎田老稀，你才是麻鬼。田老稀本来就长了一脸麻子，一听这话不高兴了，他说，叫花子狗小，我正要弄饭吃，不想和你扯这些鬼话。你走开，我不和你计较；你赖着我也不会多煮一个人的饭。狗小一屁股坐在了地上，说，老稀麻子你这个杂种，你只要告诉我，是不是你说的我吃人了？田老稀说，不是。狗小说，我晓得是你说的，你敢不敢诅咒？田老稀说，怎么个诅咒法？狗小说，要是你说的，你就全家死光光。田老稀呸的一声，拢过去踢了狗小一脚，说，话还没讲清楚你他娘的就敢咒我。田老稀踢了一脚还不解气，又踢了一脚。这下狗小暗自做了准备，田老稀踢来时他一把抱住田老稀那只短脚，一口咬在他膝盖上去三寸的腿筋上。田老稀腿脚粗短，狗小那一口没有咬到实处，顶多挂了几颗牙印子。田老稀哇哇地怪叫起来，他说，狗小呵我这一身老骨头你也想啃？我让你啃让你啃……田老稀手脚一齐动了起来，又是拳法又是腿功，下冰雹子一样往狗小身上来。我狗小闷哼了几声，先是骂娘，后面就求援似的叫着，夜猫，夜猫，帮帮我呵……

夜猫硬着头皮靠拢过去，攥住田老稀一只手，说，田叔田叔，算了。田老稀一把推开夜猫，说，韩家崽子，别掺进来，要不然我替你爹吊毛打你一顿，你信是不信？夜猫倒不是怕他爹，一想到桑女的事，就开不了口了。杨吊毛听着声音找过来了。他家本就离得不远，见夜猫也在场，就骂了一句真是讨卵嫌，牛都不放了，看鬼打架啊？杨吊毛把夜猫拉了回去。

不用多久，狗小被田老稀打得趴在石板上，哼哼唧唧。田老稀这时也用不着隐瞒了，一边打一边说，就是我说的。丁博士都说，你他娘不吃人肉活不过三个月。你以为躲在地洞里吃人没谁看见不是？……打你？打你还是轻的，打死你也是为民除害。你都敢吃人了，还怕挨打，真他娘的毫无道理。

田老稀打人的声音把四围的邻人都引了过来。是吃晌午饭的时间，许多人端着碗一边扒着饭一边看田老稀打人，还互相挟着碗里的菜。狗小是一脸哭丧样，却又听不见他哭的声音。这时，骡崽回来了，看见自家堂门前有那么多人，不晓得是哪回事。骡崽才六岁大，扒开了人群，看自己爹没有吃亏，这才松了口气。他扯起嗓子问，爹，为什么要打狗小叔？田老稀看是儿子，手脚不停，嘴里却说，你爹被狗咬了一口，正在打狗呢？骡崽说，狗小叔你为什么要咬我爹？但是狗小已经讲不出话来了。骡崽就走过去，朝狗小的胯裆里踹一脚。田老稀看得很高兴，夸奖地说，我的崽哎，有志气。骡崽得了他老子夸奖，笑了。

田老稀疾风暴雨地挥了一阵拳，累了，就停下来歇口气。狗小趁这工夫缓过神来，张口又骂，说，老稀麻子，你今天不打死我，迟早弄死你全家。田老稀往手上啐了两口唾沫子，又攥了拳打。旁边看的人就说了，狗小哎，打又打不赢，逞什么嘴硬嘛，诅人家全家死光做什么？你讨个饶，我们也好帮你求个情。田老稀听得高兴，手上又来一股邪劲。现在他踢狗小的屁股。那天丁博士说狗小身体有些虚，田老稀不想这狗一般的家伙死在自家堂门口。不消半袋烟的时间，狗小就讨饶了。狗小说，唔唔，日你娘哎老稀麻子，我讨饶了行不？旁边看的人说，是嘛，老稀麻子，你就算了吧。田老稀本来也不想再打，他自己都打得有些虚脱了，比薅了几亩地的草还亏气力，正好趁这机会收了手。

田老稀像蹴在一边，问旁人要了一撮烟卷成喇叭筒，燃了起来。狗小好半天才爬起来。首先，他屁股翘了起来；然后，两手两脚尽量地往缩回来，抓起榆木棍往地上杵，然后撑起自己。他整个人是一截一截子竖起来的，像一条竹节虫。他啐了一口带血丝的口水，踉踉跄跄走出了寨子。狗小的嘴巴不断地嚅动。田老稀晓得他还在诅咒着恶毒的话，但狗小没有发出一丁点声音。田老稀想，刚才我应该往他腮帮子来几个耳刮，这样他下巴就没得劲动弹了。

夜猫过几日才帮狗小买来一斤鱼子盐。狗小在床上躺了两天，没吃东西。夜猫买来盐以后，狗小嘎嘣嘎嘣地嚼了两粒拇指头大的盐粒子，人就有了劲，坐了起来。夜猫说，要不要去弄一副伤药？狗小说，钱不能乱花。你去找一把猪料草，就行。夜猫不信，他说，狗小叔，你身上血口子有好几道，淤肿。猪料草就能治？狗小苦笑着说，不晓得几味伤药，还敢去当叫花子？夜猫去到山坡上，猪料草到处都是。夜猫胡乱扯了几手，回去给狗小。狗小把猪料草填进自己嘴里，嚼成糜状，再涂到创口上，还有淤肿的地方。夜猫说，这就行啦？狗小说，对，这就行了。

杨吊毛晓得自己的崽有事没事老往屋杵岩那地方去。他倒不担心狗小会把夜猫吃掉。夜猫已经是十六七的人了，气力还蛮大。狗小那么瘦弱，怕是有两个狗小都不容易把夜猫摁住。但是村人现在纷纷传言狗小是吃过人的，夜猫老和他混在一起，时间长了，搞不好村人对夜猫有所嫌弃。杨吊毛的另一桩心事在于桑女。他想，夜猫和桑女天天避开别人，躲到一边放牛，两人干些什么勾当就不好讲了，万一哪天桑女肚子大了起来，那如何是好？到那时，夜猫想不娶桑女都不行，田老稀肯定张开了口讹钱。杨吊毛又想到田老稀。田老稀不好惹，据说以前田老稀和他哥田黑苗分家产时，田老稀拿铜炮子枪把他哥轰了一家伙。田黑苗自那以后成了个瘸子，走路像纺车把子一样前后摇摆。瘸子憋着气，只得每天朝天骂一通娘，田老稀还不罢手，把瘸子揍上一顿，结果瘸子几乎成了半瘫子。那天田老稀打狗小的情状，杨吊毛也记得。杨吊毛想，狗日的田老稀活脱脱一副王八脾性，咬住了就死不松口。杨吊毛越想越是认为，把桑女娶进屋无异于娶一桩祸事。

杨吊毛把这事情跟婆娘讲了，婆娘也认为田老稀家是桩累赘，躲都躲不及，哪能去攀亲？回头婆娘就去找人商量，看能不能帮夜猫找份学徒工做做，好歹先离开蔸头村子一阵，时间一长，不定夜猫自己就断了这份念想。杨吊毛的舅子帮着找一份事，有个屠夫眼下缺人手，不过地方远点，在界镇那边，一去五十里地。学徒两年管吃住，免帮师。杨吊毛一口答应下来，说，好好好，再远些都好。跟夜猫说了这事，夜猫不乐意，他说，杀猪也要学个两年，真奇怪了。杨吊毛说，你是不晓得好歹，只消两年就学得一门吃饭手艺，还能到哪里找去？人家店伙计学站柜，还要学徒三年帮师三年，白天晒扫夜晚帮师娘涮换尿壶——再别说学抓药了，背个千金方本草，四五年就消磨了。你有那记性嘛。夜猫嘀咕地说，哪有么么玄乎，不就是手起刀落的营生嘛。杨吊毛说，手起刀落的营生你也配？那是杀人，你能杀好猪就不错。就怕你两年下来还没练出个吹胀猪肚皮的气量。再别说拿眼估买囫囵猪了，一眼看去就要估出个轻重，估多了赔老本，估少了耍奸，哪这么容易？夜猫想起来了，杀了猪前蹄子上开一眼气眼，得把猪皮吹像胀气蛤蟆，才好刮那一身硬鬃。还别说，这功夫没有年把时间，真不容易学上手。夜猫不作回答，也不再吭声。杨吊毛趁热打铁地说，学屠夫别的不说，隔三岔五能吃到猪下水，哪里找的好事？

　　夜猫不乐意去杀猪，首先是屠夫这活是坐店生意，顶多去村寨收毛猪时有点走动。他想学弹匠，弹棉花的从来都是四方游走。但杨吊毛死活也不准。再一个事，夜猫的心事全在桑女身上。那次在吊马桩那里开了张，夜猫每晚都想着桑女那鼓凸有致的身子，一去放牛，心事就在桑女衣裆子里揣来揣去。说来也日怪，手揣进桑女衣裆里，感觉无非是两块活肉，揣着有些软乎还有些热乎——也就那回子事。但一到夜晚，一脑门心事又全绷在上面扯不开了。夜猫想，这可能就是女人的好。慢慢地，夜猫怀疑男女间的乐事不在这里，而在于胯裆里面，要不然为何两人胶在一起时，最不安分最不肯消停的偏是胯裆里那只鸟呢？但夜猫一时苦于不晓得如何用法，绕着弯子问桑女，桑女显然也发着蒙。隐约听得有人说，男女那档子乐事，非得要成亲之夜，新嫁娘的母亲递一本小册页到女儿手里。女儿只消睨上几眼，就晓得如何让女娃变为妇人，让崽崽变为丈夫。那册页据传，名为《枕中笈》，内有唐伯虎传下的插画，看着能让人喷鼻血。夜猫却从未见过。夜猫最一阵时日，被脑子里这些猜想折腾得消瘦了些，又不好问人，怕别人传出去丢脸，只好去问狗小。一寨子的人，夜猫都信不过，有话讲给狗小听，夜猫就用不着忌惮了。狗小用猪料草敷伤处，身上竟然愈合了多处。但狗小哪晓得男女之间这事。他想了半天，说，会不会，和那些狗子的交媾，是差不多动作？夜猫不信，他看着狗交媾的样子就觉得恶心，要捡石头追着打，直到把狗公狗娘打散伙了为止。

夜猫拗不过父母，应了去界镇学杀猪的事。临去前夜，他摸着月亮在桑女家屋后学几声斑鸠的声音。以前学的是杜鹃鸟，怕次数有得多了，田老稀听出个端倪，便换一种叫法。夜猫能学的鸟叫多了。桑女睡在柴房上面，挨到父母那房灭了灯，就摸出去。两人在韩水光家的草垛后面讲了半夜悄悄话。夜猫想着，自后起码是几月时间见不着桑女，不禁燥热得紧，把桑女的身子摸了又摸，一时又摸出许多别样不同的感觉来。桑女让夜猫摸够了，就趴在他耳边说，你去学徒上心一点，在界镇那边落下脚吧，再把我娶过去。我想做一个镇上人。夜猫说，做镇子上的人有什么好喽？桑女说，反正，离开这菟头寨子就行。夜猫不说什么，把桑女的衣裤子搂了起来，慢慢脱去。桑女竟然变得很顺从。在月光下面，桑女的皮肤镀上一层银灰的颜色，看着暗淡，却有一种耀人眼目的微光闪烁。桑女问，好看吗？夜猫平抑着鼻息说，好看。

夜猫本来还想去屋杵岩和狗小道个别，杨吊毛催得紧，夜猫第二天一早就要上路。夜猫心里想，回来的时候，给狗小带一副猪心肺，炖它一大锅心肺汤，让他一次吃个腻歪。

夜猫走以后，桑女就为自己那颗马牙发起愁来。夜猫说他老子杨吊毛不喜欢这颗马牙，还说马牙会越长越长，最后嘴皮子都封盖不住，呲出嘴巴。夜猫说，你听到不咯，老鼠每天晚上都要磨牙齿，就是因为它们牙床子上长得有马牙，不磨的话就会翻出嘴皮，吃不成东西。桑女，你是属什么的呢？桑女只知道自己是十三年冬月生的，搞不清属相，田老稀从来不跟她讲过。夜猫掐着手指算了半天，说，喔唷，真的是属鼠。桑女就很担心，要是真的这样，那实在见不得人。她把心事讲给娘听，娘就在她脑门子上杵了一指，说，听谁讲的鬼话？长有马牙的多了，也不见谁最后就长出獠牙来。桑女听了娘的话又安稳几日，每夜睡觉之前，把食指放到牙床上轻轻摸一摸。她吃惊地发现，那颗牙齿竟然在长。

桑女撺着人赶了一趟箕镇的场，场上有个下江佬支了个摊子专门拔牙。桑女过去问了价钱，下江佬说锉牙要五角洋，门牙只消四角洋。待桑女拨起嘴皮让下江佬看看那颗马牙，下江佬说，吓，这马牙最是难弄，没有八角洋，不敢动手。桑女说，门牙还大些的，只消四角洋。下江佬说，拔牙又不看大小斤两，宁拔三颗门牙，也不敢动你那马牙。桑女只是来问个价，一听要八角，就死了心。她晓得自己弄不来这么多钱的。回去以后，桑女发现那颗马牙还在长，像黄豆出芽一样，摩挲在上嘴皮里面，阵阵发痒。这种痒胀的感觉，撩得桑女心里也阵阵发毛。她打定决心，自己置办掉这颗牙。

次日，桑女在自家房梁上撬出一枚钉子。钉子有年有月了，已经有一层锈壳。桑女磨掉锈壳，里面呈现出烟黄的颜色。放牛的时候，桑女依然避开别的人，独自把牛放到吊马桩去。她还是喜欢去那里，那里仿佛是她跟夜猫两个人的窝。她到水面磨那一枚钉子，不费多久时间，钉头现出锃亮颜色，在阳光底下折着刺人眼目的光。桑女想起以前钉耳洞也是自己办的——先是花几天的时间，用手指不停捻耳垂，捻得薄薄的，就剩下两块皮，再一咬牙，那枚火棘刺一下子就穿透了耳垂。往创口上抹一把细盐，没几日就愈合成耳洞了，可以挂水坠子。现在，要挖这枚马牙显然要难得多。桑女不断地给自己提气壮胆，想到长痛不如短痛，那马牙挂出来可就惨了，别人说不定会讲自己是个蛊婆。她不断地用铁钉掀那颗马牙。她想，牙迟早会松动的。到日头偏西的时候，桑女觉得那颗马牙果然有了松动，就狠命地把钉刺进了牙旁边那丝缝隙。她尖叫了一声，没有人听见，只惊起苇地里那对鹭鸶。那颗马牙掉了出来，落在掌心。桑女看去一眼，马牙只有火棘泡大小，靠里一侧有桩子，挂着血丝。桑女趴下身子喝了许多河水漱口，创口总算不再流血。桑女捂着痛处，心里想，夜猫呵你个死夜猫，你可晓得我为你遭受那么多罪么？

狗小费了十来天，天天嚼猪料草往身上敷，伤肿才算消了下去。狗小拿手往身上一摸，新结了好些痂。这天狗小伏在床上，手探到后背，掰下来一块痂。狗小把痂放进嘴里嚼起来，嚼出一股咸腥的味道。这味道使得狗小再次记起田老稀揍他的那回事。狗小把嚼碎的痂咽进肚里，觉得自己身上忽然长出了一股气力。被埋在矿井下面时，狗小无数次以为自己即将死去。将死之前，狗小对自己说，要把这一辈子翻出来，细细地想一遍，才好痛快地闭上眼睛。以前的一切竟然变得混沌。除了无边无际的饥饿，没有任何一件事，任何一个人能够清晰地映现在脑子里。这些天，他一直躺床上，两天吃一顿饭，五天拉一泡屎。他恍惚觉得自个像是回到了垮塌的矿井里面，并且不停想到了死。但眼下，每回想到死这事，田老稀的面目就蹭的一下冒出来。狗小咬牙切齿地想，死是要死的，但田老稀应该遭报应。怎么个报应法，狗小死活想不出来。

狗小打算先去县城找找丁博士。那天丁博士检查过他的身体以后，递给他一张片子。丁博士说他本人会在县府住一段时间，如果狗小有事，不妨来找他。狗小不要那片子，他看不见上面的字迹，再说，即使看得见也抓瞎。狗小就认得"小"字，还认不得"狗"字。现在，狗小琢磨着，去了又能怎样？可不敢质问丁博士说，你凭什么要讲我吃过人。狗小认为，混他两餐饱饭，应是没什么问题。吃饱了饭，说不定就能想出对付田老稀的办法；如果运气好吃上几盘肉菜，那么，死了也没什么遗憾。

狗小不敢经苑头寨去县城。他沿河往下游去，到了大水凼，再折上山路去向县城。这一路绕了十来里，但是不会被人扔泥巴。天黑以后，狗小摸进了县城。县府在以前的天王庙里面，如今已经翻修得很气派。狗小找得到地方。丁博士和凌博士都走了，但出来一个同样讲南京官话的年轻人接待狗小。那人见了狗小，就说，你就是韩狗小先生？啊哈，久仰久仰，你可是个了不起的人物呵。丁博士有过交代，说要是你来，一定要我安顿好你。我是他老人家的弟子，姓马。你叫我小马。狗小听明白了，说，丁博士还会回来？小马说，搞不定会在这里长住。蔡院长是布下了任务的，要到这里开拓民族学。这话狗小就听不懂了。

小马问狗小有何贵干，狗小老实地说，只想讨一顿饱饭。小马去安排了一顿饭，桌上专门捞了一碗油肉。狗小吃着碗里的油肉，有种说不出的舒服。他想，油肉真个是天下第一好吃的东西。他把那碗油肉吃了个精光，意犹未尽，结果晚上就跑肚子蹿稀。小马照顾得周到，送来几粒药丸子,要狗小和着温水吞服。药丸子有两味,一味很苦,一味很甜。狗小要小马把那种甜味的药丸多给几粒。次日吃晌午饭,小马请狗小吃的肉菜是熘肥肠。狗小吃完肥肠还吸溜光汤水,心里想,原来这熘肥肠才是天底下最好吃的菜。晚上吃的是籴汤肉。狗小觉得籴汤肉没有肥肠好吃,也没有油肉那么多油水,于是在心里说,籴汤肉应该是第三好吃的菜。又过去一天,丁博士没有回来。小马照样招待,没有嫌恶他的意思。狗小自己却隐隐不安了。狗小从来没这么痛快地吃过连天饱饭,真正吃上了,却又总觉得会出什么事,右眼狂跳。吃肉的时候,他老是晦气地想起了田老稀。第三天晚上,狗小正喝着肉汤,脑子里腾地冒出个主意。这主意使狗小彻底打起精神来。狗小打算不再蹭吃下去。他想,即便丁博士的确造过谣,这几天的饭菜也算是兑脱了。再这么待下去,多吃上几顿饱饭,搞不好自己就会没心思对付田老稀那杂种。狗小跟小马告辞,小马也不多留,只是嘱咐他,过一阵子再来。狗小说,那好得很。

是田老稀造出来的谣言给狗小提了个醒。他想,你造谣说我吃人,要是我不吃人,岂不是亏了?现在我吃条把人,这样,才会心安理得,对得住你田老稀。狗小头一个想到的是骡崽。想到骡崽,狗小整个脑袋如灯盏一般豁然亮起。他想,怎么不早想到呢?那条崽崽被田老稀养得白胖粉嫩,把他吃了,田老稀少说得咯七八碗血,折五六年阳寿。有了这种想法,狗小一路走得蛮快,再一想,心里不免犯难。——以前眼亮的时候,捉一个五六岁的小崽崽不是难事,现在,看又看不见,骡崽听了他爹的话决计不敢靠拢自己,如何才抓他得住?

这一路上,狗小不断记起那说书人说过,麻叔谋那厮,吃了死孩子,再什么奇珍异馐都味同嚼蜡。照这么说来,死孩子肉岂不是天底下第一好吃?竟比熘肥肠油肉籴汤丸子还要好吃?狗小不大肯信。

狗小回到屋杵岩底下自己那破屋子，即刻动手，搓起草绳来。床板子底下有两捆隔了年的稻草，经过霜，没受潮，韧性还过得去。狗小搓草绳倒有一手，即便瞎了眼睛，也没影响手上功夫。狗小一手把绳一手续草，三搓两搓，草绳便噌噌噌地在手心蹿长。狗小想，可惜，要有些生麻棕鬃添进去，绳就更结实了。狗小搓成一条一股归总，上面多股分叉的绳。平日里狗小捉竹鸡所用的麻线地套，差不多也是这种样式。

放牛的小孩如今都不来屋杵岩，通常把牛赶去黑潭那边。这天，狗小把搓好的那两把草绳盘成圈，挂在肩上，循着河往上游走去，走了约摸三里地，便听见放牛小孩们相互吆喝的声音。再前行一段路，能听见小孩们竞相从高处扑腾到潭中的声音。河谷绵长而又封闭，声音总是沿着河谷上下游动，长久不能消散。狗小的水性子很好，他趴在河畔一块柱石后面，痛苦地想，要是眼还亮着，一个猛子扎到潭里面，悄悄把骡崽的脚拽住，往潭边乱石豁口里拖，三下两下溺死这小把戏，鬼神不知，痕迹不落，哪像现在这样麻烦？他省略着这些想象，自顾往矮树林子密集处钻，不让那帮小孩发觉。这天天气大热，狗小唯一可放心的，是那帮小孩悉数钻进了水里躲避阳光，不可能去到山上守牛。狗小摸到牛群经常聚集的那一片草窠子，撮起嘴发出一阵喑哑的声响，那一群牛缓缓地朝狗小围拢过来。狗小嘴里继续撮着那种声响，并抚摸拢在身边的牛。摸了几头牛，都不是骡崽家的。狗小认得那头牛，田老稀去年冬月才买进来，是只牛崽子，得到明年才会开犁翻地。莵头寨子统共六七十股烟火，牛却只六七头，现在全都聚拢在一起。狗小终于摸到了骡崽的牛，牛粉嫩的舌头舔着狗小手板心。这头牛舌头还光滑着；鼻头沁出的水珠比老牛要多；犄角不过五六寸长。狗小确定这是骡崽的牛。

狗小轻叱着，拍拍牛臀，把牛撵到不远的草坡下面。那里一片矮小的柘树、马桑还有散把木。矮树丛中间杂着几棵稍高一些的桐树。狗小分出一截草绳缚紧了牛的两只后蹄子，把绳的另一头拴在桐树桩子上。牛崽扯起后蹄要走开，使了几股子急劲挣扎，却没能挣脱，也就安静下来，围着那蔸桐树找草料吃。狗小待牛消停下来，就开始了埋地套，把那只草绳归总的那头拴死在另一蔸桐树上，再把草绳每一股分叉结成活套，布在地上，还抓起地皮上的浮土枯叶掩住草绳。狗小用自己的腿试了试，探进其中一个地套再要走动，那一股绳就绷紧了，把腿缚住。狗小这才放心，褪下绳，再次掩埋。狗小想，骡崽，攒劲把身子洗干净，省得你狗小爷爷到时再洗涮一番。

狗小哪里晓得，这整个过程，被潭中那一帮小孩看个通透。小孩们老早得知狗小两眼都瞎了。纵使他要吃人，小孩们也不觉得如何凶恶可怖。伏大跟骡崽说，骡崽，瞎子狗小要偷你家的牛。骡崽只觉得狗小偷牛的动作太笨拙，差点笑出声来。年岁大点的毛脚拊着耳朵跟骡崽说，跟着他去。骡崽点点头。小孩悄悄泅上了岸，蹑手蹑脚尾随着狗小，心头都有种莫名的快意。狗小埋草绳的时候，小孩们看明白了——那是地套子。看样子，狗小瘾头上来了，布好了圈套，急不可待要捉一个活崽崽。

狗小埋好草绳平整了浮土，这才松一口气，心情无端地好起来。他记起以前捕鸟时那种乐子，不仅是拔了毛去了肚肠吃鸟肉，还在于守候时窃喜的心情。狗小藏进一丛马桑树，悠闲地等待着，一摸树上，结着马桑葚，就捋了一捧吃起来。这东西略微发甜，但吃多了会死人。四周安静下来，狗小尖起耳朵，听见一些风吹草长的声音。

那一捧马桑葚还没吃完，就听见有小孩跑来，狗小不得不把余下的葚子扔掉。狗小再次把身子往矮树丛里面缩进。小孩的脚步声已经移到七八丈外的地方，狗小估计来的是骡崽。狗小的心悬了起来——这毕竟比捕几只竹鸡来劲得多。

来的果然是骡崽，他惊诧地说，咦，狗小叔，你怎么蹲在那里？狗小应一声，难堪地想，真他娘的，眼睛瞎了，把自己都藏不住。他只有站了起来，两手提着裤腰，佯装刚解过手的样子。他说，哦，是骡崽啊。骡崽说，我来赶牛。我家这头牛野性，爱乱跑，什么时候跑到这边来了。狗小就说，你的牛也在吗？骡崽说，在的，就在你屁股后头不很远的地方。狗小说，把牛赶走吧，别让它乱走。骡崽就嗯了一声。狗小蹲了下来，依旧支起耳朵，听着动静。骡崽却并不慌着去赶牛，而是从地上捡起一片苦楝树叶子吹了起来。骡崽说，狗小叔，他们说你爱吃人肉。人肉好吃不咯？狗小按捺住性子，放缓了语调跟骡崽说，崽崽，你看你狗小叔是吃过人的人吗？吃过人的话，眼睛会是红的。骡崽仔细地看看，说，狗小叔，你的眼白是红色的。狗小赶忙合上眼皮，说，不要乱讲，眼白怎么会是红色的？骡崽继续问，人肉到底什么味道？狗小叔，你不会吃我吧？狗小说，不会不会……嚼你娘的蛆，我从来就没吃过人。骡崽说，我想也是，要是你吃人的话，哪能那样精瘦，像柴扉一样。狗小挥了挥手，说，快把你家牛赶走，别回去晚了你那个狗爹又要揍你。

骡崽就不说了。狗小听见矮树丛里有一阵摩挲着的声响，他知道，那是有人正钻进里面。果然，眨眼工夫骡崽就发出喔唷的一声。狗小问，怎么啦？骡崽说，狗小叔，哪个狗日的下套把老子套住了。狗小说，崽崽莫怕，狗小叔来帮你解套。狗小内心一阵狂喜。总的来说，这一天干什么事都还顺手，严丝合缝地往预想里走。骡崽轻声哭了起来。狗小正好循着声响摸过去，嘴里不停地稳定着骡崽，说，在哪里？不要哭，狗小叔来了。他摸准了地方，俯下身子跟骡崽说，套着哪条腿了,伸过来。那条腿便乖乖地伸了过来,被狗小捏在手里。狗小一摸,这腿上的肉和毛孔都有些粗,不是想象中那般细嫩,不禁稍稍有了些遗憾。再一摸,就觉得不对头。骡崽毕竟才五六岁大,怎么生了这么粗的腿,还长着发硬的脚毛?没道理呀。

这时他听见韩水光的儿子毛的声音,说,狗小,你摸错了,嘻嘻,这是我的腿。骡崽的腿在那边。这时,狗小听见六七个孩子迸发出齐整的笑声,笑声都从贴身的地方传来。然后,泥巴和石子一阵疾雨似的往狗小身上砸来。狗小赶紧用双手护住头皮,趴在地上,一咧嘴就吃进了枯叶和泥巴。他这时恍然明白,日他屋娘,被一帮崽崽活活日弄了。

回去后,狗小不敢在河滩那茅屋里过夜,把屋里尚余的那半袋吃食拎着,爬进了月亮洞。他揣测得不错,晚上河那边真就发出一阵响声,一伙子人可能亮着松膏油的火把冲这边来。不用看狗小就晓得,领头的是田老稀。狗小觉得躲在月亮洞也是不安全的,只有钻那岔洞子往后山去。村人都怕那岔洞里的漏斗天坑,轻易不肯进来。两袋烟的工夫田老稀领着一帮姓田的房亲爬进了月亮洞,往四壁照一照,察觉得出狗小来过。火把烧得差不多了,田老稀不敢钻岔洞子,怕折返的时候看不见亮。田老稀在月亮洞大声地骂着,日你娘哎狗小,小心你狗命。有种你拱出来,我晓得你猫在山洞里。狗小哪敢出去?在一眼石孔隙里缩成一团。田老稀下去以后,把狗小的茅屋点着了。狗小在洞子上面,仍听见火烧旺了以后那阵噼噼啪啪的声响。

桑女突然病在床上,爬不起来,一脸谵妄状态,说胡话,吃饭也要她娘一勺一勺喂到嘴边。请来草药郎中。郎中掰开桑女的牙只看了一眼,就甩着脑袋说没治了。草药郎中说,这是丹毒,又叫创口风,草药毫无办法。田老稀舍些钱去铁马寨子请个女大仙,给桑女这病杠上一堂,大仙说,是中了蛊毒。

田老稀疑心,这蛊是不是狗小栽下的?他想,桑女无非就是牙床上有那么一丁点口疽,何事会死人呢?毫无道理啊。他曾听人说,学放蛊用不着多久时间。只要拜了师傅认进那道邪门,几天工夫就能学下来。前一段日子,狗小离开屋杵岩,出去了几天,回来也不见讨着什么东西。把事情串起来前后一想,田老稀断定狗小这一向所做事情定然都是冲自己来的,前一阵出门,定然是到哪处山旮旯里认了放蛊的师傅。田老稀跟别人说,现在,狗小已经不是叫花子狗小了,也不光是个瞎子,他见人就放蛊。

狗小那天照样睡在月亮洞里,不晓得白天黑夜,醒来就吃袋里的苞谷和红薯。苞谷好歹要烀熟了吃,红薯可以生吃。狗小肚里不停地窜风。狗小这几日身上不疼了,脑袋却晕得厉害。他疑心自己的阳寿快要到头了。以前有个老叫花告诉他,做讨匠这一行当,囫囵吃进乱七八糟的东西,内体毒物聚得有挺多,平日看着还能撑,一旦得个病趴下来,会死得挺快。狗小只是有些遗憾,到底没能让田老稀那个杂种遭报应。

狗小正乱七八糟想着,忽然听见一片杂乱的响声。正有一伙子人爬进了屋杵岩的空腔里面,眼看着就快上到月亮洞了。狗小记起了当日遭打时那种疼痛,浑身打起了哆嗦。现在,只要听见有人的响动,狗小就会骇怕不已,老以为别人是来打他的。这一片杂乱的脚步声,来势汹汹,断然不是好事。狗小爬了起来,隔着那层眼翳,他察觉不到任何光亮,于是以为现在已是晚上。狗小心里一急,竟然忘了自己睡时是朝着哪个方位,现在,一时找不到通往后山的岔洞口子。那岔洞口子在月亮洞的石壁上,要踩准了几处石磴子才进得去。狗小拿手在地上乱摸一气,想摸到两块大点的石头,攥在手上。纵是躲不过去,也得用石头砸向那些扑过来的人。可是,狗小只摸到两块半个拳头大小的石子。

进来的人逮住了狗小,不由分说,把狗小打趴在地上。狗小只得拖着他擅长的那种哭腔讨饶,说,何事又要打我,讲个理嘛,唔唔,何事又要来打我?有人在狗小屁股上作死地踹了一脚。狗小本来趴着的,这一脚踹下来,狗小整个摊开了,呈大字形状,严丝合缝地贴紧在地上。泥巴地面升腾着湿腐的气味。接着,狗小听见田老稀的声音在说,你对桑女做下了什么,你他娘的自己心里清楚。狗小惶恐地说,我能做什么,我睡在洞子里,根本就没往寨子里去。田老稀说,你往她身上放蛊。狗小说,你他娘的才放蛊。田老稀就正反手给了狗小好几个脆响的耳光,打得狗小连牙带骨吐了出来。田老稀掴完了耳光,摩擦着隐隐生痛的手掌,说,没必要跟你这放蛊的家伙讲什么道理。我们菟头寨子从来容不下有人放蛊。趁桑女还没死,让你先去阎王那里报个信,要阎王腾一个好地方。

田老稀把一桶桐油淋在狗小的身上。桐油在狗小身上缓缓洇开。狗小闻见桐油的气味。那是大户家的木楼才能有的气味,以前,他专门循着这种气味去寻找大户宅第,翼图讨要到剩余的饭食。运气好的话,大户人家泔水里面还能有几块黏附着肉渣的骨头。狗小登时明白了,田老稀存心要烧死他。这一桶油不会没有缘故就泼到自己身上。狗小也不敢挣扎,干脆翻了个身,把脸往上面搁。上面有一眼窟窿。他晓得,月亮出来以后,会路过那窟窿。以前他无数次看过金钩挂玉的景象。

田老稀急不待要把火苗子扔到狗小身上。田姓房族里有个辈分高的人拽住田老稀,说,等月亮照进洞子,再烧他不迟。田老稀不耐烦地说，迟早都是个烧。那人说，听说别的寨子烧蛊公蛊婆，都是在太阳底下烧的，说是夜晚烧，怕阴魂不散。也不必等到明天了，过一会儿月亮照进洞子，见了光，再烧不迟。田老稀蹙起眉头一想，就说，那要得，也不慌在这一时。狗小躺在地上，一丝气力也没有，但耳朵听得清楚。眼下果然是晚上，等会月亮照进洞子，就是自己见阎王的时辰。以前，他也是这样躺在这洞子里，看见窟窿里的月亮，惯爱把月亮想象成一块大户人家中秋夜才吃的薄饼。现在，虽然肚皮也在饿着，狗小却不再把月亮想成薄饼。狗小心里恶狠狠地想着，要是能爬到月亮上，就把月亮一块块掰下来，照地面上那些细若蚊蚋的人们砸去，砸死一个算一个。全都砸死了，才他娘的省心。

狗小老觉着眼里逐渐有了光感，他以为是月亮已经来了。他静静等着自己身上燃烧起来，但田老稀并没有动手。狗小知道，那是错觉，今晚的月亮迟迟没有进来。田老稀叫了一个堂侄跑下去，看看月亮还有多远。那堂侄就钻了出去，下到河滩。一袋烟的工夫，他在下面大声地喊，快了快了，月亮已经过了吊马桩，打这边来了。狗小也听见了这阵叫喊。田老稀说，狗小你他娘的还有半个时辰好活。说着，田老稀阴恻恻地笑了，他觉着手头捏着别人的生杀，真个是蛮有意思。

不想节外生枝，韩保长晓得这事，派了几个人来到洞内，要田老稀停手。韩保长派来的人说，田老稀，你他娘的要烧人都不通报一声。南京城的丁博士过一阵子还要请狗小去县城。到时候交不出狗小，就剥你的皮点你天灯。田老稀不敢造次，只敢往狗小身上唾几口，放话说，留你多活几天。一洞子的人都回菟头寨了。狗小觉得自己身体软得就像一只蚂蟥，费了好半天的劲，他才把一身打散的骨头重新聚拢，缓缓地爬起来。他搞不清楚，自己背心上黏湿的东西，是桐油还是汗水。这时，眼里真正有了一层浮泛的亮光，他知道，真个是月亮照了进来。这晚的月亮让狗小吓破了胆,狗小忽然间又想捡起石头,朝月亮砸去。

过得两日,狗小正在芭茅草里躺着,忽然听得河上游飘来一阵女人的哭泣声。狗小立即想到,是桑女死了。上游河边那个湾,地名就叫崽崽坟,兜头寨子夭折掉的崽崽全都埋在那地方。桑女要是死了,定然也往那里送。狗小心头一喜。这两日来,狗小头一回有了喜色。狗小想,活的骡崽捉不住,不信你家死了的桑女还能跑掉。但崽崽坟距屋杵岩隔了几里路程,狗小腹中饥饿,心里想,就是把桑女刨出坟堆,又怎能搬到屋杵岩这地方呢?一拍脑袋,狗小冒出个想法,不妨借助这河水,像春潮时放排一样,把桑女尸身运到屋杵岩这里。

当天下午,田老稀的眼皮子也是跳个不停,总觉得还会出什么事,却想不出个结果。到了掌灯时分,田老稀仍然安不下心,邀来两个年轻人,举着松膏油火把,挎了柴刀拿了铁锹,往崽崽坟那方向去。到地方一看,坟堆还在那里,用火把照一照浮土,看不出有人动过的痕迹。田老稀疑心蛮重,用柴刀砍了根毛竹,断面削尖,往坟堆里刺去。刺了几下,觉着竹竿刺到的地方全是土沫子,触不到实物。扒开坟,桑女果然不在里面。田老稀就明白了,他说,这个狗日的。

狗小把桑女的尸身捞上岸,浑身来了一股猛劲,竟把桑女尸身拖着拽着抱着弄进了月亮洞。他想,我该从哪里吃起呢?狗小一时又发起愁来,他没有刀子。桑女的身子冷冰冰的。狗小说,桑女呵桑女,我晓得你和夜猫好,按说我不应该吃你,但你那个狗爹我又搞不赢,只有拿着你打主意了。狗小刨出桑女的时候,桑女的身上只有一张杉皮毡子,和破烂的衣裤麻裤。狗小把桑女放平在地上,搂起桑女的衣裤,忽然呼吸就变得不畅了。这一刹那,狗小想起夜猫以前讲过的话。夜猫在狗小面前毫不忌讳,把他跟桑女之间那一点点隐秘的事情,细细地说了数遍。狗小浑身燥热难当。他伸手抓住了桑女的奶子，冷冰冰的，也根本不像夜猫先前说的那样，有三个拳头大小。狗小揣了揣，也就圆茄那么大。他心里说，夜猫呵，原来你也挺会骗人。狗小的手伸了出去，就收不回来了。这时，月亮又一次照进洞中，涂在桑女的尸身上面。桑女的皮肤应该涂满了暗白的，毛糙糙的月光。狗小对月亮已经极端嫌恶，他能察觉到这月亮不知趣地照进来了。狗小要把桑女移到月光照不进的地方，想来想去，只有拖进了那岔洞，往后山去。最后，狗小把桑女放在一个天坑旁边。他继续揉搓着桑女，浑身是一种从未有过的酸酥痒胀。狗小不停地问，天哪，我这是怎么了？他又想起狗子交媾的动作，于是，双手抖抖索索地探向桑女的裤腰。这时，狗小打了个寒噤，忽然清晰无比地知道了，自己这是要干什么。

　　田老稀带着人进到月亮洞，找不见人，但有桑女入土时穿的衣褂子。他晓得狗小肯定在洞里，于是继续往岔洞摸去。走不远，他看见前面有一团白影在动。田老稀正待靠近，那团白影忽然滚进了旁边的大天坑。好久才听到坑底传来的硬物落水的声响。田老稀只看见地上剩有一堆衣物。

　　丁博士和凌博士回到伺城，已是初秋。两人带着那记者再次来到蒐头村，找到韩保长。原先两帧照片曝光了，记者一心要把这个新闻报道弄出来，这次专门到伺城，带着充足的底片。一问，才晓得狗小死了有一段时间。韩保长说，丢人哪，狗小后来竟得了魔怔，不光学会放蛊，竟然，竟然还把田老稀——就是撑船那人，死去的女儿扒出坟，做那种见不得人的事。

　　丁博士叹了一口气，说，搞不好，是小马让狗小多吃了几顿饱饭，狗小肚皮不饿了，就生出这邪念来。饱暖思淫欲，贤文上这些话不会错的。

韩保长说，吃个饭，我去叫田老稀渡你们到河口。

此时，夜猫正走旱路从铁马寨子那个方向，冲苋头寨而来。他提着一副猪下水，要让狗小大快朵颐，一了凤愿。这一路他走得轻快，脚下生风，鞋钉磕得石板一溜溜脆响，心底仍焦急得很。他想早点见到桑女。在界镇，夜猫一直没能见到唐伯虎所绘的《避火图》。但前不久有一天，机缘巧合，夜猫醍醐灌顶一般地弄清了男女之事。那天，夜猫刚起来拆铺板，就听见界镇的街面上很热闹。人们竞相涌向河边，嘴里还哧哧地笑着，说是打上游漂下来一对狗男女。这当然是件很稀罕的事，大半个界镇的人都涌了去。夜猫的师傅师娘也去了，夜猫只得留下来照看铺子。后来，他听看热闹回来的人说，漂下来那对狗男女，死成一坨，抱得铁紧，用竿子翻动都不能把两人分开。男人下面那根把儿还搁在女人的体内。他们还轻声议论，这男人的把儿应该生有倒钩，不然，何至于胶着得如此紧密？看热闹回来的人一面相互耳语，一面哧哧笑着，脸颊上浮出了猥狎之色，眉眼间闪烁着暧昧的光泽。

这一刻，夜猫忽然全明白了，他弄懂了以前和桑女待在一起时，总是没能弄懂的那问题。一瞬间，他觉得自己变了，和以前都不一样了。他一直想告假，但师傅的铺子抽不开人手。直到前不久。师傅又弄来一个徒弟，才肯让夜猫回去一段时日。师傅给了他两副猪下水，他说，去，给你父母送一副，给你丈人家里送一副。夜猫的脸一下子变成了猪肝色，喜滋滋接过师傅送的猪下水。他娘给他的钱一钿都没花，离开界镇之前，他买了一件细布单衣，一条棉纱抄裆裤，又咬咬牙用一副猪下水换了双桐油钉鞋。他从师娘那里讨了些胰子油，去时把胰子油抹在头发上。最终，夜猫把自己弄成一个看上去蛮光鲜的人物。

　　夜猫走过了铁马寨。离家越来越近，他心情也是愈加地好，要不是手里提着一串下水两盒点心，他想自个肯定能飞跑起来。他随手揉了一把葶苈子果，放嘴里嚼。眼前这一路，铺满了枯草。但在夜猫眼里，枯草和不断伸展的土路上，都跳跃着明黄的，煦暖的秋日阳光。